mainbook

ISBN 978-3-948987-68-8
Copyright © 2023 mainbook Verlag
Alle Rechte vorbehalten
Lektorat: Gerd Fischer
Covergestaltung: Lukas Hüttner

Auf der Verlagshomepage finden Sie weitere spannende
Bücher: www.mainbook.de

Robert Maier

Virus Cop

Frankfurter Verschwörung

Krimi

Der Autor

Robert Maier, 1961 in Frankfurt am Main geboren, schreibt seit 2010 Belletristik und Kurzgeschichten. Dabei fühlt er sich im Krimi-Genre genauso wohl wie etwa in Science-Fiction und sozialkritischen Glossen.
2016 wurde sein erster Roman „Pankfurt" veröffentlicht.
Robert Maier ist verheiratet und hat zwei erwachsene Kinder. Er arbeitet bei einer großen deutschen Fluggesellschaft im IT-Bereich.

Veröffentlichungen bei mainbook:
„Virus Cop – Der Tote an der Nidda" (2019)
„Virus Cop – Frankfurter Fake News" (2020)

1

Wie meistens ließ sich Olaf Zeit mit dem Frühstück. Das Aufstehen war ihm heute besonders schwergefallen. In der Nacht hatte er immer wieder an die seltsame Nachricht denken müssen. Nun fühlte er sich, als hätte er gar nicht geschlafen. Heute aß er nur eine Scheibe Brot mit Marmelade. Das Wichtigste war der Kaffee. Der sollte seine Lebensgeister wecken. Obwohl Samstag war, fand nicht wie sonst das große gemeinschaftliche Frühstück mit Eiern, Brötchen, Wurst und Käse statt. Tobias musste das komplette Wochenende arbeiten und war schon sehr früh aus dem Haus gegangen.

Der Kühlschrank beherbergte die Zutaten für ein Rindergulasch, das Olaf für sie beide am Abend zubereiten würde. Manchmal konnte er selbst nicht glauben, dass sein Sohn noch bei ihm wohnte. Gewöhnlich verließ Tobias früh das Haus zu seiner Arbeit bei der Mordkommission und kam spät zurück. So hatte Olaf die 4-Zimmerwohnung die meiste Zeit für sich allein. Erst vor wenigen Wochen hatte sein Leben als Rentner begonnen, dabei war er noch nicht einmal sechzig.

Seit einer Woche ließ ihn die geheimnisvolle Nachricht nicht los, die ihm der Virus geschickt hatte.

Sein Virus: Manchmal liebte er ihn, manchmal hasste er ihn. Es war ihm zu verdanken, dass Olaf zwei knifflige Kriminalfälle hatte lösen können. Wie es schien, war nun der Dritte an der Reihe. Kein schlechter Schnitt für einen ehemaligen IT-Security-Experten, der nie das Handwerk eines Polizisten erlernt hatte.

Mit der noch halbvollen Tasse in der Hand ging er in sein Arbeitszimmer, um den Laptop hochzufahren. Zwar kannte er den Text auswendig, trotzdem wollte er ihn sich ein weiteres Mal ansehen. Mit einem Doppelklick öffnete er den Viruskonfigurator, mit dem er Einstellungen für den Virus vornehmen und dessen Nachrichten ansehen konnte. Es erschien das vertraute bunte Fenster auf dem Bildschirm. Mit einem weiteren Doppelklick öffnete Olaf die Nachricht, die er vor einer Woche erhalten hatte. Er hatte nicht die leiseste Ahnung, von welchem Smartphone sie stammte, genauso wenig, wem das Handy gehören könnte. Der Virus war unbeabsichtigt darauf gelandet, gewissermaßen als Kollateralschaden.

Er selbst hatte den Virus programmiert. Umso seltsamer, dass es immer wieder zu unerklärlichen Komplikationen gekommen war. Dass er vieles mehr ausspioniert hatte als vorgesehen, war in Olafs erstem Mordfall ein großer Vorteil gewesen. Allerdings war er auch mehrmals außer Kontrolle geraten. Das war der Grund, weshalb Olaf ihn abgeschaltet hatte. Zumindest war dies Olafs Absicht gewesen, denn auf genau einem Handy hatte der Virus alle seine Bemühungen zum Löschen überlebt.

Für den Moment allerdings bedeuteten die Macken seiner Spähsoftware, dass er lesen konnte, was vor acht Tagen auf dem Handy eingetippt worden war. Und seitdem grübelte er darüber, was dieser Text bedeuten könnte.

Ein dezentes Pling kündigte eine Nachricht des Messengers an. Olaf blickte auf das Handydisplay: Gottfried.

»Fertig mit dem Frühstück?«, lautete die Nachricht. Gottfried kannte Olafs Gewohnheiten und wusste, wann er gewöhnlich aufstand und dass er sich beim Frühstück Zeit ließ.

»Selbstverständlich«, gab Olaf als Antwort ein. »Und du mit dem Mittagessen?«

Er wusste nicht aus dem Stegreif, wie viele Stunden Zeitunterschied zwischen ihm und Gottfried herrschten. Vermutlich waren es vier Stunden.

»Ich habe etwas gegessen«, kam von Gottfried zurück, »aber keine Ahnung, was es war.«

Olaf musste grinsen. Wie es schien, hatte es ihm nicht sonderlich geschmeckt. Dass er überhaupt in seinem Zustand die weite Reise nach Indien unternommen hatte, grenzte an Verrücktheit.

»Du hast doch sowieso keinen Appetit«, gab Olaf zurück.

»Doch. Sogar sehr. Aber die indische Küche …«

Olaf selbst war einige Male in Asien gewesen und wusste, das Essen dort konnte grandios sein. Für einen Europäer stellte es aber auch eine geschmackliche Herausforderung dar, häufig auch eine für die Verdauung, und vor allem war es zumeist unglaublich scharf. Dass Gottfried sich in seinem schlechten

Gesundheitszustand zu einem Business Trip nach Bangalore entschlossen hatte, war allerdings nicht nur wegen der lokalen kulinarischen Gepflogenheiten geradezu unverantwortlich.

»Du bist aber zum nächsten Chemo-Termin zurück, sonst hole ich dich!«, tippte Olaf ein. Er ahnte, was er von Gottfried als Antwort erhalten würde. Eigentlich war es ein Wunder gewesen, dass er überhaupt mit der Therapie begonnen hatte. Tagelange Meetings in Kalifornien schienen ihm wichtiger gewesen zu sein, als die Chemo rechtzeitig zu beginnen, die ihm eine fifty-fifty-Überlebenschance bot.

»Muss ich nicht«, kam nach einigen Sekunden zurück. Olaf starrte verdutzt auf den Bildschirm. Der Kerl wollte tatsächlich die Therapie abbrechen!

»Spontane Wunderheilung?«, schickte Olaf zurück.

»Nein, erzähle ich dir später. Ich treffe mich gleich mit Naveen. Ich rufe dich am Abend an, also bei dir am Nachmittag. Dann lass uns über den neuen Fall reden.«

Olaf wollte so etwas eingeben wie »Du hast nicht mehr alle Tassen im Schrank«, aber das würde er sich für das Telefonat am Nachmittag aufheben. Wie es schien, war Gottfried irre geworden. Er konnte unmöglich glauben, dass er ohne Chemo den Krebs überleben würde. Olaf wollte seinen Freund nicht an die Krankheit verlieren. So weit durfte es nicht kommen. In ihrem Telefongespräch würde er Klartext reden.

Olafs Stimmung hellte sich erst wieder auf, als er zurück an seinem Schreitisch vor dem Bildschirm saß. Er betrachtete das Fenster mit der Nachricht, die ihm so viel Kopfzerbrechen bereitete. Sein Virus konnte so ziemlich alles, wovor sich Handynutzer fürchten sollten. Für ihn war es kinderleicht, Passwörter auszuspähen oder unbemerkt Videos aufzuzeichnen. Olaf konnte sogar in Echtzeit ein infiziertes Handy kapern, indem er sich aufschaltete.

Die letzte Virusnachricht bestand aus den Daten eines Key-Loggers, einer Funktion, durch die jedes eingegebene Zeichen mitgeschnitten und auf Olafs Server geschickt wurde. Diese Tastatureingaben stammten offensichtlich aus einem Chat zwischen zwei Personen. Der Key-Logger konnte natürlich nur den Teil der Unterhaltung mitschneiden, den der Besitzer des infi-

9

zierten Smartphones eingegeben hatte. Was von der Gegenseite geschickt worden war, fehlte. Es war, als hörte man jemandem beim Telefonieren zu, bekäme aber nicht mit, was auf der anderen Seite der Leitung gesprochen wird.

Seit nunmehr acht Tagen hatte Olaf sich den Text immer wieder durchgelesen.

Sigfried, bist du da?

In Weimar.

Ich bin hier beim Kunden. Morgen fahre ich zurück nach Frankfurt.

Was denkst du denn? Ich bin in einem Hotel-WLAN. Völlig anonym, außerdem verschlüsselt. Das kann niemand tracken.

Klar. Mach ich platt. Wo soll ich es deponieren?

An der Nidda? Wo genau?

Ist angekommen. Danke. Sind die GPS-Koordinaten genau genug? Es könnte mehrere geben.

Rechte oder linke Seite?

Okay. Wann genau?

Klappt. Und wann schnappen wir uns das Mädchen?

Wo können wir es einsperren?

Und was machen wir mit ihr?

So lange?

Und wenn es davon stirbt?

Sehe ich genauso. Also nächste Woche Sonntag. Das wird prickelnd!

Olaf legte die Lesebrille neben den Laptop, stellte sich ans Fenster und blickte nach unten auf die enge, von parkenden Autos gesäumte Einbahnstraße.

Vieles in dem Chat blieb nebulös. Klar war aber, dass sich hier Leute zu einer Entführung verabredet hatten, der Entführung eines Mädchens. Sie sollte an einem Sonntag stattfinden. Wie es schien, war Sonntag diese Woche gemeint. Und es würde in Frankfurt passieren. Es musste Olafs Heimatstadt gemeint sein, nicht etwa Frankfurt an der Oder, da von der Nidda die Rede war, dem Fluss, der durch den Norden von Frankfurt am Main fließt. Mehr war aus der Virus-Nachricht nicht herauszulesen. Es galt, ein Mädchen zu retten, wer immer es war und vor wem auch immer. Aber daran war nicht zu denken, solange der Virus sich nicht wieder meldete. Seit dem vorletzten Freitagabend war nichts mehr von ihm zu hören gewesen. Offenbar war das Handy ausgeschaltet.

2

Gottfried rief um kurz vor drei an.

»Was hat dich geritten, nach Bangalore zu fliegen?!« Olaf hielt sich nicht mit einer freundlichen Begrüßung auf. »Du hast Termine für die Chemo. Die musst du einhalten.«

»Auch dir einen schönen, guten Tag«, gab Gottfried in ruhigem Ton zurück. »Ich bin hier, um die vertraglichen Grundpfeiler für die künftige *Off-Shore Test Factory* einzuschlagen.«

»Das Einschlagen kannst du auch jemand anderem überlassen. Du musst nicht alles selbst machen.«

»Wenn ich Carsten oder einen anderen Teamleiter geschickt hätte, wäre das Ergebnis suboptimal. Ich habe mir vor Ort bereits ein Netzwerk aufgebaut. Vor allem mit Naveen läuft es sehr gut, das ist der Key Account Manager.«

»Wie schön für dich«, sagte Olaf ironisch. »So was kann man auch von zu Hause aus per Videokonferenz machen. Du musst deine Gesundheit wiederherstellen.«

Gottfried gab das hüstelnde Lachen von sich, das seit seiner Krebserkrankung typisch für ihn war. »Gute Abschlüsse erreicht man, wenn man gemeinsam Essen oder am Abend zusammen ein Bier trinken war. Das geht nicht übers Internet.«

»Du trinkst doch nicht etwa Alkohol während der Chemotherapie!«, rief Olaf heftig. »Machst du überhaupt noch die Therapie?«

»Nein«, kam es von Gottfried zurück, »ich habe keinen Alkohol getrunken und werde es auch nicht tun. Und ja, ich setze die Therapie fort. Sie ist ja meine fifty-fifty-Chance, den Darmkrebs zu besiegen. Ich mache die Chemo hier in Bangalore weiter.«

»In Indien?«, sagte Olaf entgeistert. »Ayurvedische Darmmassage oder was?«

»Ich habe einen Deal mit Doktor Scharschmidt und meiner Krankenkasse gemacht«, fuhr Gottfried fort. »Am Dienstag habe ich meinen Chemo-Tag im Fortis Hospital. Ich bekomme dasselbe Präparat wie in Frankfurt, und auch sonst wird dasselbe mit mir gemacht, was auch Doktor Scharschmidt tun würde.«

»Und die Krankenkasse zahlt das?«

»Ich muss es vorlegen und kann es später einreichen.«

Zwar war Gottfried völlig verrückt, was seine Dienstreisen anbelangte, aber diesmal hatte die Therapie es in seine Reiseplanung geschafft. Für Gottfried war so etwas alles andere als selbstverständlich.

»Und du gehst auch wirklich hin«, sagte Olaf.

»Sei unbesorgt. Das Meeting mit dem Legal Department ist bis neun Uhr dreißig terminiert. Danach gehen wir kurz einen Kaffee trinken, und das Taxi ist für zehn Uhr bestellt.«

Das klang, als hätte Gottfried den Chemo-Termin in seinen Outlook-Kalender eingetragen. Olaf war erleichtert.

»Lass uns lieber über die letzte Nachricht deines Virus reden«, sagte Gottfried. »Die gibt einem Rätsel auf. Wieso ist der Virus überhaupt auf diesem Handy gelandet?«

»Ich habe dir erklärt, dass er sich in einem WLAN festsetzen kann, wenn sich ein infiziertes Gerät dort einloggt.«

»Ach *die* Geschichte«, kam von Gottfried zurück. »Und das WLAN, um das es geht, ist das von dem Hotel in Weimar aus unserem letzten Fall?«

»Genau das«, bestätigte Olaf.

Das Hotel hatte eine außerordentlich wichtige Rolle gespielt. Dass sich der Virus über dessen WLAN auf weitere Handys verbreiten würde, war von Olaf aber nicht beabsichtigt gewesen.

»Und jetzt wird jedes Gerät in diesem Netzwerk infiziert. Du hast es also fertiggebracht, dass alle Handys der Welt von dem Virus befallen werden. Denkst du nicht, es ist genug mit deinen Cyber-Experimenten?«

Gottfried war schon immer gegen den Virus gewesen. Dabei hatten ihn die Informationen, die er Olaf geschickt hatte, stets brennend interessiert.

»Du weißt, dass ich nicht vorausgesehen habe, dass der Virus sich in WLANs einnistet. Und du weißt, dass ich den Virus auf allen infizierten Geräten sofort wieder gelöscht habe.«

»Aber in dem Hotel-WLAN stecken sich doch immer weitere Handys an. So muss es auch mit dem gewesen sein, von dem aus die Nachricht zu unserem neuen Fall geschickt wurde.«

»An den Virus im WLAN komme ich nicht heran. Seit dem Abend, an dem ich die Nachricht bekommen habe, läuft aber ein Skript, das jeden Virus löscht, sobald er etwas schickt.«

»Und das soll klappen?«, sagte Gottfried skeptisch.

»Es ist ein wenig von hinten durch die Brust ins Auge«, räumte Olaf ein, »und alles andere als elegant, aber es funktioniert.«

»Bei *einem* Handy hat es offensichtlich nicht funktioniert.«

»Die Nachricht ist von dem bewussten Abend. Ich habe das Löschprogramm erst danach gestartet. Zwar habe ich weitere Nachrichten von anderen Handys erhalten – und daraufhin wurden die betreffenden Viren gelöscht – von dem Handy, das uns die mysteriöse Nachricht geschickt hat, gibt es aber nicht mehr als genau diese eine Nachricht.«

»Dann hat jemand das Handy unmittelbar nach dem Chat heruntergefahren«, sagte Gottfried nachdenklich.

»Und weil der Virus sich seit heute nicht mehr gemeldet hat, wurde es auch nicht wieder eingeschaltet«, sagte Olaf. »Oder es hat kein Netz, also weder mobile Daten noch ein WLAN zur Verfügung.«

»Also hat jemand auf dem Handy mit einem gewissen Sigfried gechattet, und seitdem das Gerät nicht mehr benutzt. Warum sollte jemand so etwas tun?«

»Weil es nicht sein eigentliches Handy ist«, sagte Olaf. »Wer immer es ist, er hat ein weiteres Smartphone.«

»Dann muss er sich auch mit dem anderen Handy im Hotel-WLAN eingeloggt haben«, sagte Gottfried hoffnungsfroh, »und hat sich auch darauf den Virus eingefangen.«

»Kann sein. Aber ich habe ja alle Viren gelöscht, die Nachrichten an den Server geschickt haben. Zunächst händisch, dann mit dem Löschprogramm.«

»Und wie steht es mit den Daten, die geschickt wurden? Ist das alles weg?«

»Ich habe Tabula rasa gemacht und alles ungesehen gelöscht. Viele Leute nehmen ihr Smartphone mit aufs Klo. Und du weißt, dass der Virus heimlich Videos aufnimmt.«

Wieder lachte Gottfried hüstelnd. »In dem Chat geht es um die Entführung eines Mädchens«, sagte er schließlich ernst. »Was können wir tun, um das zu verhindern?«

»Und es ist die Rede davon, das Mädchen gefangen zu halten, wie es scheint für eine längere Zeit.«

»Wir müssen herausbekommen, was der andere im Chat, dieser Sigfried, geschrieben hat. Werden wir es erfahren, wenn der Virus sich wieder meldet?«

»Mit den aktuellen Einstellungen wird der Virus schlicht alles schicken, was technisch machbar ist, ganz gewiss auch den vollständigen Chat-Verlauf.«

»Lass uns hoffen, dass das möglichst bald passiert. Und rechtzeitig. Diese Leute haben sich verabredet, ein Mädchen zu kidnappen. Der Satz ›Und wenn es daran stirbt?‹ macht mir am meisten Sorgen. Ich möchte mir gar nicht vorstellen, was diese Leute mit ihrem Opfer anstellen wollen.«

3

Olaf hatte Gottfrieds letzten Satz im Ohr, als er zurück an den Laptop ging. Es war ein ungutes Gefühl, von einem bevorstehenden Verbrechen zu wissen, es aber nicht verhindern zu können. Eigentlich war ihm nur der Tag bekannt: Es sollte an diesem Sonntag geschehen, also morgen.

Olaf überprüfte die Einstellungen im Konfigurator, vergewisserte sich, dass sowohl auf seinem Laptop wie auch auf dem Smartphone ein unüberhörbares Signal ertönen würde, sobald der Virus eine Nachricht schickte.

Und das war immer ein weihnachtlich anmutendes Bimmeln. Olaf hatte einen solchen Ton niemals vorgesehen, trotzdem war er dem Virus nicht abzugewöhnen. Nach zig Versuchen, auf einen anderen Ton umzustellen, hatte Olaf sich mit dem kitschigen Weihnachtsglöckchen abgefunden. Das war eine der zahlreichen Merkwürdigkeiten des Virus, die er sich nicht erklären konnte.

Das Löschprogramm war aktiv und lief wie vorgesehen. In den letzten fünf Stunden hatte es den Virus von dreiundzwanzig Geräten deinstalliert, allesamt Handys und Laptops, die sich in das WLAN des Weimarer Hotels eingeloggt hatten. Für den Virus, der die geheimnisvolle Nachricht geschickt hatte, ließ Olaf die Funktion zum Löschen natürlich ausgeschaltet. Alles war vorbereitet. Was fehlte, war ein Lebenszeichen des Virus.

Das angenehme Dingdong der Türglocke riss ihn aus seinen Gedanken. Er blickte auf die Uhr: kurz nach halb vier. Die falsche Uhrzeit für einen Nachbarn, sich eine Zitrone oder eine Zwiebel fürs Mittagessen ausleihen zu wollen. Er tippte auf einen Paketboten, als er zur Haustür ging.

»Kann ich einen Moment reinkommen?«

Er war überrascht, als er die pummelige Frau vor seiner Tür erblickte. Jasmin sah ihn unsicher an. Ihre geröteten Augen verrieten, dass sie gerade geweint hatte. Er hatte sie bereits als Kind gekannt und in diesem Haus aufwachsen gesehen. Mittlerweile war sie Mutter eines kleinen Kindes. Soweit er wusste, arbeitete sie in der Altenpflege.

Und es war offensichtlich, dass sie sich keine Zutaten zum Kochen ausleihen wollte.

»Ist was mit deinen Eltern?« Olaf lotste sie in die Küche.

»Ja«, sagte Jasmin mit düsterem Blick. Unaufgefordert ließ sie sich am Küchentisch nieder.

»Kaffee?« Er füllte eine Tasse mit dem Kaffee, den er eigentlich für sich aufgesetzt hatte, platzierte sie vor Jasmin auf den Tisch und setze sich ihr gegenüber. Er war überrascht, dass sie sich ihm anvertrauen wollte. Ihm war unwohl bei dem Gedanken, er könnte in Familienprobleme hineingezogen werden, die vielleicht die lange gepflegte Hausgemeinschaft aus dem Gleichgewicht bringen würden.

»Also, was ist los?«, sagte er.

»Mein Vater redet nur noch Scheißdreck. Ich erkenne ihn nicht mehr wieder.«

Beinahe hätte Olaf laut gelacht. Jasmin schien aber derart erschüttert, dass er es sich verkniff. »Reden wir nicht alle hin und wieder Mist?«, sagte er stattdessen.

Jasmin verzog ihr Gesicht zu einer genervten Grimasse. »Hin und wieder!«, zischte sie. »Er erzählt mir, wir alle würden in Wirklichkeit von Kinderschändern regiert, von einem geheimen Staat im Staate, der uns Böses will, und lauter anderen Schwachsinn. Noch hätte ich es nicht bemerkt, aber früher oder später würde auch ich wissen, dass wir alle nur verarscht werden.«

»So was sagt dein Vater? Das kann er nicht ernst meinen.«

Sie rollte theatralisch mit den Augen. »Er meint aber, was er sagt. Impfungen dienen dazu, uns heimlich Chips zu implantieren. Dann können die da – wer immer das sein soll – uns kontrollieren und fernlenken.«

»Im Ernst? Thorsten sagt solches Zeug?«

Sie nickte.

»Dann ist dein Vater wohl Anhänger von Verschwörungstheorien«, konstatierte Olaf. Er kannte Thorsten, Jasmins Vater, schon seit Jahren, nein Jahrzehnten. Zwar nur als Nachbarn – man lieh sich gelegentlich die Bohrmaschine aus, hielt ein kurzes Schwätzchen im Hausgang und prostete sich zu Neujahr auf der

Straße zu – trotzdem hatte Olaf geglaubt, ihn gut zu kennen. Er hätte niemals für möglich gehalten, dass Thorsten in den Sog von Verschwörungstheoretikern geraten könnte.

Jasmin schnaufte traurig. »Es ist keine vernünftige Unterhaltung mit ihm möglich. Ständig ätzt er gegen Politiker, gegen die mächtigen Eliten ...«

»Lass mich raten«, unterbrach sie Olaf, »die jüdische Weltverschwörung, QAnon, Bill Gates und Lady Gaga.«

»Genau die. Die ganze Palette. Er lässt nichts aus.«

»Und was ist mit Ulla?«

»Meine Mutter scheint den Quatsch auch zu glauben. Oder es ist ihr egal. Jedenfalls widerspricht sie meinem Vater nicht, wenn er seinen Scheiß erzählt.«

»Mir ist keine Veränderung an deinen Eltern aufgefallen. Allerdings habe ich seit einer Weile nicht mit ihnen gesprochen.« Wahrscheinlich hatte er einen der beiden zuletzt beim Müllwegbringen oder im Treppenhaus gesehen, jedenfalls nur bei einer kurzen Begegnung, wo es über ein knappes Frankfurterisches »Ei Gude« nicht hinausgegangen war.

»Sie sind seit ein paar Monaten so«, sagte Jasmin, »und von Tag zu Tag krasser drauf.« Sie musterte ihn vorsichtig. »Ihr kennt euch, seit ich ein kleines Kind war. Kannst du nicht mal mit denen reden?«

Olaf schnaufte durch. Mit Verschwörungstheoretikern zu diskutieren, war von vornherein zum Scheitern verurteilt. Meist waren sie in ihrem Irrglauben so gefestigt wie ein Selbstmordattentäter des IS. Um die wirr verschalteten Synapsen an den richtigen Stellen aufzulösen, brauchte es mehr als einen Nachbarn, der ihnen gut zuredet. Da waren gute Psychiater nötig. Olaf konnte nur darauf hoffen, dass Thorsten und Ulla noch nicht zu tief in die Fänge der Verschwörungstheorien eingetaucht und für das ein oder andere Argument zugänglich waren. Nach dem, was Jasmin ihm gerade erzählt hatte, war leider nicht davon auszugehen. Er würde es dennoch versuchen.

»Ich gehe morgen in den dritten Stock und klingle bei ihnen«, sagte er.

»Danke.« Jasmin seufzte. »Jetzt muss ich wieder hoch, Finn holen. In zwei Monaten habe ich einen Kindergartenplatz für ihn, dann ist er wenigstens werktags untergebracht. Ich weiß wirklich nicht, ob ich ihn weiter zu meinen Eltern bringen werde, wenn ich zum Dienst muss.«

Sie nahm einen Schluck Kaffee und stellte die Tasse mit angewidertem Gesicht zurück, als würde er nicht schmecken.

»Olaf, hast du einen Schnaps für mich?«

Olaf behielt das Handy in seiner Nähe, um im Falle einer Virus-Nachricht sofort reagieren zu können. Selbst beim Duschen lag es zusammen mit der Lesebrille im Badezimmer auf dem Schränkchen. Und genau, als er sich Shampoo in die Haare rieb, ertönte das Signal des Virus: das charakteristische, weihnachtliche Glöckchen-Bimmeln. Fluchend hielt er den Kopf unter den Duschstrahl, um sich den Schaum abzuspülen, und sprang aus der Duschkabine. Er schnappte sich das Handtuch und sofort darauf Handy und Brille.

Es dauerte eine Weile, bis die Nachricht geöffnet war. Es handelte sich um eine Audiodatei, die auf dem Handy automatisch abgespielt wurde.

»Ja, hallo?« Die unsichere Stimme einer Frau.

»Glückwunsch!«, war die ironische Stimme eines Mannes zu hören. »Sie haben das Handy gefunden.«

»Wie geht es jetzt weiter?«, sagte die Frau heftig. »Wo ist meine Tochter?«

»Auf diesem Handy werden wir die weitere Übergabe besprechen. Und nur auf diesem. Holen Sie Ihres aus der Tasche!«

»Ich soll mein Handy herausholen?«, sagte die Frau ungläubig.

»Tun Sie es jetzt sofort!«

Es entstand eine Pause, in der die Frau vermutlich in ihrer Handtasche kramte.

»Prima. Geschafft«, rief der Mann spöttisch.

»Woher wissen Sie …«

»Und jetzt holen Sie weit aus und werfen Sie es in die Nidda.«

»Ich kann doch nicht einfach mein Handy ins Wasser …«

»Sie schaffen das. Werfen Sie das Ding in die Nidda. Ja. Sie machen das sehr gut.«

»Beobachten Sie mich?«, sagte die Frau verblüfft.

»Und nun zur Übergabe«, fuhr der Mann unbeirrt fort. »Fahren Sie zum Praunheimer Weg in der Nordweststadt und biegen Sie dann in den Hammarskjöldring ab. Dort parken Sie. Wenn Sie angekommen sind, rufe ich Sie wieder an.«

»Was ist mit meiner Tochter?« Die Frau klang beides, ängstlich und aggressiv. »Ich will sofort mit meiner Tochter sprechen!«

»Sie werden Ihre Tochter zurückbekommen, sobald Sie die Münze übergeben haben.«

»Nein!«, insistierte die Frau. »Ich muss wissen, dass es ihr gut geht. Holen Sie sie ans Telefon.«

»Sie ist wohlauf. Noch. Solange Sie tun, was ich von Ihnen verlange.«

»Wehe, Sie krümmen ihr auch nur ein Haar!« Die Frau klang unsicher. Sie wusste, dass sie eine leere Drohung ausstieß.

»Und schalten Sie nicht die Polizei ein! Sollten Sie das tun, bekommen Sie Ihre Tochter nicht wieder zurück. Jedenfalls nicht an einem Stück.«

»Ich habe nicht vor, mit der Polizei zu reden«, sagte die Frau nervös.

»Fahren Sie in den Hammarskjöldring«, wiederholte der Mann die vorherige Anweisung. »Ende der Durchsage.«

Ein Klickgeräusch machte klar, dass er die Verbindung unterbrochen hatte.

Olaf hatte das Gefühl, unter Strom zu stehen. Er war live bei einer Entführung dabei! Schnell trocknete er sich vollständig ab und zog sich etwas über, bevor er in sein Arbeitszimmer rannte. Er brauchte den großen Bildschirm. Ungeduldig wartete er darauf, dass der Laptop hochgefahren war und er den Viruskonfigurator starten konnte.

Es hatte in der Zwischenzeit keine weitere Nachricht des Virus gegeben, sonst wäre das weihnachtliche Bimmeln auf dem Handy ertönt. Wenn er neu auf einem Gerät installiert war, schickte der Virus gewöhnlich ein ganzes Paket von Nachrichten: Passwörter, Chatverläufe, eine Liste der besuchten Webseiten und vieles mehr, das er auszuspionieren in der Lage war. Bei diesem Handy allerdings schien sich der Virus anders zu verhalten. Erneut hörte Olaf sich die Audiodatei mit dem Telefonat an. Dabei achtete er erstmalig auf die Uhrzeit, zu der sie aufgenommen worden war. Vor mehr als vierzig Minuten! Wieso hatte der Virus so lange gebraucht, diese Datei zu schicken? In den letzten vierzig Minuten konnte alles Mögliche passiert sein. Olaf hatte angenommen, er habe quasi live erlebt, was da draußen passiert war. Stattdessen war er bloß Zaungast bei einer vierzig Minuten alten Aufzeichnung gewesen. Vermutlich war das Lösegeld längst übergeben worden: eine Münze. Es musste ein sehr kostbares Stück sein, eines für das sehr viel Geld geboten würde.

Einen Moment lang starrte er den Bildschirm an, hoffte auf eine weitere Nachricht. Dann klickte er auf den Knopf ›Hijack‹. Mit dieser vielleicht mächtigsten Funktion des Virus konnte man sich auf ein infiziertes Handy aufschalten und Kontrolle über alle installierten Apps bekommen. Dazu gehörte, alles zu sehen, was die Kameras des Gerätes aufzeichneten, und zu hören, was das Mikrofon registrierte. Eine ideale Wanze, mit der er live in Bild und Ton verfolgen konnte, was in der Umgebung des Smartphones vor sich ging.

Er fluchte, als die Verbindung mit dem Handy fehlschlug. Auch weitere Versuche brachen mit der Fehlermeldung ab, das entfernte Gerät könne nicht erreicht werden. Wieder klickte Olaf auf den Knopf, gewiss zum zehnten Mal, und wusste, dass auch dieser Versuch nicht funktionieren würde. Wie es schien, war das Handy in einem Funkloch. Vielleicht in einem Gebäude mit schlechtem Empfang. Oder in einer Tiefgarage. Vielleicht war das Handy auch bloß ausgeschaltet.

Er musste auf die nächste Nachricht warten. Es blieb ihm nichts anderes übrig. Und er wusste, er konnte nicht eingreifen, was immer dort gerade geschah. Mittlerweile konnte das Mädchen freigelassen worden sein, oder es war bereits tot.

Olaf würde es vielleicht mit der nächsten Nachricht erfahren.

4

Erfahrungsgemäß würde der Abbiegevorgang auf die Outer Ring Road etliche Minuten dauern. Durch das Fenster des Taxis sah sich Gottfried inmitten eines Knäuels aus Autos, Motorrädern und LKW. Alle diese Fahrzeuge schienen in unterschiedliche Richtungen zu streben. Hinter ihm schickte sich ein Linienbus an, die Mitte der mehrspurigen Ausfallstraße zu erreichen. Das Hupen war allgegenwärtig. Dröhnendes Hupen, hohes Hupen, quäkendes Hupen verbanden sich zu einer Lärmkulisse, die in Bangalore zum alltäglichen Straßenverkehr gehörte.

Gottfried war froh, in einem Taxi zu sitzen und nicht selbst fahren zu müssen. Beharrlich arbeitete der Fahrer sich Zentimeter um Zentimeter vor. Nur noch wenige Minuten und das Taxi hätte eine der Fahrspuren der Outer Ring Road erreicht. Dann würde es in den chaotischen Verkehrsfluss geworfen wie ein Tennisball in einen tosenden Bach.

In Mumbai hatte Gottfried einmal einen Taxifahrer gefragt, wie es sein konnte, dass es bei der indischen Fahrweise nicht ständig Verkehrsunfälle gab. Seine Frage hatte beim Fahrer Irritation ausgelöst. Nach einigem Nachhaken und Erläuterungen, was er genau gemeint habe, hatte der Fahrer verwundert geantwortet: »*We hear their horns.*« Seitdem kannte Gottfried das wichtigste Prinzip im indischen Straßenverkehr: Wie Fledermäuse sich in der Dunkelheit über das Echo ihrer Rufe orientieren, orteten indische Fahrer andere Verkehrsteilnehmer durch deren Hupen. Ohne hinzusehen, wussten sie stets, wo genau sich vor und hinter, links und rechts von ihnen andere Fahrzeuge befanden. Zumindest diejenigen, die hupten.

Bis zum Hotel war es nicht weit. Vor einem Jahr, bei seiner letzten Bangalore-Reise, war er einmal zu Fuß vom Büro dorthin gelaufen. Es war ein Abenteuer der besonderen Art gewesen, nach einem Arbeitstag im klimatisierten Hochhaus den schicken Firmen-Campus mit Palmen und Blumenrabatten zu verlassen und die staubige Straße entlangzulaufen. Nicht nur wegen des unberechenbaren Verkehrs, der wenige Zentimeter neben ihm entlanggebraust war. Damals war er einige Minuten früher am Hotel angekommen, als es mit dem Taxi möglich gewesen wäre.

Er blickte auf seine Armbanduhr. Kurz nach halb sieben indischer Zeit. Im Hotel hätte er noch etwa vierzig Minuten für sich, bevor Naveen ihn zum Dinner abholen würde. Die wollte er damit verbringen, ausgiebig zu duschen. Olaf konnte er vom Taxi aus anrufen. Er wählte seine Nummer und wartete geduldig darauf, dass die Verbindung ins ferne Deutschland bereit und das erste Tuten zu vernehmen war.

Olaf ging sofort dran. »Der Virus hat sich gemeldet«, rief er ins Telefon. »Gerade findet eine Lösegeldübergabe statt.«

»Also geht es tatsächlich um eine Entführung.« Ein neuer Fall. Am liebsten hätte Gottfried gejubelt. Er setzte das Headset auf. Es wirkte seltsam, sich im Beisein des Taxifahrers über Lösegeld und Entführungen zu unterhalten, auch wenn dieser vermutlich zwei indische Sprachen und leidlich Englisch, aber gewiss kein Deutsch konnte.

»Ja, eine Entführung«, gab Olaf zurück. »Eine Frau übergibt das Lösegeld, und sie spricht von ihrer Tochter, die offenbar als Geisel gehalten wird.«

»Das Mädchen, von dem im Chat die Rede ist«, sagte Gottfried.

»Das Lösegeld ist eine Münze«, fuhr Olaf fort. »Damit bekäme die Frau ihr Kind zurück.«

»Eine einzige Münze?« Gottfried wusste nicht, was er erwartet hatte, vielleicht einen Koffer voller Geld. Auf eine Münze wäre er nicht gekommen. »Dann muss es eine äußerst wertvolle sein.«

Das Taxi hatte das Abbiegemanöver bewältigt und ließ sich nun vom hupenden Verkehr der Outer Ring Road mitreißen.

»Und hat dir dein Virus verraten, wo das alles passiert?«

»Blöderweise komme ich auf das Handy nicht drauf. Wie es scheint, ist es ausgeschaltet. Oder, da wo es sich gerade befindet, hat das Netz nicht die nötige Bandbreite. Ich habe eine Audiodatei mit dem Telefonat, sonst nichts. Und selbst die kam mit einer Verzögerung von etwa vierzig Minuten.«

»Vierzig Minuten. Das heißt, wir sind bestenfalls auf dem vorletzten Stand der Geschehnisse«, sagte Gottfried.

Sie passierten gerade den Müllhaufen direkt neben der Straße: für Gottfried eine Wegmarke auf dem Weg zum Hotel. Er erinnerte sich gut daran, wie er bei seinem Fußmarsch vor einem Jahr daran vorbeigemusst hatte. Den bestialischen Gestank würde er niemals vergessen. Von verrotteten Lebensmitteln über Fäkalien bis zu giftigen Chemikalien schien alles zum Gestank beizutragen. Wie immer durchsuchten hagere Männer in dreckigen T-Shirts den Unrat nach Verwertbarem. Eine abgemagerte Kuh hatte in dem stinkenden Haufen etwas zu Fressen entdeckt.

Gottfried war dankbar, in einem klimatisierten Taxi zu sitzen. »Wir sind also genauso ahnungslos wie vorher«, sagte er zu Olaf. »Wir wissen von einer Entführung, haben aber nichts, was uns Aufschluss geben könnte, wer entführt wurde und von wem.«

»Für den Moment mag das stimmen«, entgegnete Olaf. »Allerdings wissen wir nun, dass der Zweck des Handys ist, der Mutter Anweisungen für die Übergabe zukommen zu lassen. Damit wollen die Entführer ausschließen, dass die Polizei mithören kann. Hätte die Mutter nämlich die Polizei bereits eingeschaltet und würde sie über ihr eigenes Handy mit den Entführern sprechen, gäbe es dieses Risiko.«

»Die Leute kennen sich gut mit Technik aus«, sagte Gottfried.

»Und sie sind sehr vorsichtig. Die Mutter musste ihr Handy in die Nidda werfen. So kann sie auch niemand tracken.«

»Das Ganze spielte sich also an der Nidda ab. Die wurde im Chat erwähnt.«

»Richtig. In dem Telefonat gaben sie der Mutter die Anweisung, in den Hammarskjöldring zu fahren.«

»Eine Adresse haben wir also bereits«, sagte Gottfried. »Vielleicht sollten wir die Polizei verständigen.«

»Das wäre keine gute Idee«, sagte Olaf. »Wir würden damit das Mädchen gefährden. Außerdem müssten wir der Polizei erzählen, dass wir das alles von einem Handy-Virus wissen.«

»Korrekt. Wir warten auf einen weiteren Anruf.«

Das Taxi begann energisch zu ruckeln, als es auf die ungeteerte Abbiegepiste wechselte, die parallel zur Outer Ring Road verlief. Nach einigem Schaukeln, vorbei an Restaurants und

Geschäften, würden sie in die elegante Auffahrt des Hotels einbiegen.

»Ich erwarte jeden Moment die neue Nachricht«, kam von Olaf zurück. »Grüß mir die Inder. Ich sag Bescheid, wenn es etwas Neues gibt.«

Gottfried nahm das Headset ab und steckte es in seine Tasche. Der Fall, den es zu lösen galt, war in diesem Augenblick im Entstehen. Olaf würde in Kürze erfahren, ob es sich dabei um eine Entführung mit Erpressung von Lösegeld handelte oder am Ende doch um einen Mordfall.

Das Taxi kam in der Hotelzufahrt zum Stehen. Ein Mann in der grünen Uniform der Security-Leute fuhr an einem langen Stab einen Spiegel an der Unterseite des Fahrzeugs entlang. Ein anderer Uniformierter sah ihm scheinbar gleichmütig zu. Neben ihm saß ein hechelnder Schäferhund. Nachdem die Uniformierten überzeugt waren, dass unter dem Auto keine Bombe versteckt war, falteten sie die Hände vor dem Gesicht und verbeugten sich. Das Taxi durfte vor den Eingang des Hotels fahren, wo sogleich eine eilfertige Hand die Tür für Gottfried öffnete.

»*Namaste*«, grüßte der Mann in prächtigem Concierge-Kostüm und Turban. Seine Aufmachung kam Gottfried übertrieben vor. Bestimmt hatte es in Indien niemals eine solche Tracht gegeben. Er ächzte, als er sich mit großer Anstrengung aus dem Rücksitz des Taxis stieß. In Momenten wie diesen fühlte er sich wie ein kraftloser Greis. Krebs, Chemo und Jetlag setzten ihm zu. Und nun bekam er es nach dem klimatisierten Fahrzeug schlagartig mit Temperaturen jenseits der dreißig Grad zu tun.

»*Namaste*«, grüßte er zurück und faltete die Hände vor dem Gesicht. Der kürzeste Weg zur Aircondition des Hotels führte zum Band der Security, auf das er seine Tasche legen musste. Danach würde er durch den Rahmen des Metalldetektors gehen und einen Piepton auslösen, weil er seine Schlüssel in der Hosentasche behielte. Früher hatte er immer alles Metallene aufs Band gelegt. Heute wusste er, die Security-Leute würden ihn trotzdem mit einem freundlichen *Namaste* begrüßen, statt ihn einer Leibesvisitation zu unterziehen.

So war Indien nun einmal. Nach einer Dusche würde er wie neu geboren sein.

5

Laptop und Handy klingelten gleichzeitig. Wie so oft, klang es wegen der Zeitversetzung beider Signale, als würde in einer riesigen Halle ein Weihnachtsglöckchen geläutet. Olaf stürzte zum Laptop und öffnete die Nachricht des Virus. Wieder ein Telefonat.

»Wie ich sehe, sind Sie im Hammarskjöldring angekommen«, sagte dieselbe männliche Stimme wie vorher. »Steigen Sie aus. Und legen Sie nicht auf!«

Olaf nahm das Headset, um deutlicher hören zu können. Es war nicht auszumachen, was das Klappern und Poltern aus den Kopfhörern bedeutete, aber was konnte es anderes sein als die Geräusche, die die Frau beim Aussteigen aus dem Auto machte? Er nutzte die Zeit, in der nicht gesprochen wurde, um den Zeitstempel der Audiodatei anzusehen: Auch dieses Telefonat war bereits vierzig Minuten her. Seit dem ersten waren etwa zwanzig Minuten vergangen.

»Ich stehe jetzt auf der Straße vor dem Martin-Luther-King-Park«, war die Mutter nach einigen Sekunden zu vernehmen.

»Haben Sie die Münze?«

»Was denn sonst?«, rief die Frau ungehalten. »Darum geht es Ihnen doch. Und mir geht es um meine Tochter. Ich will endlich mit ihr sprechen.«

»Wenn Sie das hier versauen, werden Sie nie wieder mit ihr sprechen.« Die Stimme des Mannes klang hart. »Gehen Sie jetzt in den Park hinein.«

Olaf versuchte sich zu erinnern, wie es im Martin-Luther-King-Park aussah. Er war vor vielen Jahren einmal dort gewesen. In seiner Erinnerung war der Park recht klein. Konzentriert lauschte er auf den unregelmäßigen Atem der Frau, die offenbar in den Park hineinlief. Er sollte Google Maps öffnen, um sich eine Vorstellung davon zu verschaffen, welchen Weg die Frau gerade nahm, dachte er, als ein plötzlicher Befehl des Mannes ertönte:

»Stopp! Bleiben Sie genau dort stehen.«

Die Frau stieß einen erschrockenen Laut aus, sagte aber nichts. Ihr Atem war verstummt, als würde sie die Luft anhalten. Für einige Sekunden hörte Olaf durch seine Kopfhörer nichts. Dann begann ein Summen sich in seinem Kopf auszubreiten, erst kaum hörbar, dann deutlich und intensiv.

»Sehen Sie nach oben«, sagte der Mann. »Was Sie da sehen, ist eine Drohne.«

»Eine was?« Die Frau klang entgeistert.

»Sie wissen, was eine Drohne ist«, erwiderte der Mann. »Sie wird gleich auf der Wiese rechts neben Ihnen landen. Wir haben einen Umschlag an ihr befestigt. In diesen Umschlag stecken Sie die Münze.«

Eine Lösegeldübergabe per Drohne! Olaf wäre eine solche Option niemals in den Sinn gekommen. Die Aktion schien äußerst akkurat geplant zu sein.

Das Summen hatte nun die Intensität eines Hornissenschwarms angenommen. Wie es schien, war die Drohne gelandet.

»Ich stecke die Münze erst in den Umschlag, wenn ich mit meiner Tochter gesprochen habe«, sagte die Frau. Ihre Absicht, bestimmt zu klingen, war so unüberhörbar wie die Furcht in ihrer Stimme. »Ich muss wissen, dass es ihr gutgeht.«

»Nun machen Sie endlich«, kam von dem Mann ungerührt zurück. »Wir lassen Ihre Tochter laufen, sobald wir die Münze haben.«

»Wie kann ich wissen, dass Sie Wort halten?«, sagte die Mutter gepresst.

»Ich gebe Ihnen mein Wort, dass das Mädchen ein grausames Schicksal erwartet, wenn Sie nicht die Münze herausgeben!«

»Ein grausames Schicksal?«, echote die Frau kraftlos. Sie atmete schwer. »Ich könnte Ihre dämliche Drohne einfach nehmen und damit zur Polizei gehen«, sagte sie plötzlich. »Die wird herausbekommen, wem sie gehört.«

»Die Drohne ist nicht registriert«, sagte der Mann kühl. »Damit würden Sie bloß erreichen, dass wir unsere Pläne für Ihre Tochter ändern, und das würde Ihnen, und vor allem ihr, ganz bestimmt nicht gefallen.«

»Ich will mit ihr sprechen. Jetzt sofort.« Die Forderung klang verzweifelt.

»Nun stecken Sie die Münze endlich in den Umschlag«, drängte der Mann. »Wenn wir sie haben, lassen wir Ihre Tochter sofort frei. Wenn nicht ... Sie können sich ausmalen, was dann mit dem Mädchen geschieht.«

Die Mutter gab ein gequältes Stöhnen von sich. »Ich habe die Münze in den Umschlag getan«, sagte sie nach einer Weile.

Sofort schwoll das Summen der Drohne an, nahm für einige Sekunden an Intensität zu, ebbte bald darauf wieder ab und verlosch.

»Und was passiert jetzt?«, sagte die Mutter gepresst. »Ich will sofort meine Tochter sehen.«

»Ich melde mich, sobald ich die Münze habe.«

Es klickte in der Leitung. Das Telefonat war beendet.

Verblüfft starrte Olaf auf den Bildschirm, auf dem nun nichts weiter zu sehen war, als dass das Ende der Audiodatei erreicht war. In seiner Fantasie sah er die Frau verzweifelt der Drohne hinterherblicken, die mit dem Faustpfand für ihre Tochter am Himmel verschwand. Wie musste sie sich in diesem Augenblick gefühlt haben? Die Entführer hatten bekommen, was sie wollten. Was aber würden sie nun mit dem Mädchen tun? Die Mutter war darauf angewiesen, dass die Verbrecher ihr Wort hielten. Als Druckmittel brauchten sie die Tochter nicht mehr. Sie konnten sie freilassen. Sie konnten aber auch beschließen, sie zu töten.

Es war schier unerträglich, nichts tun zu können. Olaf konnte nur auf den nächsten Anruf warten. Genauso wie die Mutter. Er war angespannt. Wie aber musste die Mutter diese Minuten der Ungewissheit durchleben? Sie sehnte den Anruf herbei, dass ihre Tochter frei sei und wo sie sie finden würde. Was, wenn es keinen solchen Anruf gäbe?

Wie so oft, versuchte er, sich über den Virus auf das Handy aufzuschalten. Er hatte nicht viel Hoffnung, dass es diesmal gelingen würde, und tatsächlich schlug jeder seiner Versuche fehl. Es schien unmöglich, an das Handy heranzukommen.

Das Dingdong der Türglocke ließ ihn auffahren. In Gedanken versunken, öffnete er die Haustür.

»Hast du mit meinen Eltern geredet?« Jasmin stand vor der Tür und blickte ihn erwartungsvoll an.

In der ganzen Aufregung hatte er vergessen, mit Thorsten und Ulla zu sprechen. Dabei hatte er es für heute zugesagt. »Entschuldige, Jasmin. Ich bin noch nicht dazu gekommen.«

Sie zog ein dramatisches Gesicht. »Weißt du, was er eben zu mir gesagt hat?« Natürlich meinte sie ihren Vater, Thorsten. »In spätestens zwanzig Jahren hätten wir hundertfünfzig Millionen Moslems im Land. Die würden nämlich viel mehr Kinder kriegen als wir ›Bio-Deutschen‹.« Ihre Stimme nahm einen hysterischen Tonfall an. »Das würde man heute schon in Bornheim sehen. Auf der Berger Straße gäbe es nur noch Dönerläden, und der Wochenmarkt am Uhrtürmchen wäre zum orientalischen Basar verkommen …«

»Da wird aber sehr viel Hessisch gebabbelt«, warf Olaf ein.

»Und dann wären die Moslems in der Mehrheit und würden in Deutschland die Scharia einführen. Aber dann wäre es zu spät für uns Deutsche, dann würden wir nämlich überstimmt, wenn es um den Bau von Moscheen ginge.«

Olaf tätschelte ihre Schulter. »Das ist eine gängige Verschwörungstheorie. Blöderweise habe ich überhaupt keine Zeit …«

»Hast du einen Schnaps für mich?« Jasmin hatte bereits einen Schritt in die Wohnung getan.

Er wollte das arme Mädchen auf keinen Fall abweisen. Allerdings konnte sich jederzeit der Virus melden. »Ich erwarte einen wichtigen Anruf.«

Jasmin hatte bereits zielstrebig den halben Weg zur Küche zurückgelegt. »Und 5G sind in Wirklichkeit Strahlen zur Auslöschung des Bewusstseins«, sagte sie, »bis wir alle nur noch willige Schafe sind.«

Jasmins Mitteilungsbedürfnis war immens. Olaf ging ihr in die Küche nach. »Ouzo oder Kirschwasser?«, fragte er in den Redeschwall über Chemtrails, *Deep State* und andere wohlbekannte Verschwörungstheorien hinein.

Sie brach ab und sah ihn müde an. »Ouzo.« Erschöpft ließ sie sich am Küchentisch nieder.

Olaf holte die Flasche und zwei Schnapsgläser. »Es kann sein, dass ich gleich telefonieren muss«, sagte er, als er aus der eiskalten Flasche eingoss. Sein Handy trug er in der Hosentasche.

»Wenn der Anruf kommt, gehe ich hoch in die Wohnung«, sagte Jasmin.

Dann erging sie sich weiter über das Geschwurbel ihres Vaters. Olaf stoppte sie nicht. Sie hatte das dringende Bedürfnis, sich auszukotzen. Was sie über Thorsten zu erzählen hatte, war in der Tat hanebüchen und besorgniserregend. Den meisten Irrsinn, von dem sie berichtete, kannte Olaf aus dem Internet. Kaum zu glauben, dass so etwas bei Thorsten verfangen hatte.

Nachdem sie mit einer fahrigen Bewegung den zweiten Ouzo abgekippt hatte, sprang Jasmin von ihrem Stuhl auf. »Ich gehe jetzt Finn holen«, sagte sie energisch. »Sprichst du mit meinen Eltern?«

Olaf nickte. »Erwarte aber keine Wunder. So was geht sehr schwer wieder weg.«

Jasmin rollte mit den Augen. »Danke«, sagte sie schließlich.

Olaf begleitete sie zur Haustür. »Grüß mir deine Eltern.«

Jasmin schüttelte genervt den Kopf, als sie die Treppe nach oben ging. Es war bescheuert gewesen, das zu sagen.

Als Olaf die Tür schloss, erwachte das Handy in seiner Hosentasche zum Leben: Weihnachtsglöckchen. Er stürzte ins Arbeitszimmer, entsperrte den Bildschirm des Laptops und machte einen Doppelklick auf die neue Nachricht des Virus. Wie erwartet, war es ein Telefonat.

»Sie finden Ihre Tochter auf einer Parkbank.« Die männliche Stimme von zuvor.

»Wo? Welche Bank?«, rief die Mutter.

Der Mann gab ihr eine kurze Wegbeschreibung. Wie es schien, war die Parkbank nicht weit entfernt.

»Und beeilen Sie sich«, schloss der Mann. »Sie wollen ja nicht, dass ein anderer Ihre Tochter mitnimmt.«

»Wie meinen Sie das?«, rief die Frau entgeistert. Sie atmete schwer. Offensichtlich lief sie bereits, vermutlich rannte sie sogar.

Der Mann stieß ein böses Lachen aus. Dann war das Gespräch beendet.

Olaf nahm irritiert die Kopfhörer ab. Man hatte das Mädchen freigelassen. Was aber sollte die letzte Bemerkung des Entführers? Jemand anderes könnte das Mädchen holen, falls die Mutter sich nicht beeilen würde? Seltsam. Das schien auch die Mutter zu finden. Machte es dem Mann Spaß, mit der Angst der Frau zu spielen?

Olaf klickte sich zu dem Zeitstempel des aufgezeichneten Telefonats. Wie er angenommen hatte: Auch dieser Anruf war etwa vierzig Minuten alt. Der Virus schien so viel Zeit für die Übertragung von Audiodateien zu benötigen.

Merkwürdig. Genauso merkwürdig wie diese Entführungsgeschichte.

6

Naveen hatte für draußen reserviert. Noch vor einer Stunde hätte Gottfried darauf bestanden, drinnen im klimatisierten Restaurant zu essen. Mit der Sonne war aber auch die Hitze verschwunden. Wie erwartet, war er mehr als eine Stunde durch den Stau gegurkt. Die Tische des Restaurants standen auf einem kleinen Platz, der von den Betonfassaden der umgebenden Hochhäuser gesäumt war. Gottfried fühlte sich an die Frankfurter Nordweststadt erinnert. Der sanfte Glanz von Lichterketten zwischen niedrigen, in Kübel gepflanzten Palmen sorgte für eine freundliche Atmosphäre.

In diesem Restaurant gebe es das beste *Thali* der Stadt, erklärte Naveen. Gottfried schätzte, dass er damit auch ein wenig die lange Anreise vom Hotel rechtfertigen wollte. Er hatte keinen nennenswerten Appetit. Das ließen der Krebs und vor allem die Chemotherapie nicht zu. Dennoch würde er das *Thali* probieren. Er war immer neugierig darauf, was er in Indien serviert bekam. Geradezu lebenswichtig war allerdings, dem Koch mitzugeben, er solle es nicht *too spicy* machen. Was man dann bekam, war zwar noch immer ungeheuer feurig, aber lange nicht so scharf, wie es die Einheimischen liebten.

»*Cheers*.« Naveen prostete ihm mit einem Bier zu. Gottfried hob sein Glas mit der Cola, prostete zunächst Naveen zu, dann den anderen am Tisch. Er bekam Gläser zum Anstoßen entgegengestreckt, die je nach Religionszugehörigkeit Bier oder etwas ohne Alkohol enthielten. Alle Mitglieder der neu aufgestellten *Test Factory* waren um den Tisch versammelt: Junge Frauen in bunten Saris, andere westlich mit Bluse oder T-Shirt und Jeans gekleidet, junge Kerle mit schicken Frisuren, einer mit einem langen Zottelbart, ein anderer trug einen roten Turban auf dem Kopf. Der Mann neben Gottfried hielt sein Handy für ein Selfie in die Höhe. Während ausgiebig gelächelt wurde, ahnte Gottfried, dass er zwischen all den braunen Gesichtern wie ein fahles Gespenst aussehen würde.

Er lächelte noch sein Fotolächeln, als das Handy ›Der Kommissar‹ von Falco zu spielen begann: Olafs Klingelton.

»*You have to excuse me.*« Er stand von seinem Stuhl auf und stellte sich zum Telefonieren etwas abseits neben eine der Palmen.

»Olaf, hast du was Neues?«

»Die Übergabe hat stattgefunden, denke ich«, hörte er Olaf sagen.

»Du bist nicht sicher?«

»Die Münze wurde übergeben. Ob das Mädchen frei ist, weiß ich nicht.« Olaf fasste zusammen, was er über die Telefonmitschnitte erfahren hatte. »Am Ende sagte der Entführer noch, die Frau solle sich beeilen, es könne sonst ein anderer das Mädchen mitnehmen.«

»Wie hat er das gemeint?«, sagte Gottfried.

»Dasselbe hat auch die Mutter gefragt. Sie klang dabei aber nicht so cool wie du. Auf mich wirkte sie entsetzt.«

»Der Mann wollte ihr Angst einjagen«, sagte Gottfried.

»Jedenfalls schien er es zu genießen.«

»Seltsam.« Gottfried versuchte, sich in den Entführer zu versetzen. An seiner Stelle wäre er sehr fokussiert gewesen. Er hätte mit der Frau ökonomisch und auf den Punkt kommuniziert. Fühlte der Entführer sich seiner Sache zu sicher? Gottfried verdrängte den Gedanken für den Moment. »Und die Übergabe erfolgte durch eine Drohne? Das finde ich beeindruckend. Von so was habe ich noch nie gehört.«

»Für manche klingt das vielleicht nach Hightech«, sagte Olaf. »Aber heutzutage kann jeder so ein Ding kaufen und fliegen lassen. Dass man eine Drohne für eine Lösegeldübergabe nutzen kann, ist für mich aber neu.«

»Naja, es wurde ja kein Sack voller Geld übergeben, sondern eine Münze. Damit kann eine handelsübliche Drohne umgehen. Allerdings braucht man jemanden, der sie lenkt. Heute ist Sonntag, da ist der Martin-Luther-King-Park bestimmt voller Menschen. Jemand könnte den Entführer beim Steuern der Drohne gesehen haben.«

»Dazu muss man nicht in der Nähe stehen. Der Entführer kann das unauffällig von einem parkenden Auto aus getan haben.«

»Dann haben die Entführer es bestimmt so gemacht«, sagte Gottfried. »Hat der Virus endlich weitere Informationen zu dem Handy geschickt?«

»Ich kann mich noch immer nicht auf das Smartphone aufschalten«, sagte Olaf, »und der Virus hat mir nur die Telefonmitschnitte geschickt. Nichts anderes.«

»Dann spinnt dein Virus. Wieder einmal.«

»Ich glaube eher, dass die Entführer den billigsten Tarif mit dem langsamsten Netz für das Handy gekauft haben. Was der Virus schickt, muss ja übers Internet, damit es auf meinem Server landen kann.«

Gottfried war nur halb überzeugt. Der Virus war schon mehrmals durch unerklärliche Alleingänge aufgefallen. »Also wissen wir nichts über das Handy. Ist wenigstens über die Mutter irgendetwas bekannt?«, fragte er.

»Nicht wirklich«, sagte Olaf. »Ich kann mir ihre Stimme anhören und die Art und Weise, wie sie spricht. Dann würde ich sie auf zwischen dreißig und vielleicht Mitte vierzig schätzen. Mehr kann man über die Frau aufgrund der Telefonate nicht sagen.«

»Das bringt uns nicht weit. Was ist mit dem entführten Mädchen? Ist es ein Kind, eine Jugendliche oder vielleicht eine junge Frau? Der Begriff Mädchen kann vieles bedeuten.«

»Ich habe keine Ahnung.« Olaf klang ratlos. »Aus den Telefonaten ist dazu nichts herauszuhören. Uns bleibt nur zu hoffen, dass der Virus endlich brauchbare Informationen von dem Handy schickt. Bis jetzt konnten wir bloß miterleben, dass etwas Schlimmes vor sich geht, und wir haben nicht die geringste Ahnung, wer daran beteiligt ist.«

»Wir wissen also genauso wenig wie vorher«, sagte Gottfried. Er sah, dass Naveen ihm ein Zeichen machte, zurück an den Tisch zu kommen. Dort standen große silberne Teller voller farbenprächtiger Speisen. Wie es schien, war das *Thali* serviert worden.

»Ich muss Schluss machen, Olaf. Schick mir bitte die Telefonmitschnitte, vielleicht fällt mir ja etwas Wichtiges auf.« Er signalisierte Naveen mit einem Winken, dass er gleich komme.

»Ohne den Virus als Informationsquelle, hätten wir nicht die leiseste Ahnung von der Entführung. Wenn er uns nichts schickt, aus dem wir auf die Identitäten der Beteiligten schließen können, haben wir keine Möglichkeit, irgendetwas zu unternehmen.«

Natürlich hatte Gottfried recht: Sie wussten praktisch nichts über den Fall. Wenn der Virus nicht bald Informationen zu dem Smartphone schickte, auf dem er installiert war, bliebe alles abstrakt: geradeso, als würde man einen Film gucken.

Seufzend stand Olaf vom Schreibtisch auf. Das Handy steckte er in die Hosentasche, um keine Nachricht zu verpassen. In der Küche setzte er einen Kaffee auf. Für ihn eine beinahe meditative Verrichtung. Manchmal schlugen die diffus kreisenden Gedanken in seinem Kopf einen nicht für möglich gehaltenen Weg ein, wenn er den Papierfilter einsetzte und Kaffeepulver und Wasser einfüllte. Diesmal jedoch wollte sich keine Lösung einstellen. Es gab keine. Er war auf Gedeih und Verderb darauf angewiesen, dass der Virus etwas Brauchbares schickte. Der war dafür programmiert worden, alles technisch Machbare auszukundschaften und an Olafs Server zu schicken: GPS-Daten, Browserverläufe, auch den kompletten Chatverlauf, in dem die Entführung besprochen worden war. Olaf würde dann den verabredeten Plan kennen. Auch könnten Bilder des Entführers existieren, die der Virus heimlich aufgenommen und noch nicht übertragen hatte, zusätzlich das Bewegungsprofil und viele weitere Daten, durch die man die Identität des Täters herausbekommen könnte.

Wenn der Virus denn diese Daten schicken würde!

Der Kaffee war noch nicht durchgelaufen, als das Signal für eine neue Virus-Nachricht ertönte. Rasch lief Olaf zum Schreibtisch, um sie auf dem großen Bildschirm zu öffnen. Es war der Mitschnitt eines weiteren Telefonats. Er setzte die Kopfhörer auf, während die Audiodatei geladen wurde.

»Wie ich sehe, haben Sie Ihre Tochter zurück.« Die bekannte Männerstimme.

»Wie Sie sehen?« Die Frau klang ungehalten.

»Ich kann Sie sehen.«

»Lassen Sie noch immer diese Drohne herumfliegen? Was soll das alles?«

Der Mann ging nicht darauf ein. »Ich rufe an, um Ihnen zu sagen, dass Sie das Handy behalten müssen.«

»Ich soll es behalten?«, rief die Frau aufgebracht. »Sie haben doch die Münze. Was wollen Sie noch?«

»Wir bleiben in Kontakt«, sagte der Mann ungerührt. »Über dieses Handy.«

»Aber wozu?«, rief die Frau. »Wieso sollte ich mit Ihnen in Kontakt bleiben wollen?«

»Über das Handy zu kommunizieren, ist einfacher und effizienter als beispielsweise«, er machte eine kurze Pause, »noch eine Entführung.«

»Noch eine …?«, wiederholte die Frau leise und brach ab.

»Für jetzt aber sind Mutter und Tochter wieder vereint.« Der joviale Tonfall wirkte zynisch.

»Wieder vereint?«, schrie die Frau. »Ihr habt sie gekidnappt. Und wieso ist sie so apathisch? Was habt ihr mit dem Mädchen gemacht, ihr perversen Schweine?«

Das Telefonat war beendet. Für Olaf gab es keinen Zweifel, dass es diesmal die Frau gewesen war, die aufgelegt hatte.

7

Olaf nahm einen Schluck von seinem Sauergespritzten und stellte das Glas mit einem behaglichen Grinsen auf den Tresen. Wenn er schon fürs Erste nichts tun konnte, dann wollte er sich wenigstens entspannen. Und welcher Ort war dafür besser geeignet als der ›Krumme Hund‹?

Auf dem Barhocker neben ihm saß Günther, der irgendwie genauso zum Inventar der Apfelweinkneipe gehörte wie die Hirschgeweihlampen an der Decke und die Bembel hinter dem Tresen. Olafs Handy war klingelbereit in seiner Hosentasche. Er konnte mit Günther Belanglosigkeiten austauschen, ohne dass er eine Nachricht verpassen würde. Das einzige Problem war für den Moment, Günther keine Steilvorlage für sein Lieblingsthema zu geben: die Frankfurter Eintracht. Einmal bei diesem Thema angekommen, würde die Unterhaltung sich schnell in einen Monolog verwandeln.

Karin, die Eigentümerin des ›Krummen Hund‹, zapfte routiniert Bier, füllte Apfelweingläser und schimpfte gelegentlich in Richtung Küche. Beim Hereinkommen hatte Olaf seinen neuen Nachbarn Mateu an einem der Tische entdeckt, und sie hatten sich auf die Entfernung zugewinkt. Dass Mateu Banker war, konnte man anhand seines schicken Anzugs erahnen. Sein mediterranes Aussehen und dazu der gut getrimmte Bart erregten bei den Frauen bewundernde Blicke. Karin, die für ihren sehr direkten und bisweilen ruppigen Umgang mit ihren Gästen bekannt war, benahm sich in Mateus Nähe wie eine kichernde Göre, was Olaf ihr mit ihren knapp sechzig Jahren nicht zugetraut hätte.

Die beiden anderen an Mateus Tisch trugen ebenfalls Anzüge. Gewiss waren sie Kollegen, die er von der Arbeit mitgebracht hatte. Ihr brauner Teint ließ Olaf vermuten, dass sie Inder waren. Mit offenkundigem Vergnügen erklärte Mateu den beiden auf Englisch, was er von Olaf zuvor über Grüne Soße erfahren hatte. Olaf grinste. Mateu, dieser katalanische Banker, hatte einen Narren am ›Krummen Hund‹ gefressen, seit Olaf ihn einmal mit hierhergenommen hatte.

»Warte nur, bis die auf der Berger das erste Minarett bauen.«

Thorsten! Olaf hatte ihn nicht hereinkommen sehen. Der Nachbar aus dem dritten Stock war seinem Blick gefolgt. Ganz offensichtlich bezog sich seine Bemerkung auf Mateu und dessen Kollegen.

»Mateu ist kein Moslem«, gab Olaf zurück. »Das Einzige, was der auf der Berger bauen würde, wäre ein neuer Bankenturm.«

»Also einer von denen, die das Ganze finanzieren.« Thorsten drehte sich zum Tresen und bestellte bei Karin einen Apfelwein.

»Mateu finanziert was?«, fragte Olaf.

Thorsten grinste selbstgefällig. »Olaf, was glaubst du denn, was derzeit genau vor unserer Nase passiert?«

»Die Äppelwoi-Preise steigen?«, versuchte es Olaf mit Humor.

Thorsten schüttelte unwillig den Kopf. »Auch, wenn du es nicht wahrhaben willst: Deutschland wird islamisiert. Und zwar systematisch. Nur noch wenige Jahre, und dann sind die in der Mehrheit und wir in der Minderheit. Die Bevölkerung wird ausgetauscht. Warum, glaubst du, wird an deutschen Schulen schon der Koran unterrichtet?«

»Damit will man verhindern«, sagte Olaf ruhig, »dass die Türkenkinder ihre Religion von ausgetickten Hinterhof-Imamen beigebracht bekommen.«

»Das erzählen sie dir in der Tagesschau«, sagte Thorsten wichtig. »Aber nur ein bisschen googeln reicht, um dahinterzukommen, was da wirklich läuft: Nämlich, dass bald auch die *deutschen* Schüler den Koran lernen müssen.«

»Googelst du alles nach, was in der Tagesschau kommt?«

»Vor allem, was da *nicht* kommt«, sagte Thorsten mit Nachdruck. »Bei den Staatssendern bekommst du nur zu hören, was der Regierung gefällt.«

»Staatsfernsehen gab es in der DDR. Schon mal was von Rundfunkräten gehört?«

Thorsten stieß ein bösartiges Lachen aus. »Da sitzen bloß korrupte, regierungstreue Speichellecker drin.«

»Nein. Die sind paritätisch besetzt.«

Thorsten schüttelte missbilligend den Kopf, als ob Olaf etwas Dummes gesagt hätte. »Und was hat unser neuer Nachbar

Mateu mit diesen Moslems so Wichtiges zu besprechen?«, sagte er schließlich.

»Keine Ahnung. Vielleicht reden sie übers Wetter? Über Frauen? Fußball vielleicht. Und was macht dich so sicher, dass die Leute Moslems sind?«

»Sag du mir lieber, warum das keine sein sollten.« Thorsten hob sein Glas, um mit Olaf anzustoßen. Der zuckte nur mit den Schultern und ließ seinen Sauergespritzten auf dem Tresen stehen.

»Wir können zusammen rübergehen und mit denen reden. Mateu ist ein sympathischer Typ.«

»Meinetwegen kannst *du* zu denen gehen«, sagte Thorsten bestimmt. »Ich habe keine Lust, mir von denen Lügen auftischen zu lassen.«

»Woher willst du das wissen, wenn du gar nicht mit ihnen sprichst? Außerdem glaube ich, das sind gar keine Moslems. Mateu schon gar nicht, aber auch die anderen beiden. Siehst du? Die trinken Bier. Moslems ist es verboten, Alkohol zu trinken.«

»Wie festgefahren kann man sein! Schon mal was von alkoholfreiem Bier gehört?«, entgegnete Thorsten in einem Tonfall, als wäre Olaf debil.

»Ihr Dummschwätzer!« Karin schaltete sich von hinter dem Tresen ein. »Die trinken Kaiser Pils vom Fass. Mit Schaumkrone, Alkohol und allem Pipapo.«

»Siehste«, sagte Olaf zu Thorsten. »Stinknormale Banker.«

»Die aus dem Ausland hierher gekarrt werden.« Thorsten blickte grimmig. »Die ziehen in die exklusivsten Wohnungen in den teuersten Lagen der Stadt. Dieser Mateu kommt hierher und kann sich aus dem Stegreif die beste Wohnung im Haus leisten. Jasmin wohnt in einer kleinen Bude im Hochhaus. Die wird sich so eine Wohnung in hundert Jahren nicht leisten können.«

»Jetzt regst du dich über reiche Banker auf«, sagte Olaf. »Ich dachte, du schießt gegen Muslime. Guck. Jetzt bringt Karin denen sogar Schweinefleisch.« Tatsächlich servierte Karin Mateu und seinen Kollegen Rippchen mit Kraut. »Das sind definitiv keine Moslems, vielleicht christliche Inder oder so.«

»Chapeau!« Thorsten klatschte hämisch Beifall. »Jetzt bist du aber froh, dass dein Weltbild gerettet ist. Dabei läufst du mit einem Tunnelblick durch die Gegend und erkennst nicht, was hier los ist. Wach endlich auf! Das ist alles gesteuert.«

»Was ist gesteuert?«, sagte Olaf, als ein Weihnachtsglöckchen in seiner Hosentasche ertönte: eine neue Virusnachricht. »Entschuldige. Wir unterhalten uns später weiter.«

Er trat ein paar Schritte zur Seite, um ungestört und ohne, dass jemand auf den Bildschirm blicken konnte, die Nachricht zu öffnen.

Endlich! Die erhofften Informationen. Fotos, Videos, WhatsApp-Nachrichten ... Alles, was der Virus auszuschnüffeln in der Lage war, wartete auf Olafs Server darauf, gesichtet zu werden. Sogar GPS-Daten waren vorhanden. Er würde den aktuellen Standort des Handys herausbekommen und sein Bewegungsprofil.

Und bald würde er wissen, wer die Frau war, von der er bislang nur die Stimme kannte.

8

Olaf hastete hinaus auf die Straße. Für den Weg vom ›Krummen Hund‹ zu ihm nach Hause brauchte er gewöhnlich fünf Minuten. Heute schaffte er es in weniger als drei. Als er außer Atem den Laptop startete, hatten sich vier weitere Nachrichten mit weihnachtlichem Bimmeln angekündigt. Ungeduldig blickte er auf den an den Laptop angeschlossen großen Bildschirm und wünschte sich, Windows würde sich mit dem Hochfahren nicht so viel Zeit lassen. Als er endlich einloggt war, startete er sofort das Konfigurationsfenster, mit dem er den Virus steuern und Nachrichten abrufen konnte.

Es wurden die erwarteten fünf Nachrichten angezeigt. Olaf klickte auf die erste. Der Mediaplayer schob sich vor das bunte Konfiguratorfenster. Eine Statusmeldung ließ Olaf wissen, dass er ein Video lud. Noch war nicht mehr als ein leeres Fenster zu sehen. Er hielt den Atem an bei dem Gedanken, gleich das erste geheim aufgenommene Video zu Gesicht zu bekommen. Hoffentlich war darauf jemand zu erkennen. Wenn nicht der Entführer, dann wenigstens die Mutter, vielleicht zusammen mit Details, die auf die Identität der Frau schließen ließen. Dabei war eine solche Detektivarbeit gar nicht mehr nötig, nun da der Virus seinen Bummelstreik beendet hatte und Informationen im Überfluss schickte. Gerade ertönte ein weiteres Bimmeln: Nachricht Nummer sechs war eingetroffen.

Gleichzeitig manifestierte sich ein Bild im Fenster des Mediaplayers, und das Video wurde abgespielt. Olaf blinzelte auf eine weiße Fläche. Auch nach mehreren Sekunden war nicht mehr als Weiß zu erkennen. Er spulte den Film ein Stück nach vorne, nur um festzustellen, dass das Bild unverändert blieb. Außer Weiß schien das Video nichts herzugeben. Auch über den Kopfhörer war nichts zu hören. Als der Virus den Film aufgenommen hatte, musste das Handy irgendwo gelegen haben, vielleicht auf einem Tisch, und so war das Stillleben einer akkurat gestrichenen Zimmerdecke entstanden.

Gewiss hatte der Virus aufschlussreichere Informationen geschickt als dieses Video. Olaf machte einen Doppelklick auf Nachricht Nummer zwei: Lesezeichen und Chronik eines Webbrowsers. Kurz überflog er die ersten Adressen der Liste: die Internetseiten, die in den letzten fünf Tagen aufgerufen worden waren. Die Mehrzahl der Seiten kannte er nicht. Es würde viel Zeit in Anspruch nehmen, sich das alles anzusehen. Die gesamte Chronik reichte acht Monate zurück. Wieso hatten die Entführer sie nicht gelöscht, bevor sie das Handy ihrem Opfer überlassen hatten? Das erschien ausgesprochen fahrlässig. Oder waren die Browserdaten ungefährlich für die Entführer und ließen keine Rückschlüsse über ihre Identitäten zu? Vielleicht hatten sie schlicht vergessen, ihre Spuren auf dem Handy zu löschen, sei es aus Dummheit oder Ignoranz. Olaf würde es damit leichtgemacht, ihnen auf die Schliche zu kommen.

Der Titel einer der Nachrichten versprach, dass sie das Verzeichnis der Mediendateien des Smartphones enthielt. Eine Minute zuvor wäre Olaf sicher gewesen, dass dieses Verzeichnis leer wäre. Wenn allerdings der Browserverlauf nicht gelöscht worden war, könnte es bei den Fotos und Videos ebenso sein. Er klickte auf die Nachricht und wartete gespannt darauf, was er zu sehen bekäme. Seine Hoffnungen wurden nicht enttäuscht: fünf Gigabyte Fotos und Videos, verteilt über Unterverzeichnisse mit Namen wie »Kamera«, »WhatsApp« und »Instagram«. So gut organisiert sich die Entführer bei der Übergabe der Münze präsentiert hatten, mit diesem Handy hatten sie alle ihre Bemühungen zunichtegemacht, ungeschoren davonzukommen. Olaf wäre nicht überrascht gewesen, sogar die Telefonnummern der Entführer auf dem Handy zu finden, ihre Instagram-Profile, Mail-Adressen und weiß Gott was, womit man sie zig-fach überführen könnte.

Er lehnte sich in seinem Bürostuhl zurück. Es war beinahe langweilig. Aber sein Forscherdrang und seine Abenteuerlust zählten hier weniger als die Notwendigkeit, diese Leute auffliegen zu lassen. Sie hatten ein Mädchen entführt und ihre Mutter erpresst. Und wie es schien, stellten sie noch immer eine Bedrohung für sie dar.

Er richtete sich darauf ein, die Informationen des Virus für einige weitere Stunden auszuwerten. Es sollte keine Nachtschicht sein, aber wenn es sein musste, würde er bis drei Uhr morgens durchmachen. Er ging in die Küche, nahm den benutzten Filter aus der Kaffeemaschine und warf ihn in den Biomüll. Ein bisschen Koffein würde ihn für die nächsten Stunden wachhalten. Als er Wasser in die Maschine einfüllte, wurde ihm bewusst, dass er alles andere als müde war. Er war geradezu aufgekratzt. Kaffee brauchte er jetzt nicht. Grinsend nahm er die Flasche Merlot aus dem Schrank. Sie enthielt noch genug Wein, um damit ein Glas vollzumachen. Gewiss war es noch zu früh für einen Projektabschlusswein. Trotzdem fühlte es sich richtig an.

Olaf wollte gerade ein Weinglas aus dem Schrank holen, als er den Schlüssel in der Wohnungstür hörte. Tobias kam nach Hause.

Sein Sohn durfte auf keinen Fall mitbekommen, womit Olaf sich auf seinem Laptop beschäftigte. Zwar war ausgeschlossen, dass er als Mitarbeiter der Mordkommission in diesem Fall, einer Entführung, ermittelte. Trotzdem brächte es Olaf in Erklärungsnot, wenn Tobias in sein Arbeitszimmer käme und fremde Fotos und Chatverläufe auf dem Bildschirm sehen würde.

»Tobias, kommst du jetzt erst von der Arbeit?«

»Nein«, war aus dem Flur zu hören. »Ich war mit Kollegen noch was trinken.«

»Ich habe nichts gekocht. Ich hoffe, du hast schon gegessen.« Olaf hätte seinen Sohn gerne in irgendeinem angesagten Lokal vor seinem Lieblings-Burger gewusst. Das würde ihm eine Stunde einbringen, in der er ungestört am Laptop recherchieren könnte.

»Ich habe mir eine Pizza mitgebracht«, kam aus dem Flur zurück. »Du hast ja keinen Hunger, stimmt's?«

»Alles gut. Ich will nichts abhaben.« Aus dem Flur drang nun ein intensiver Pizzageruch.

»Super. Da ist sogar Rotwein«, rief Tobias, der nun in der Küche angekommen war und die Pizzaschachtel auf den Tisch stellte. »Das wird ja wie beim Italiener!«

Er leerte die Flasche in ein Weinglas. »Du wolltest ja nichts, oder?«, sagte er plötzlich, als wäre ihm diese Möglichkeit gerade in den Kopf gekommen.

»Trink auf mein Wohl«, sagte Olaf. Der Projektabschlusswein musste warten. Eigentlich hatte das Projekt gerade erst begonnen.

Olaf hörte die gedämpften Geräusche des Fernsehers, als er wieder an seinem Schreibtisch saß. Er nahm einen Schluck Mineralwasser und stellte das bitzelnde Glas neben die Tastatur.

Der Virus hatte eine weitere Nachricht geschickt. Zunächst aber wollte Olaf einige der Fotos sichten. Er klickte sich zurück zu dem Bilderverzeichnis, in dem er zuvor gewesen war. Auf den Vorschaubildern war zu erkennen, dass auf den Fotos Leute abgebildet waren. Erst als er eines der Fotos öffnete, wurde ihm klar, dass es sich um drei Mädchen von vielleicht vierzehn oder fünfzehn Jahren handelte, die vor der Kamera posierten. Eines der Mädchen hielt die Hände an den Kopf, als müsse es seine langen Haare bändigen. Ein anderes machte einen Schmollmund wie ein Model. Das letzte hatte den Kopf zurückgeworfen und lachte in die Kamera. Die drei waren auch auf den nächsten Fotos zu sehen, wieder mit Schmollmund und denselben Gesten wie zuvor: typische Selfies von Jugendlichen.

Was hatten solche Fotos auf dem Smartphone von Kriminellen verloren? Und warum hatten die Entführer die Bilder nicht gelöscht, wenn sie doch vorhatten, der Mutter des entführten Mädchens dieses Handy zu überlassen?

Olaf würde später Antworten darauf finden, spätestens, wenn er herausgefunden hatte, wer die Entführer waren, welchen Plan sie ausgeheckt hatten und womöglich noch verfolgten. Und dazu wäre es wichtig, das komplette Protokoll des Chats zu lesen, in dem die beiden Entführer ihren Plan abgesprochen hatten. Er konnte nicht wissen, welcher Messenger dabei genutzt worden war, mit Hilfe des Virus könnte er es aber bald erfahren. Im Idealfall waren die Entführer so leichtsinnig gewesen, ihre normalen Nutzerkonten eines Programms wie etwa WhatsApp zu verwenden, dann könnte man dadurch ihre Identität herausfinden.

Der Virus hatte bereits die Liste aller auf dem Smartphone installierten Apps gesendet. Chat-Protokolle würde er erfahrungsgemäß ebenfalls schicken, bisher hatte er es aber noch nicht getan. Notfalls würde Olaf sich auf das Handy aufschalten und selbst danach suchen.

Auf der Liste der installierten Apps fand er drei Messenger: WhatsApp, Telegram und Signal. Allerdings waren auch Apps gelistet, die er auf keinen Fall auf dem Handy eines Entführers erwartet hätte: eine Spaß-App, mit der man Gesichtern grotesk große Nasen und Ohren verpassen konnte, und eine App mit dem Namen »Mathe Perfekt für die 8. Klasse«. Würde er es nicht besser wissen, würde er sagen, das Smartphone gehörte einer Jugendlichen.

Vielleicht hatten die Entführer das Handy gestohlen. Ähnlich wie Bankräuber ein Auto als Fluchtfahrzeug stehlen würden, um nicht ihre Identität zu offenbaren. Er klickte sich zurück zu dem Fenster mit den Fotos und öffnete eines, auf dem die drei Mädchen zu sehen waren: Hände, die Haare bändigten, Schmollmund, zurückgeworfener Kopf. Vielleicht hatten die Entführer das Smartphone einem dieser Mädchen geraubt? Er sollte nach dem neuesten Foto auf dem Handy suchen. Dann könnte er auf das Datum schließen, an dem es gestohlen worden war.

Auch dieses Foto zeigte die drei Mädchen, wieder mit der zur Schau gestellten guten Laune. Sie trugen ähnlich knappe Tops wie seine Tochter Marie, als sie in diesem Alter gewesen war. Olaf dachte an sein Unbehagen, wenn sie so aufgemacht auf die Straße gegangen war und die indiskreten Blicke der Männer auf sich gezogen hatte.

Mit einem Mausklick holte sich Olaf die Eigenschaften des Fotos auf den Bildschirm. Größe, Auflösung, Format ... Diese Dinge interessierten ihn nicht. Er wollte das Datum sehen, an dem es aufgenommen worden war. Vielleicht gab es sogar GPS-Daten, dann wüsste er auch den Ort.

Als er sich endlich bis zum Datum durchgeklickt hatte, konnte er ein Fluchen nicht unterdrücken. Kurz hielt er inne, lauschte, ob Tobias ins Zimmer käme, um nachzusehen, ob mit seinem Vater alles in Ordnung wäre. Es waren aber nach wie vor bloß die Geräusche des Fernsehers zu hören.

Olaf wandte sich wieder dem Bildschirm zu. Das Foto war am Vortag aufgenommen worden: Ein Tag vor der Entführung und acht Tage nach dem Chat, in dem die Entführer sich abgesprochen hatten.

Das ergab keinen Sinn!

9

Die Nacht war alles andere als erholsam gewesen. Als der Wecker hartnäckig zu piepen begann, schälte Olaf sich aus dem Bett und schlurfte benommen ins Bad. Das Gesicht, das ihm aus dem Spiegel entgegenblickte, war das eines alten Mannes, der ins Bett gehörte. Er dachte an das Gedankenkarussell in seinem Kopf, das ihn nicht hatte einschlafen lassen: die Entführung, eine Drohne zur Übergabe einer Münze, die Mutter, mal mit fester, mal mit entsetzter Stimme, vergnügt posende Mädchen auf dem Handy von Entführern. Wäre es nicht so, dass beide, Mutter und Tochter, nach wie vor großer Gefahr ausgesetzt waren, er würde diesen Fall einfach hinschmeißen.

Heute brauchte er einen besonders starken Kaffee. Als die Maschine zu blubbern begann, blickte er auf sein Handy. Eine Antwort von Gottfried. In der Nacht hatte Olaf ihm die Links zu den Nachrichten des Virus geschickt, zusammen mit dem Kommentar, er könne sich keinen Reim darauf machen, was das zu bedeuten habe. »Lass uns skypen«, schrieb Gottfried. »Acht Uhr dreißig Bornheimer Sommerzeit? Da habe ich dreißig Minuten zwischen zwei Meetings.«

Es war bereits halb neun, sogar eine Minute darüber. Olaf ging ohne Kaffee ins Arbeitszimmer und startete den Laptop. Kurz darauf blickte er in Gottfrieds eingefallenes, weißbärtiges Gesicht. Es ähnelte mehr und mehr Gevatter Tod.

»*Namaste!*« Der Totenschädel begrüßte ihn auf Hindi.

Olaf war nicht polyglott zumute. »Gude.«

»Du siehst aus wie dein eigener Großvater«, sagte Gottfried spöttisch. »Du hast wohl schlecht geschlafen.«

Olaf setzte zu einer Entgegnung an, ließ sich aber sogleich in die Lehne zurückfallen. Er würde dem Totenschädel den Spruch ohne fiese Replik durchgehen lassen. »Vor dem ersten Kaffee sehe immer so aus«, sagte er. »Sag mir lieber, was du von dem Zeug hältst, das der Virus geschickt hat.«

»Das Handy hat nichts mit unserem Fall zu tun«, setzte Gottfried an. »Die Nachhilfe-App und vor allem diese Fotos:

Das Handy gehört einer Jugendlichen, wahrscheinlich einem der jungen Mädels auf den Fotos. Und von denen ist gewiss keines eine Entführerin.«

Im fernen Bangalore sagte Gottfried etwas zu jemandem außerhalb des Blickfelds der Kamera. Dann wandte er sich wieder Olaf zu.

»Ich muss in fünf Minuten bei der Geschäftsführung sein. Lass mich schnell noch folgendes sagen, bevor wir in eine falsche Richtung abdriften. Du erinnerst dich an unseren letzten Fall. Da hast du zunächst nicht bemerkt, dass der Virus Nachrichten von mehr als nur einem Handy geschickt hat.«

»Richtig. Man sieht das nicht ohne Weiteres.«

»Du musst deinen Super-Virus nutzerfreundlicher gestalten, damit man so was gleich bemerkt.«

»Ich werde mich sofort an die ultimative *User Experience* machen«, sagte Olaf ironisch.

»Überprüf, woher die letzten Nachrichten stammen. Bestimmt kommen sie von einem anderen Handy, nicht von dem der Entführer.« Das Chat-Fenster wurde plötzlich schwarz. Wie es schien, hatte Gottfried seinen Laptop zugeklappt. »Ich muss los. Lass uns später telefonieren.«

Olaf startete das Konfigurationsprogramm und fuhr sofort mit der Maus auf das Feld »Device«. Natürlich wurde eine Liste angezeigt. Zwar besaß der Konfigurator die Intelligenz, die Nutzeroberfläche anzupassen, wenn draußen mehr als nur ein Virus aktiv waren, er war aber nicht smart genug, den Nutzer, also Olaf, auf diesen Sachverhalt hinzuweisen. So war, was bislang ein Eingabefeld gewesen war, unbemerkt eine Auswahlliste geworden. Gottfried hatte nicht unrecht: Der Konfigurator war ein schrecklicher Verhau und gehörte gründlich überarbeitet.

Die Liste zeigte unter dem Namen des Entführerhandys einen weiteren an: KAJASPHONE. Olaf hatte keine Ahnung, was für ein Gerät das sein könnte. Sicher war, dass es vom Virus infiziert war. Wieso hatte sein Skript zur Löschung des Virus bei diesem nicht zugeschlagen?

Olaf goss sich den ersten Kaffee des Tages in die Tasse, als er das Klingeling einer neuen Virusnachricht vernahm. Rasch ging er zurück an den Schreibtisch: ein Telefonmitschnitt.

»Tanja, hast du einen Moment?« Die bekannte Stimme der Mutter. Hatte der Virus sich auch auf ihrem Telefon eingenistet?

»Du hörst dich überhaupt nicht gut an.« Die Stimme der mit Tanja angesprochenen Frau klang besorgt. »Mein Chef kann warten. Was ist passiert?«

»Kaja.« Die Mutter schien nach den richtigen Worten zu ringen. »Sie wurde gestern entführt.«

»Was?!«, rief die andere entgeistert.

»Ich habe sie aber gleich wieder zurückbekommen.«

»Sie ist wieder zurück? War es denn überhaupt eine …? Warte, ich gehe raus. Die Kollegen sollen nicht alles mithören.«

»Gestern Mittag bekam ich einen Anruf«, fuhr die Mutter fort. »Es war ein Mann, und sie hätten Kaja entführt. Ich sollte tun, was sie sagen, sonst würden sie …« Sie brach ab.

»Sie umbringen«, ergänzte die andere.

»Umbringen oder … Der Typ machte Bemerkungen wie, ein grausames Schicksal würde Kaja erwarten, wenn ich nicht tue, was er verlangt.«

»Wie geht es Kaja jetzt?«, fragte die andere alarmiert. »Wurde sie …?«

»Vergewaltigt? Ich weiß es nicht. Sie kann sich an nichts erinnern. Sie müssen sie unter Drogen gesetzt haben. Als ich sie gefunden habe, hatte sie Striemen an den Handgelenken. Als wäre sie gefesselt worden. Und ihr Top war zerrissen.«

»Man muss doch feststellen können, ob sie vergewaltigt wurde«, insistierte die andere.

»Du kennst Kaja. Seit sie in der Pubertät ist, hat sie sich völlig zurückgezogen. Ich komme kaum mehr an sie heran.«

»Ihr müsst zum Arzt gehen. Und zur Polizei!«

»Der Mann am Telefon sagt, sie könnten Kaja jederzeit wieder holen.« Die Mutter zog mehrmals die Nase hoch.

»Also bedrohen euch diese Leute noch immer? Aber wieso? Hast du Lösegeld bezahlen müssen, damit sie Kaja freilassen?«

»Eine Münze.«

»Das Lösegeld war eine Münze? Was für eine?«

»Es ist eine Münze aus der Römerzeit. Mein Vater hat sie in der Römerstadt ausgegraben, als er ein Kind war.«

»Eine Römermünze? Und so was hat dein Vater damals einfach so gefunden?«

»Einige wenige hatten das Glück. Wo heute die Frankfurter Römerstadt steht und weite Teile von Heddernheim, lag früher eine römische Stadt.«

»Darüber habe ich mal was gelesen.«

»Ich habe eine Antiquitätenhändlerin nach dem Wert der Münze gefragt.«

»Und gewiss ist sie sehr wertvoll«, sagte die andere.

»Überhaupt nicht«, entgegnete die Mutter. »Nicht viel mehr als irgendein Trödel von einem x-beliebigen Dachboden.«

»Aber warum verlangen die Entführer diese Münze im Austausch gegen deine Tochter?«

»Sag du es mir«, entgegnete die Mutter kraftlos.

Beide Frauen schwiegen für einige Sekunden.

»Du musst zur Polizei gehen!«, sagte die andere bestimmt.

»Dann werden sie Kaja wieder entführen.«

»Ihr würdet Polizeischutz bekommen.«

»Und wenn nicht?«, rief die Mutter, senkte aber sofort wieder ihre Stimme. »Ich selbst kann die Geschichte kaum glauben: Eine Vierzehnjährige wird entführt und gegen eine Münze freigelassen, die keine hundert Euro wert ist. Wie klingt das, wenn ich das so bei der Polizei zu Protokoll gebe?«

»Ihr solltet für eine Weile untertauchen«, sagte Tanja entschlossen. »Kommt zu mir. Dann wissen die Entführer nicht, wo ihr seid.«

»Wir können nicht einfach nach Bremen kommen. Kaja muss in die Schule, und ich kann keinen Urlaub nehmen.«

»Dann melde dich krank.«

»Diese Leute wollen noch etwas von mir. Da bin ich mir ganz sicher. Ich muss in Frankfurt bleiben. Sie hätten mir sonst nicht gesagt, ich soll das Handy behalten.«

»Was für ein Handy? Jetzt erzähl die Geschichte von Anfang an.«

»Die Entführer sagten, ich soll an die Nidda kommen, irgendwo bei Nied war das. Da sollte ich ein Paket aus einem Papierkorb holen. Sie haben mir beschrieben, wo genau es zu finden war, und sogar GPS-Koordinaten geschickt.«

»Und da war das Handy drin?«, sagte die andere. »Um dir darüber weitere Anweisungen zu geben?«

»Zuvor musste ich mein eigenes Handy in die Nidda werfen. Ich telefoniere mit dir gerade über ein altes, das ich noch zu Hause hatte.«

»Sie wollten sichergehen, dass du nicht getrackt werden konntest, falls du die Polizei eingeschaltet hättest.«

»Ja. Sie haben an alles gedacht. Und all das für eine wertlose Münze?«

»Simone, du musst unbedingt zur Polizei gehen.«

»Das traue ich mich nicht. Diese Leute scheinen jeden unserer Schritte zu beobachten. Sie würden Kaja etwas Schreckliches antun. Das weiß ich genau.«

»Gerade deshalb brauchst du die Polizei. Sie würde euch beschützen.«

»Wie sollte die Polizei meine Geschichte glauben? Und wenn doch, wie sollte sie uns gegen diese Leute beschützen können?«

»Simone, wurde Kaja nun entführt oder wurde sie es nicht?«

»Natürlich wurde sie entführt.«

»Und dann ließ man sie gegen eine wertlose Münze frei, und du sollst dich über dieses Handy für weitere Anweisungen der Entführer bereithalten?«

»Das haben sie zu mir gesagt.«

»Aber das klingt doch absurd! Simone, was wollen diese Leute wirklich von dir?«

»Ich weiß es nicht. Manchmal glaube ich, sie wollen bloß etwas von Kaja.«

Endlich konkrete Informationen. Auch, wenn sie mehr Fragen aufwarfen als beantworteten. Die Entführer hatten als Preis für das Mädchen eine antike, aber wertlose Münze gefordert. Und wie Olaf bereits gewusst hatte, setzten sie Mutter und Tochter weiter unter Druck, gaben der Mutter sogar ein Handy, über das sie Kontakt mit ihnen halten sollte. Wozu das alles? Ging es wirklich um eine antike Münze oder um etwas ganz anderes?

Olaf hätte sich gerne mit Gottfried besprochen, aber der saß im Augenblick in einem seiner superwichtigen Meetings. Er würde sich stattdessen einige der vielen Nachrichten des Virus vornehmen, die er sich noch nicht angesehen hatte.

Zunächst aber klickte er sich durch die Eigenschaften des Telefonats, das er gerade angehört hatte. Wie vermutet: Das Gespräch war weder von KAJASPHONE geführt worden noch von dem Entführerhandy. Es konnte nur das der Mutter sein oder, wie er in dem Telefonat mit ihrer Freundin erfahren hatte, ein altes Smartphone, das sie als Ersatzhandy wieder aktiviert hatte. Und damit hatte sie sich im WLAN ihrer Wohnung prompt den Virus eingehandelt.

Nun wurde klar, dass Olafs Skript, das den Virus löschen sollte, sobald er eine Nachricht schickte, hier nichts bewirkte. War es wegen einer der vielen Launen des Virus, oder hatte er das Skript nicht richtig programmiert? Wie auch immer, es war gut für Olaf, dass seine Spähsoftware auf diesen Handys war. Das könnte die Auflösung dieses seltsamen Falls voranbringen.

Gelenke knackten, als er aufstand und sich streckte. Der Kaffee machte sich durch ein Stechen im Magen bemerkbar. Er sollte endlich frühstücken. Vorher würde er sich aber mindestens eine der Nachrichten ansehen. Er machte einen Doppelklick auf die erste Benachrichtigung in der Liste und musste einige Sekunden warten, bis das Video geladen war.

Er fuhr zusammen, als er auf dem Bildschirm das Gesicht eines Mädchens erblickte, das ihn aufmerksam zu fixieren schien. Natürlich war ihm klar, dass die Jugendliche sich auf ihr Handy konzentrierte, das sie in die gewünschte Position zu bringen versuchte. Das Bild ruckelte einige Male hin und her, bis es schließlich zur Ruhe kam und das Mädchen zufrieden lächelte.

Olaf erkannte die Jugendliche wieder, er hatte sie auf den Fotos gesehen, auf denen die drei Mädchen posierten. Sie war die mit dem Schmollmund. Hübsch war sie, von einer naiven Schönheit und gewiss ahnungslos, wie sie auf Männer wirken und was sie bei manchen von ihnen zutage fördern konnte. Wieder dachte er an Marie, an das Unbehagen, das sich bei ihm eingestellt hatte, wenn sie als Jugendliche das Haus in einer

Aufmachung verlassen hatte, die zu anderen Zeiten als Reizwäsche gegolten hätte.

Das Mädchen in dem Video, von dem Olaf seit dem Telefonat wusste, dass es Kaja hieß, war aus dem Bereich der Kamera verschwunden. Jetzt war der Blick auf eine Duschkabine frei. Das Smartphone befand sich also in einem Badezimmer.

Als Kaja wieder auftauchte, stand sie weiter entfernt als vorher, direkt vor der Dusche, sodass man sie vollständig sah. Das Mädchen war komplett nackt! Mit der Eitelkeit eines Top-Models blickte Kaja in die Kamera, machte ihren Schmollmund und wiegte die Hüfte hin und her. Dann schritt sie lässig auf die Kamera zu, als wähnte sie sich auf einem Laufsteg. Sie nahm das Smartphone in die Hand. Für einen Moment schwankte das Bild zwischen ihrem Gesicht und ihren Brüsten. Dann war das Video zu Ende.

Olaf stieß entsetzt die Luft aus. Wie einfach es für Kinder war, sich nackt im Bad zu filmen! Was würde Kajas Mutter dazu sagen?

Dann traf ihn die Erkenntnis, dass er gerade einen Kinderporno angeschaut hatte.

10

Olaf nahm den Laptop mit in die Küche. Beim Frühstück könnte er sich die Audiodateien anhören, die der Virus geschickt hatte. Das Radio blieb an diesem Morgen ausgeschaltet.

Als er den Küchenschrank öffnete, drehten sich seine Gedanken um das Mädchen, das sich splitternackt vor die Kamera gestellt hatte. Kaja war vierzehn. Gewiss hatte sie nicht die Spur einer Ahnung von dem Unheil, das über sie hereinbräche, wenn ein solches Video im Internet landen würde.

Er stellte den Teller mit den Brotscheiben auf den Tisch und holte Butter und Käse aus dem Kühlschrank, bevor er sich setzte. Den Laptop rückte er neben den Teller. Dann machte er einen Doppelklick auf die Benachrichtigung zu einem Telefonmitschnitt und begann sein Brot zu schmieren.

»Hallo Shilan«, hörte er nach wenigen Sekunden aus dem Lautsprecher. Die Stimme einer Jugendlichen: Das konnte nur Kaja sein.

»Wo warst du gestern?!« Die Stimme schien einem gleichaltrigen Mädchen zu gehören. Es klang verärgert, beinahe wütend. »Du hast doch gesagt, du kommst um fünf. Und dann schreibst du mir diese bescheuerte WhatsApp. Wie blöd ist das denn?«

»Ich konnte unmöglich kommen.«

»Jetzt erzähl mir nicht so eine Scheiße«, rief Shilan. »Hat dir deine Öko-Mutter wieder mal verboten zu kommen?«

»Nein, aber …«

»Die ganze Zeit habe ich mit Nina und ihren ganzen Bitches rumgesessen. Wie ätzend ist das denn! Du hast gesagt, du kommst auch.«

»Es ist etwas passiert«, sagte Kaja leise.

»Ja!«, rief ihre Freundin aufgebracht. »Das hast du ja gestern geschrieben. Tolle Ausrede: ›Sorry, ich kann nicht kommen. Es ist was passiert.‹ Da war ich schon längst bei denen und musste mir allein das Gelaber dieser Bitches anhören.«

»Ich bin gestern entführt worden«, sagte Kaja etwas zu trotzig.

»Entführt! Aber trotzdem kannst du mir diese WhatsApp schreiben. Kaja, lass es einfach!«

»Es ist aber wahr.«

»Entführt! Du hast ja null Ahnung, was das überhaupt ist. Da wird man tagelang in einen dunklen Keller gesperrt. Das Lösegeld muss aufgetrieben werden. Dann muss die Übergabe stattfinden. Das alles passiert nicht an einem Tag.«

»Es was aber so.«

»Dann sag mir mal, was das Lösegeld für dich war«, sagte Shilan mit bösem Unterton.

»Eine Münze.« Kajas Antwort klang unsicher.

»Eine Münze«, äffte Shilan sie nach. »Tolles Lösegeld. Hat es sich wenigstens für dich gelohnt?«, sagte sie gehässig. »Sah der Typ gut aus, dein Entführer? Was hat er alles mit dir gemacht?«

»Hör auf! Ich kann mich an nichts erinnern. Ich hatte gestern den totalen Filmriss.«

»So wie in ›Hangover‹? Wie billig ist das denn? Weißt du überhaupt, wie bescheuert ich mir vorkam, mit Nina und diesen Bitches da zu hocken, und dann kommen auch noch Metin und die ganzen Jungs rein. Die denken jetzt, ich chille mit so was ab. Sprich erst wieder mit mir, wenn du eine bessere Ausrede hast, ey!«

Das Telefongespräch war beendet.

Olaf biss nachdenklich von seinem Brot ab. Kaja konnte sich überhaupt nicht an die Geschehnisse des Vortags erinnern. War sie von den Entführern unter Drogen gesetzt worden? Offenbar wusste sie nur von ihrer Mutter, dass sie entführt worden war. Solche Gedächtnislücken waren typisch für KO-Tropfen. Hatten die Männer sie vielleicht damit betäubt?

Olaf war in Gedanken, als das Handy eine einschmeichelnde Melodie zu spielen begann: ›Smooth Operator‹ von Sade. Mit diesem Klingelton verband er die angenehmsten Erinnerungen der letzten Wochen, vielleicht der letzten zwei Jahre. Es war Saras Klingelton.

Für immer würde es ihm ein Rätsel bleiben, warum sie ihn, den Endfünfziger, so attraktiv fand. Dabei war er schon lange gewohnt, von Frauen ihres Alters höchstens als Vaterfigur gesehen zu werden. Zudem erregten ihre Erscheinung und ihre Persönlichkeit bei Männern stets großes Aufsehen. Sie war eine unglaublich scharfe Frau.

»Haben Sie schön geträumt, Herr Ermittler?« Sara wusste genau, wohin seine Gedanken abschweiften, wenn sie so ins Telefon säuselte.

»Frisch erholt und zu allem bereit.« Die grüblerische Stimmung der letzten Stunde hatte sich in Nichts aufgelöst.

Sie lachte triumphierend. »Du knobelst an einem neuen Mordfall, oder bist du in den letzten Tagen faul geworden?«

Neben Gottfried war Sara der einzige Mensch, der von seinen geheimen Ermittlungen wusste. In seinem letzten Fall hatte sie sogar eine äußerst wichtige Rolle gespielt. Gewiss könnte er sie in alles einweihen, was er über den Entführungsfall herausgefunden hatte. Sie ein bisschen zappeln zu lassen, erschien ihm für den Moment aber die attraktivere Option. »Die Sache ist etwas unklar. Ich kann noch nichts Konkretes sagen.«

»Es gibt also einen neuen Fall!«, rief sie triumphierend. »Um was geht es?«

»Der Virus hat sich gemeldet …«

»Aber ich dachte, du hättest ihn gelöscht.«

»Das dachte ich auch. Er muss mir irgendwie durchgerutscht sein.«

Sie lachte. »Und was sagt er, der Virus?«

»Es ist diesmal etwas verwirrend.«

»Muss ich dir wieder alles aus der Nase ziehen?«

»Da kommt nichts raus. Jedenfalls nichts, was dir gefallen könnte.«

Sie stieß einen angewiderten Laut aus.

»Aber du kannst mir helfen«, fuhr Olaf fort. »Ich brauche Informationen zu einer bestimmten Droge.«

»Es geht also um Drogen«, stellte Sara neugierig fest.

»In gewissem Maße. Vielleicht könnte eine Droge eine Rolle spielen. Eine, mit der ein Mensch komplett außer Gefecht gesetzt ist und sich danach an nichts mehr erinnert.«

»Du meinst KO-Tropfen: Rohypnol.« Sara klang enttäuscht. »Wieso fragst du mich danach? Du könntest das auch googeln.«

»Kann ich, aber das macht nur halb so viel Spaß. Ich erfahre es lieber von dir.«

»Ich bin keine Pharmazeutin oder so«, sagte Sara ungnädig, »und egal, was ich dir erzähle, du wirst es anschließend sowieso im Internet recherchieren. Aber ich verstehe, in dem Fall geht es um die Anwendung von KO-Tropfen.«

»Es sieht ganz danach aus«, bestätigte Olaf.

»Ich kann tatsächlich etwas über Rohypnol erzählen«, sagte sie. »Dass es in der Medizin zur Narkose angewendet wird, weißt du wahrscheinlich. Allerdings ist Rohypnol auch für etwas gänzlich anderes berüchtigt: Es gibt Männer, die das Zeug heimlich in die Gläser von Frauen mischen. Die Tropfen sind komplett geschmacklos. Man merkt es nicht, wenn sie einem Drink zugesetzt werden. Die Frauen können damit vollständig außer Gefecht gesetzt werden. Für Außenstehende wirken sie, als hätten sie zu viel getrunken. Die Männer geben dann vor, sie kümmerten sich um eine Betrunkene, dabei entführen sie die Frauen, um sie zu missbrauchen.«

Olaf hatte davon gelesen. Es war eine Bedrohung für praktisch jede Frau, die in einer Bar oder in einem Club ein Glas vor sich stehen hatte. Wenn sie für kurze Zeit ihr Getränk aus den Augen ließ, vielleicht um zur Toilette zu gehen, könnte jemand Rohypnol in ihr Glas geben. Und danach würde er sie vergewaltigen. Vor allem für junge Frauen war das eine reale Gefahr.

»Es ist einer Freundin von mir passiert«, fuhr Sara fort.

»Das tut mir leid«, entfuhr es Olaf.

»Es ist schon ein paar Jahre her«, sagte sie, als wäre nach so langer Zeit kein Mitleid mehr nötig. »Sie war mit Freunden in einem Club. Das Letzte, woran sie sich erinnert, ist, dass sie zur Toilette gegangen ist.«

»Wurde sie vergewaltigt?«

»Sie hat natürlich eine Gedächtnislücke. Die erste Erinnerung danach ist ein Park. Sie ist auf einer Parkbank aufgewacht und weiß nicht, wie sie dorthin gekommen und was davor geschehen ist. Und dass ihr Slip und ihre Oberschenkel voller Sperma waren. Sie hatte einen Brummschädel wie nach einem Vollrausch aber keine für eine Vergewaltigung typischen Verletzungen. Das hat auch der Arzt bestätigt, zu dem sie natürlich am selben Tag gegangen ist.«

»Und der konnte die Vergewaltigung nicht bestätigen?«, wandte Olaf ein. »Sah es für ihn aus wie einvernehmlicher Sex?«

»Das ist vielleicht das größte Problem bei KO-Tropfen: Die Frauen werden missbraucht, aber weil sie keine Erinnerung daran haben, wird es meist nicht als Vergewaltigung anerkannt.«

»Und die Erinnerung kommt nie zurück?«

»Ob man das in der Absolutheit so sagen kann, weiß ich nicht. Bei meiner Freundin gibt es bloß schlaglichtartige Erinnerungsfetzen, nichts aus dem man schließen könnte, was tatsächlich passiert ist, oder gar den Täter ermitteln könnte. Vermutlich kommt es auf die Dosierung der Tropfen an, ob man sich später wieder erinnert. Auf jeden Fall ist die *Wirkung* davon abhängig. Erst ab einer bestimmten Dosis verliert man das Bewusstsein. Ist die Dosis geringfügig kleiner, macht die Droge eine Frau geil.«

»Moment mal«, unterbrach sie Olaf. »Die Frauen werden davon geil?!«

»Ohne dass sie es wollen oder sich dagegen wehren könnten, werden die Frauen stark sexuell erregt und können sich danach an überhaupt nichts erinnern. Der Mann, der ihr die Tropfen untergejubelt hat, kann seine sexuellen Vorlieben mit ihr ausleben und sie anschließend in aller Ruhe auf einer Parkbank entsorgen.«

»Und genau so könnte es bei deiner Freundin gewesen sein?«

»Sie wird niemals erfahren, was man mit ihr gemacht hat«, sagte Sara. »Oder was sie vielleicht selbst getan hat«, setzte sie hinzu.

Olaf seufzte. Er dachte an Kaja, das Mädchen mit dem Gesicht eines Kindes und der Figur einer 20-Jährigen. Entführt und ohne Erinnerung an das, was mit ihr geschehen war. »Scheiße, was heute alles möglich ist«, sagte er schließlich.

»Scheiße, was Männer heute alles machen«, entgegnete Sara.

11

»Olaf, ich habe jetzt ein paar Minuten für dich.«

»Gottfried, ich telefoniere gerade mit Sara!« Er konnte es selbst nicht glauben, dass er sie gerade weggedrückt hatte, um Gottfrieds Anruf entgegenzunehmen.

»Ich kann sonst erst wieder am Abend. Jetzt bin ich in der Kantine.« Wie zur Bestätigung schmatzte Gottfried laut und vernehmlich ins Telefon.

»Was gibt's denn Leckeres?«

»Naveen hat mich unter seine Fittiche genommen, sonst wäre ich bei dem indischen Essen völlig verloren gewesen. Das eine ist Gemüse mit roten Linsen ...« Gottfried begann die Zutaten seines Mittagessens auszubreiten.

»Wart mal.« Olaf schaltete zurück zu dem Gespräch mit Sara. »Hallo?« Er wusste, dass sie nicht der Typ Frau war, der sich am Telefon wegdrücken ließ. Zumindest nicht ungestraft. Natürlich hatte sie aufgelegt. Für den Moment konnte er nichts tun. Er würde sie später anrufen. Er kehrte zu dem Telefonat mit Gottfried zurück.

»Wegen dir habe ich gerade die erotischste Frau weggedrückt, der ich je begegnet bin. Ich hoffe, du hast mir etwas Wichtiges zu sagen.«

»Ganz und gar nicht«, entgegnete Gottfried. »Ich bin auf der Empfängerseite und lasse mir erzählen, was *du* herausgefunden hast.«

»Jetzt ist Sara sowieso weg, dann nehme ich mir die Zeit.«

»Mir stehen bloß ein paar Minuten zur Verfügung. Naveen macht sich gerade sein Tablett voll und wird sich zu mir setzen. Wir müssen unsere Strategie für das Meeting mit dem Vorstand durchsprechen.«

»Also die Kurzversion«, entschied Olaf. »Ich bekomme immer mehr Zweifel, ob es sich in unserem Fall tatsächlich um eine klassische Entführung handelt. Der Virus hat mir ein Telefongespräch der Mutter mit einer Freundin geschickt ...«

»Du hast also auch das Telefon der Mutter gehackt?«, unterbrach ihn Gottfried.

»Der Virus hat sich darauf eingenistet«, gab Olaf zurück. In knappen Worten gab er das Telefonat wieder, danach eine Zusammenfassung des Gesprächs der Tochter mit deren Freundin und was Sara ihm über Rohypnol erzählt hatte. »Ich glaube, es macht diese Leute an, Mutter und Tochter in Angst zu versetzen und nach Belieben das Mädchen entführen zu können.«

»Zumindest die Mutter in dem Glauben zu lassen«, sagte Gottfried nachdenklich. »Wir haben es mit einer Art Stalking zu tun.«

»Ich denke, es könnte etwas Sexuelles sein. Auch wenn wir nicht wissen, ob das Mädchen nun vergewaltigt worden ist oder nicht.«

»Hast du herausgefunden, wer die beiden überhaupt sind?«

»Die Vornamen kenne ich. Und die GPS-Daten ihrer Wohnung. Blöderweise ist es ein Hochhaus mit gewiss einer dreistelligen Zahl von Mietern.«

»Du hast den Virus auf ihren Handys. Damit solltest du so etwas Simples wie ihre Namen herausfinden«, sagte Gottfried bestimmt.

»Klar. Heute habe ich ihre vollen Namen«, erwiderte Olaf zuversichtlich. Er hörte Gottfried etwas auf Englisch sagen. Gewiss saß der Geschäftspartner, mit dem er sich besprechen wollte, bereits am Tisch.

»Du musst dir diese römische Münze genauer ansehen«, sagte Gottfried. »Selbst wenn die Männer die beiden bloß tyrannisieren wollen, muss es einen Grund geben, warum sie ausgerechnet diese Münze verlangen.«

»Zumal das Ding kaum etwas wert ist«, stimmte Olaf zu.

Irgendwo in Gottfrieds Umgebung ertönte ein vielstimmiges Lachen. Wie es schien, saßen nun etliche Leute an seinem Tisch.

»Die Frage ist«, sagte Gottfried schließlich, »woher die Entführer überhaupt wussten, dass die Frau diese Münze besitzt. Versuch mal mehr über die Münze herauszubekommen. Ich muss jetzt Schluss machen.«

Es klickte in der Leitung. Gottfried hatte aufgelegt.

Natürlich rief Olaf sofort Sara an. Wie er befürchtet hatte, ging sie nicht ans Telefon. Schließlich schrieb er ihr eine Nachricht mit einer knappen Erklärung, warum Gottfrieds Anruf immens dringend gewesen sei. Als Entschuldigung könnte das durchgehen, befand Olaf. Ferner schrieb er von »komplett neuen Ermittlungsansätzen«, um an Saras Neugierde zu appellieren.

Er legte das Handy neben die Tastatur auf dem Schreibtisch, um es im Auge behalten zu können, und startete den Viruskonfigurator. Der Virus hatte seine zuvor beauftragten Videos geschickt: eine Minute geheimer Aufnahmen von jedem der infizierten Handys.

Das Video vom Handy der Mutter war enttäuschend: Es zeigte die Decke eines Raums. Schlitze einer Klimaanlage und längliche Deckenlampen ließen auf ein Büro schließen, vermutlich ein Großraumbüro. Das Handy lag gewiss auf einem Schreibtisch. Olaf konnte die Stimmen mehrerer Personen ausmachen sowie die raumfüllende, alle anderen übertönende Stimme eines Mannes, der laut telefonierte. Die Mutter war in der Arbeit, und sie hatte einen Bürojob. Er überlegte, was er an ihrer Stelle getan hätte, wenn am Tag zuvor seine Tochter entführt worden wäre. Gewiss wäre er bei seinem Kind geblieben. Wieso hatte die Mutter sich dazu entschieden, arbeiten zu gehen?

Bei dem Video vom Entführerhandy blieb der Bildschirm schwarz. Die Tonspur war identisch mit der vom Handy der Mutter. Beide Geräte befanden sich also am selben Ort. Sie hatte das Entführerhandy mitgenommen, aber vermutlich in ihrer Handtasche gelassen.

Auf dem Video von Kajas Handy war wesentlich mehr los. Gesichter von Teenagern huschten über den Bildschirm, begleitet von Lachen und frechen Sprüchen. Eine ganz normale Pause auf einem Schulhof, wie es schien. Beide, Mutter und Tochter, gingen ihrem Alltag nach, als hätte es gestern nicht gegeben.

Er wechselte zum Viruskonfigurator, um zu checken, welche Informationen vom Handy der Mutter vorlagen. Ihre E-Mails waren bereits auf seinen Server kopiert. Es genügten wenige Mausklicks, um aus den Einstellungen des E-Mailkontos den Namen der Mutter zu erfahren. Sie hieß Simone Lokotsch. Er notierte sich den Namen auf einem Zettel.

Die Suche nach dem Begriff »Münze« lieferte ihm sofort die relevanten Mails zurück.

»*Sehr geehrte Frau Eckert* …«, begann die Mail an eine Antiquitätenhändlerin. Es ginge um die Schätzung einer altrömischen Münze aus dem Nachlass ihres Vaters. In der Mail erkundigte sich Simone Lokotsch nach dem Preis für eine Expertise. Das konnte nur die Münze sein, die sie als Lösegeld für die Tochter übergeben hatte.

Olaf öffnete die Antwort der angeschriebenen Antiquitätenhändlerin, einer gewissen Sybille Eckert. Die Kosten für die Expertise würden vom Aufwand abhängen, schrieb sie. Frau Lokotsch möge in die Geschäftsräume im Nordend kommen, gerne könne man hierzu einen Termin vereinbaren. Auch könne sie ihr gerne vorab Fotos der Münze zumailen.

Olaf unterdrückte einen Jubelschrei, als er die nächste Mail öffnete. Simone Lokotsch hatte tatsächlich Fotos geschickt. Er betrachtete die Vorderseite einer Münze, das Profil eines entschlossen dreinblickenden Mannes, danach auf der Rückseite eine stilisierte Frau, die einen Kranz in die Höhe hielt. An den Rändern war die Münze verwittert und beschädigt, wodurch sie unförmig und nicht mehr rund wirkte. Das Metall erschien schmutzig, es hatte wohl Patina angesetzt. Er machte sich nicht die Mühe, die Beschriftung zu lesen. Es war ihm auch so klar, dass er genau wie Simone Lokotsch eine Expertin zu Rate ziehen müsste, um zu erfahren, ob die Münze wirklich aus der Römerzeit stammte und was sie wert war.

»*Sehr geehrte Frau Lokotsch*«, begann die Antwort der Antiquitätenhändlerin, »*die Münze stammt aus der Zeit der Regentschaft des Kaisers Maximinus I.*« Da man Münzen aus dieser Epoche in sehr großer Zahl gefunden habe, seien sie nicht wertvoll. Sie biete ihr für die Münze achtzig Euro. Auch könne sie, Frau Lokotsch, die Münze auf Antiquitätenbörsen oder in entsprechenden Portalen im Internet anbieten, ein Preis von mehr als einhundertfünfzig, vielleicht auch zweihundert Euro sei allerdings nicht realistisch. Frau Lokotsch solle sich die Frage stellen, ob sie die Münze eher als Erinnerung an ihren Vater behalten wolle, statt sie zu veräußern. Die Mail endete mit dem Hinweis, dass diese Information kostenfrei sei.

Olaf betrachtete die Fotos der Münze erneut. Beinahe zweitausend Jahre musste sie in der Erde gelegen haben, und dann sollte sie so wenig wert sein? Was wäre, wenn jemand im Jahr viertausend eine Euromünze fände? Wäre die dann auch praktisch wertlos? Diese Frage könnte nicht einmal die Antiquitätenhändlerin Sybille Eckert beantworten. Er grinste bei der absurden Vorstellung und sicherte die Mailkorrespondenz auf seine Festplatte.

Die Münze war für die Auflösung des Falls ohne Belang.

12

Es kostete Olaf einige Anstrengungen, sich vom Bildschirm und seinen Recherchen zu lösen. Die Verabredung mit seinem Schwager Andreas war um Viertel nach zwölf. Seit Carolas Tod trafen sie sich etwa viermal im Jahr. Diesmal sollte es in Andreas' Mittagspause sein.

Für Olaf war sein Schwager schon immer weit mehr als angeheiratete Verwandtschaft gewesen. Mehrmals hatten sie zusammen Urlaub gemacht. Nach Carolas tragischem Unfall hatten sie sich dennoch eine Weile nicht gesehen. Die vierteljährlichen Treffen waren Andreas' Initiative gewesen, und Olaf hatte sie dankbar angenommen. Die ersten Verabredungen hatten den Charakter einer Therapie gehabt, in der Ehemann und Bruder der Toten über ihren Verlust sprachen. Heute waren sie stets unbelastet und für Olaf eine Gelegenheit, den Kontakt zu Carolas Familie aufrechtzuhalten, genauso wie für Andreas, Neuigkeiten über Olafs Kinder zu erfahren.

Oft hatte er bei seinem Schwager Rat wegen Tobias gesucht, der nach Carolas Tod zurück in sein früheres Kinderzimmer gezogen war. Das hatte Tobias getan, um seinen Vater in der schweren Zeit zu unterstützen. Irgendwann aber musste er den Zeitpunkt verpasst haben, flügge zu werden.

Andreas' Praxis war in Heddernheim. Sie trafen sich in einem chinesischen Restaurant im Nordwestzentrum, in dem Andreas gewöhnlich seine Mittagspause verbrachte. Andreas arbeitete als Psychotherapeut. Da jedem bekannt war, dass er keine Informationen über seine Klienten preisgeben durfte, wurde er gewöhnlich nicht nach seiner Arbeit gefragt. Olaf entschied sich dazu, diese unausgesprochene Regel heute zu brechen.

»Ich brauche mal deinen Rat zum Thema Verschwörungstheorien.«

Andreas verdrehte ironisch die Augen, was hinter seiner dickgerahmten Brille komischer aussah als vermutlich beabsichtigt. Er strich sich über den haarlosen Kopf. Die Ähnlichkeit seines kahlköpfigen Schwagers mit Carola hatte Olaf schon immer irritiert.

»Ich hoffe, du fragst nicht für einen Freund.«

»Nachbarn, die ich seit einer halben Ewigkeit kenne. Ihre Tochter bittet mich, mit ihnen zu reden. Offensichtlich hält sie es nicht mehr aus, dass ihre Eltern Verschwörungstheorien anhängen. Sie hofft, dass ich irgendwie helfen kann.«

»Als allererstes solltest du das Wort Verschwörungstheorie aus deinem Wortschatz streichen.« Andreas grinste. »Der Begriff ›Theorie‹ legt nahe, es gäbe eine theoretische Grundlage, die wissenschaftlichen Standards entspricht. Bei Verschwörungstheorien ist das aber nicht der Fall. Wenn man wissenschaftlich arbeitet, stellt man als Erstes eine Hypothese auf, die ein Phänomen erklären soll. Als nächstes nimmt man diese Hypothese als Grundlage für eine Vorhersage und prüft dann in einem Experiment, ob sie eintrifft. Bestätigt das Experiment diese Vorhersage, ist die Hypothese erhärtet. Wenn aber die Vorhersage nicht eintritt, stimmt die Hypothese nicht. Dann muss man sie modifizieren oder in die Tonne treten.«

»Das war schon viel zu viel Text für jemanden, der an die flache Erde glaubt«, erwiderte Olaf trocken.

»Das Wort Verschwörungs*glaube* trifft das Phänomen viel genauer«, fuhr Andreas fort, »oder noch besser Verschwörungs-*dogma*.«

»Und was kannst du mir als Psychologe raten, wie ich meinen Nachbarn helfen kann?«

»Ich nehme an, dass sie sich keineswegs als hilfsbedürftig ansehen und sich nicht von dir helfen lassen wollen.«

»Davon ist definitiv auszugehen«, bestätigte Olaf.

»Nur dann, wenn ein Mensch in seinem Glauben noch nicht verfestigt ist, kann man versuchen, ihn von seinem Verschwörungsdogma abzubringen, in das er hineinzugleiten droht. Das können ihm Nahestehende durch gezielte Fragen versuchen.«

»Und welche Art von Fragen bieten sich da an?«

»Das können Fragen sein wie ›Wer könnte deiner Meinung nach davon profitieren, dass Leute wie du dies und jenes denken?‹ Nie darf es aber konfrontativ sein. Es soll die Person zum Nachdenken anregen und damit im Idealfall zum Überdenken seiner Ansichten. Andernfalls macht er dicht, und man erreicht überhaupt nichts.«

Wie es um Ulla stand, konnte Olaf nicht einschätzen. Thorsten allerdings war nicht mehr der Gruppe mit moderaten Verschwörungssymptomen zuzuordnen. Davon war Olaf überzeugt. Leider. »Und was ist, wenn Leute bereits einem Verschwörungsdogma verfallen sind?«, frage er schließlich.

»Dann sind sie Patienten.« Andreas setzte ein süffisantes Schmunzeln auf.

»Du meinst, dann gehören sie auf deine Couch?«

»Eine Gesprächstherapie würde da nichts bringen. In solchen Fällen muss man stärkere Geschütze auffahren. Solche, die man bei Leuten anwendet, die etwa den Fängen einer Psychosekte entkommen sind, oder bei Aussteigern aus der rechtsradikalen Szene. Das ist ein langer Weg.«

»Du meinst, die ganzen Leute da draußen, die an die flache Erde glauben, an den geheimen Bevölkerungsaustausch und den *Deep State*, die müssen alle therapiert werden?«

»Definitiv«, stellte Andreas klar. »Auch die, die sagen, Trump sei zweitausendzwanzig die Präsidentenwahl gestohlen worden, und die die menschgemachte Klimaerwärmung als Erfindung böser Mächte ansehen. Die alle werden nicht plötzlich aufhören, an dieses Zeug zu glauben.«

Olaf brauchte einen Moment, die Information zu verdauen. »Aber das sind ja Tausende, Abertausende, Millionen«, sagte er. »Und die bleiben alle so durchgeknallt, bis du sie therapierst?«

Andreas lachte. »Ich allein werde die nicht therapieren können. Und es gibt nicht genügend Therapeuten auf der Welt, um auch nur einen Bruchteil dieser Leute zu behandeln.«

»Ich sollte auf Psychotherapeut umsatteln«, sagte Olaf ironisch. »Ein Beruf mit Zukunft.«

»Du bist schon Rentner. Für deine Kinder wäre es aber eine gute Berufswahl.«

Olaf dachte an Tobias. Der hatte sein Soziologiestudium geschmissen, um zur Polizei zu gehen. Olaf konnte ihn sich gut als Psychotherapeut vorstellen. Eine solche Arbeit würde besser zu ihm passen als der Job bei der Kriminalpolizei.

»Du sagst also, die Bekloppten bleiben bekloppt?«, sagte er schließlich.

»Die bleiben, wie sie sind, und gründen politische Parteien.« Andreas grinste bösartig.

»Und meine Nachbarn?«, sagte Olaf. »Wie soll ich mich denen gegenüber verhalten?«

»Entweder sie erkennen, dass sie krank sind, und lassen sich therapieren. Oder sie umgeben sich nur noch mit Menschen, die an ihr Dogma glauben, lesen nur noch Nachrichten, die ihr Dogma bestätigen, und abonnieren Telegram-Kanäle mit entsprechenden Inhalten. Jedem, der ihren Ansichten widerspricht, wird nicht bloß nicht geglaubt, man unterstellt ihm bösartige Absichten und er wird schnell als Teil der Verschwörung angesehen. Wundere dich also nicht, wenn deine Nachbarn dich irgendwann für einen Reptiloiden halten, wenn du ihnen ihr Verschwörungsdogma auszureden versuchst.« Andreas lachte.

Olaf war nicht zum Lachen zumute. »Dein Rat an mich ist also, überhaupt nicht mit meinen Nachbarn zu reden?«

»Als Psychotherapeut lautet meine Antwort ›Ja‹«, gab Andreas zurück. »Als jemand, der dich sehr gut kennt, sage ich, du kannst mal versuchen, mit ihnen zu sprechen, aber sehr, sehr behutsam.«

»Wie behutsam?«

»Äußerst behutsam.«

13

Olaf parkte das Auto in seiner Straße. Er musste noch einkaufen, deshalb ging er nicht direkt nach Hause. Sein Supermarkt war auf der Berger Straße. Dort kannte er sich so gut aus, dass er alles, was er brauchte, zielgenau in den Regalen fand. Als er die meisten Einkäufe bereits in seinem Einkaufswagen hatte, stand ihm plötzlich Jasmin gegenüber. Wieder hatte sie diesen finsteren Ausdruck im Gesicht.

»Gerade hat mein Vater zu mir gesagt, ich soll Finn nicht zum Schlafschaf erziehen«, sagte sie resigniert.

Durch den Markt schallte eine einschmeichelnde Stimme, die traumhaftes gemischtes Hackfleisch pries.

»Unterrichtet er den Kleinen jetzt in jüdischer Weltverschwörung?«

»Ich finde das überhaupt nicht lustig.«, entgegnete Jasmin verstimmt.

»Lustig war das nicht gemeint«, beeilte Olaf sich zu sagen. »Ich habe ihn gestern gesehen.« Jasmin blickte erwartungsvoll auf. »Aber nur kurz gesprochen. Im ›Krummen Hund‹. Was er von sich gegeben hat, war alles andere als scharfsinnig.«

»Natürlich! Er redet nur noch dummen Scheiß, ist davon aber zu hundertfünfzig Prozent überzeugt«, eiferte sich Jasmin. »Und meine Mutter zieht mit, statt ihn davon runterzubringen.«

»Thorsten ist also die treibende Kraft und Ulla macht nur mit?«

»Keine Ahnung«, sagte Jasmin unwirsch. »Manchmal redet auch sie verstrahltes Zeug. Dabei ist sie aber nicht so inquisitorisch wie mein Vater.«

Vielleicht ist Ulla noch zu erreichen, dachte Olaf. Sie scheint nicht so verrückt geworden zu sein wie Thorsten. Mit ihr könnte ein Gespräch noch Sinn machen. Er sollte es versuchen.

»Ich muss an die Fleischtheke, danach bin ich hier fertig. Magst du auf einen Schnaps vorbeikommen?«

Jasmin nickte mit düsterer Miene.

Zu Hause angekommen, startete Olaf als Erstes den Laptop. Schon auf dem Handy hatte er gesehen, dass es sechs neue Benachrichtigungen des Virus gab. Er verstaute die Einkäufe und setzte sich an den Schreibtisch.

Nur eine der Benachrichtigungen war von dem Entführerhandy. Man hätte glauben können, für den Virus gebe es auf diesem Gerät nichts zu erschnüffeln. Es musste einen Grund für diese Behäbigkeit geben! Die Nachricht führte zu einem neuen heimlich aufgenommenen Video. Wie bei dem Film zuvor blieb der Bildschirm schwarz. Ebenso wie vorher hörte man Gespräche, und wieder war es die Stimme eines hemmungslos telefonierenden Mannes, der alles übertönte. Wie es schien, war Simone Lokotsch noch in der Arbeit. Und es blieb zu hoffen, dass sie Kopfhörer mit *Noise Cancelling* aufhatte, sonst könnte sie in ihrem Büro keinen klaren Gedanken fassen.

Die anderen Benachrichtigungen gehörten zu den Handys von Simone und Kaja Lokotsch. Browser-Verläufe, Instagram-Aktivitäten, neu erstellte Fotos: Sachen eben, die Leute auf ihren Smartphones haben. Er würde sich wie ein Voyeur vorkommen, wenn er sich das alles anschaute.

Er wandte den Blick vom Bildschirm ab, stand auf und stellte sich ans Fenster. Die Straße unten wirkte wie immer um diese Zeit: Sie war auf beiden Seiten zugeparkt, ein Radfahrer fuhr gegen die Einbahnstraße. Ein riesenhafter SUV mühte sich in die einzige verbliebene Lücke. Olaf hatte über Mutter und Tochter eine Menge erfahren, beinahe waren sie ihm vertraut. Er kannte ihre Namen, auch ihre Adresse und vieles andere mehr. Weiter ihre Handys auszuspionieren, machte keinen Sinn. Weshalb sollte er unentwegt in ihre Intimsphäre eindringen? Eher sollte er direkt mit ihnen sprechen. Nur wie würde er das anstellen? Er könnte ja nicht an der Haustür klingeln und sagen »Ich weiß über die Entführung Bescheid, weil ich eure Handys gehackt habe. Braucht ihr vielleicht Hilfe?« So einfach würde das nicht gehen. Aber er wollte die beiden nicht mehr observieren. Nur das Entführerhandy war wichtig. Irgendwann würden die Entführer sich wieder melden: anrufen oder eine Nachricht schicken. Und das musste er mitbekommen.

Er wurde aus seinen Gedanken gerissen, als er Jasmin erblickte. Gerade überquerte sie die Straße. Mit Einkaufstaschen in jeder Hand strebte sie zielstrebig aufs Haus zu. Sie wollte den versprochenen Schnaps. Er ging in den Flur, wartete bei geöffneter Haustür, bis sie in seinem Stockwerk war, und lotste sie in die Küche.

Erwartungsgemäß begann sie, über ihre Eltern zu reden, was alsbald in ein Lamentieren ausartete. Olaf wusste, das Mädchen brauchte ihn, um sich wieder einmal richtig auszukotzen. Geduldig hörte er ihr zu und redete ihr das zweite Glas Ouzo aus. Bevor sie ging, versprach er, nun tatsächlich mit Thorsten und Ulla zu sprechen, um vielleicht noch etwas zum Guten zu wenden.

Der Alkohol hatte es sich in seinem Hirn etwas zu bequem gemacht. Der Kaffee klärte den Kopf ein wenig, auch wenn er nach dem Schnaps seltsam schmeckte. Das Dingeling einer neuen Virusnachricht ließ ihn zurück zum Schreibtisch gehen. Eine Instagram-Nachricht an Kaja, die Tochter. Er öffnete das angehängte Video mit einem Doppelklick.

Zunächst glaubte er, das Mädchen in dem Clip müsse eine Freundin von Kaja sein. Es war älter, vielleicht knapp achtzehn und lief zu einer Musik tänzelnd auf der Beifahrerseite neben einem Auto her, das in Schritttempo fuhr. Das Ganze wurde offenbar vom Fahrer gefilmt. Auf dem Beifahrersitz fläzte sich ein junger Kerl mit einer Zigarette. Das Mädchen zog eine coole Show ab, tanzte, während es weiter neben dem Auto herlief, und gab Küsschen in Richtung Kamera. Und dann donnerte es in vollem Lauf mit dem Kopf gegen einen Baum, den es übersehen hatte. Die beiden Jungs im Auto lachten sich schlapp.

Für Jugendliche mochten solche Videos der Knaller sein. Olaf dagegen hatte das Gefühl, er könnte mit seiner Zeit mehr anfangen, als Pannenvideos zu gucken. Er klickte auf das Profil, von dem die Nachricht gekommen war. Er glaubte, auf dem Profilbild eines der drei Mädchen zu erkennen, die er zuvor auf den Posingfotos gesehen hatte. Es wäre gewiss Zeitverschwendung, hier weiter zu recherchieren.

Stattdessen schaute er sich an, was Kaja auf Instagram gepostet hatte: schier unzählige Fotos, die meisten von sich selbst mit

Schmollmund und Posen einer Influencerin. Hier würde er nichts finden, was seinen Fall in irgendeiner Weise voranbringen könnte. Als nächstes rief er Kajas private Instagram-Nachrichten auf. Das Mädchen hatte mit fünf anderen Profilen Nachrichten ausgetauscht. »shilan.09«, das Profil mit dem Pannenvideo, hatte vorwiegend Clips dieser Kategorie an Kaja geschickt.

Was tat er hier überhaupt? Er sollte den Rechner herunterfahren und einfach auf eine Nachricht vom Entführerhandy warten. Das war das Einzige, was ihn weiterbringen würde, nicht Videos tanzender Mädels, die sich den Kopf an irgendwas stießen.

Er hatte in Gedanken versunken dennoch auf den nächsten Nutzer in Kajas Nachrichtenliste geklickt. Als er die Masse der Nachrichten sah, die hier ausgetauscht worden waren, entschied er, sich das genauer anzusehen. Es mussten zig Nachrichten sein, die zwischen dem Mädchen und diesem Profil tagtäglich hin und hergegangen waren.

Er klickte auf die erstbeste Nachricht.

»Das Leben ist echt ungerecht und mies!«

»Wieso? Das Leben ist toll! Was ist passiert?«

»Herr Spitz, mein Mathelehrer …«

»Was ist mit dem?«

»Er sagt, ich stehe auf einer Vier, dabei habe ich eine Zwei und eine Drei geschrieben.«

»Das ist echt fies. Hat er auch eine Begründung?«

»Ich würde im Unterricht nicht genug mitmachen, sagt er.«

»Na und? Du hast doch tolle Noten geschrieben.«

»Ich finde das so gemein.«

»Nicht traurig sein. Du brauchst sowieso kein Mathe. Du wirst Model.«

»Wenn ich kein Abi mache, rastet meine Mutter aus.«

»Die hat keine Ahnung, was für ein tolles Mädel du bist. Keine Ahnung.«

Kaja antwortete mit Zeilen voller Herzchen- und Küsschen-Emojis.

»Ich habe denen von der Agentur dein Video geschickt.«

»Echt? Und fanden die das gut?«

»Die waren total geflasht, sagen genau diese Art von *Personality* suchen sie.«

»Ehrlich? Wie toll!«

»Du sollst noch mehr Videos schicken.«

»Meinst du wirklich?«

»Na klar. Am besten jetzt gleich.«

»Meine *Mum* ist aber da.«

»Na und? Du kannst ja abschließen.«

Olaf schnaufte durch. Wohin würde diese Unterhaltung führen? Er rief das Profil auf, mit dem Kaja gechattet hatte: Das Profilbild von »fabi.vip.99« zeigte einen Kerl Mitte zwanzig mit cooler verspiegelter Sonnenbrille, einem Basecap und selbstsicherem Grinsen. Er hatte bloß drei Fotos gepostet: eine Ansicht der Golden Gate Brücke, eines, das den Eiffelturm zeigte, und einen prächtigen Ferrari vor einer Villa in italienischem Stil. Das Profil, mit dem Kaja chattete, war alles andere als informativ.

Olaf wechselte zurück zum Chat, blätterte aber zwei Bildschirmseiten weiter.

»Das machen alle so. Die Agentur muss ja wissen, welches Designerkleid genau zu deiner Figur passt. Und wenn du ein Video machst, kannst du auch noch mit deiner *Personality* punkten.«

»Ehrlich?«

»Natürlich. Ich rechne fest damit, dass die völlig geflasht sind.«

»Ich habe aber bloß die Handykamera.«

»Das ist genau richtig. Du machst das super! Hast du abgeschlossen?«

»Ja. Meine Mutter guckt fern.«

»Mach dein Lieblingslied an. Aber nicht zu laut. Und dann mach das Video.«

Olaf hatte das Gefühl, jemand würde ihm mit einem Hammer auf den Kopf schlagen. Fassungslos starrte er auf das Video, das Kaja zwei Tage zuvor an einen »fabi.vip.99« geschickt hatte: auf den schlanken, nackten Leib, der zu Reggaetonmusik tanzte und sich in unterschiedlichen Perspektiven darbot. Und auf das kindliche Gesicht, das sich bemühte, die Mimik einer *Personality* darzustellen, die den Mann hinter dem Profil »fabi.vip.99« ganz gewiss nicht im Geringsten interessierte.

14

Was hatte Naveen geritten, ihn ausgerechnet hierher zu lotsen? Kopfschüttelnd betrachtete Gottfried die blank geputzte Einkaufswelt um sich herum, die Filialen der wohlbekannten Marken, die es genau so auch in deutschen Einkaufszentren gab. Selbst die frostigen Temperaturen der klimatisierten Shopping Mall wirkten deutsch. War er vielleicht durch ein Wurmloch gefallen und von Bangalore direkt ins Frankfurter Nordwestzentrum geraten?

»*Looks pretty much like Eagle Plaza in Austin.*« Phil schien einen ähnlichen Gedanken zu haben wie Gottfried. Amüsiert rückte er seinen *Bolotie* gerade. Gottfried hatte ihn noch nie ohne diese Cowboy-Krawatte aus geflochtenen Schnürsenkeln gesehen. Sie war Phils Markenzeichen. Vermutlich behielt er sie sogar im Bett an.

Seit Jahren schon planten Gottfried und Phil ihre Dienstreisen so, dass sie zur selben Zeit in derselben Stadt zu tun hatten und sich treffen konnten. Zuletzt hatten sie sich in San Francisco gesehen.

Phil war aus Texas zu einer Konferenz angereist und für den Abend zu einem offiziellen Dinner eingeladen. Sich mit Gottfried zu treffen, war ihm aber wichtiger.

Auf Phils Frage, wo man gute Tees und tamilische Gewürzmischungen kaufen könne, war Naveen dieses Einkaufszentrum eingefallen, und er hatte es sich nicht nehmen lassen, sie mit seinem Auto hinzufahren. Sein Angebot, sie danach auch noch zurück ins Hotel zu bringen, hatte Gottfried dankend abgelehnt. Wenigstens an einem Abend wollte er sich der gutgemeinten, aber oftmals einengenden Obhut der Geschäftspartner entziehen, um auf eigene Faust etwas zu erleben. Zumal, wenn er sich in Gesellschaft seines alten Freundes Phil befand.

Zu diesem Zeitpunkt hatten sie allerdings noch nicht wissen können, dass die Shopping Mall der Klon eines Frankfurter oder, wie Phil befand, texanischen Einkaufszentrums war. Ihnen war klar, dass sie in keinen der Zaras, S. Olivers oder sonstigen weltweit verbreiteten Läden gehen würden. Viel lieber wollten sie den Abend in der Hotelbar ausklingen lassen.

Dort könnten sie sich eingehend mit der römischen Münze beschäftigen. Phil hatte sich von den Fotos sehr beeindruckt gezeigt. Wenn sie tatsächlich so alt wäre, müsse sie ungeheuer wertvoll sein, war er überzeugt gewesen. Natürlich wusste Gottfried, dass für Amerikaner alles, was älter war als die »Mayflower«, aus einer Art Paralleluniversum kommen musste. Auch wusste er, dass Phil Ökonom war und nicht Historiker. Allerdings kannte er eine Menge Professoren an verschiedenen Hochschulen. So gut vernetzt, schaffte er es eigentlich immer, profunde Informationen zu beliebigen akademischen Themen zu beschaffen. Gottfried war sicher, dass seine Frage nach dem Wert der römischen Münze letztlich bei einer Koryphäe landen würde.

»*Let's not take a cab. We take a Tuk-Tuk.*« Phil steuerte zielstrebig auf den Tuk-Tuk-Stand vor dem Einkaufszentrum zu. Freudig wie ein Kind, das auf seine Geburtstagsüberraschung wartet, musterte er die dreirädrigen Gefährte. Gottfried, der nicht so schnell war wie Phil, sah, dass er bereits mit einem der Fahrer verhandelte, einem jungen Kerl in Jeans und T-Shirt. Wie es schien, hatte man Phil bereits übers Ohr gehauen, bevor Gottfried den Pulk der Vehikel erreichte.

»Es kostet mehr als ein Uber-Taxi«, sagte Phil auf Englisch, »aber dieses Abenteuer lasse ich mir nicht entgehen.«

Gottfried war schon oft mit einem solchen Ding gefahren: Im Prinzip war es ein Motorroller, dem neben einem Verdeck hinten ein drittes Rad und eine Sitzbank verpasst worden war. In Indien hatte er allerdings noch nie in einem Tuk-Tuk gesessen.

Phil ließ ihm den Vortritt, als es darum ging, auf der Sitzbank hinter dem Fahrer Platz zu nehmen. Seine Absicht, Gottfried notfalls beizuspringen, falls es für ihn problematisch würde, war offensichtlich. Natürlich wusste er von dem Krebs und der Chemotherapie.

Gerade, als der Fahrer den knatternden Motor startete, ertönte Olafs Klingelton. Das Tuk-Tuk ruckelte heftig und unregelmäßig, als es sich in Bewegung setzte. Mühevoll fischte Gottfried das Telefon aus der Hosentasche. Die Straße war holprig wie ein Acker und voller Schlaglöcher.

»Hallo Olaf!« Er klammerte sich energisch an eine der Stangen des Verdecks. Zu dem Ruckeln kamen nun unvorhersehbare Fliehkräfte hinzu, wenn der Fahrer wagemutig um andere Fahrzeuge herumkurvte. Phil stieß einen lustvollen Schrei aus wie jemand, der Achterbahn fährt.

»Was ist das für ein Getöse bei dir?«, fragte Olaf.

Gottfried lachte. »Bloß der ganz normale Verkehr in Bangalore.«

»Ich habe wichtige Neuigkeiten …«

Der Arm, mit dem Gottfried das Handy hielt, wurde plötzlich zur Seite gerissen. Das Schlagloch musste sehr tief gewesen sein. Es war ein glücklicher Zufall, dass ihm das Telefon nicht aus der Hand fiel. Allerdings war ihm entgangen, was Olaf gesagt hatte.

»Kannst du das nochmal wiederholen?«, schrie er gegen den Motorlärm des Tuk-Tuk und das allgegenwärtige Hupen der Straße an.

»Alles nochmal?« Olaf klang verärgert.

Sie hatten nun die kleinen Seitenstraßen verlassen und eine der tosenden, vielspurigen Ausfallstraßen erreicht. Gottfrieds Unbehagen wuchs, als sich der Fahrer anschickte, sie zu queren, statt sich von dem kompakten, hupenden Verkehr mitreißen zu lassen. In rasender Fahrt quer zur Fahrtrichtung, unterbrochen von Vollbremsungen und tollkühnen Ausweichmanövern, schlängelte sich das Tuk-Tuk an heranbrausenden Lastwagen, PKW und Motorrädern vorbei. Gottfried und Phil wurden nach oben geschleudert, als das Tuk-Tuk auf dem Bordstein des Fahrbahnteilers prallte und der Fahrer sich sofort mit den gleichen waghalsigen Manövern auf die gegenüberliegende Seite der Gegenfahrbahn durcharbeitete.

»Es ist gerade etwas schwierig mit Telefonieren«, rief Gottfried ins Handy. »Fang nochmal von vorne an.«

Phil stieß wieder einen dieser Achterbahnschreie aus, als das Tuk-Tuk die wilde Fahrt entgegen der Fahrtrichtung fortsetzte. Gottfrieds Hand, mit der er die Verdeckstange umklammert hielt, verkrampfte sich. Würde er das überleben?

Weiter ging die rasende Fahrt am Rand der vielspurigen Fahrbahn, immer dem Verkehr entgegen. Der Fahrer nutzte jede Lücke zwischen den Fahrzeugen, fuhr Slalom um heranbrausende Laster und erschrockene Fußgänger.

»Olaf, ich rufe dich zurück.« Gottfried steckte das Handy in die Hosentasche. Endlich konnte er sich mit beiden Händen festhalten. Er sah zu Phil herüber, der nun auf eine Weise zu lachen begann, die er diesem eloquenten Doktor der Ökonomie nie zugetraut hätte. War dies seine Art, mit dem Tod umzugehen?

»*Drive more carefully!*«, schrie Gottfried dem Fahrer zu, doch der schien ihn nicht zu hören. Wieder wurden sie wegen einer Vollbremsung nach vorne geschleudert. Diesmal blieb das Fahrzeug stehen.

Vor ihnen auf der Straße lagen ein Motorrad und ein ausgestreckter Mann. Der Tuk-Tuk-Fahrer war aus seinem Fahrzeug herausgestürzt und redete auf die am Boden liegende Gestalt ein. Für Gottfried klang es wie Schimpfen, was es wahrscheinlich auch war. Es dauerte eine Weile, bis der Motorradfahrer sich unsicher vom Boden erhob. Verwirrt klopfte er Staub von seiner Jeans. Das Hemd war von Straßendreck verschmutzt und an einem Ärmel eingerissen. Obwohl er wie die meisten Zweiradfahrer in Bangalore keinen Helm trug, war an seinem Kopf keine Verletzung erkennbar. Für den Moment schien er zu keiner anderen Reaktion fähig, als ungläubig auf sein Motorrad zu blicken, das vom Verkehr umtost auf der Straße lag.

Der Tuk-Tuk-Fahrer schien mit seiner Geduld am Ende. Mit heftiger Gebärde nötigte er den offenkundig unter Schock stehenden Mann, das Motorrad, eine 250er, aufzurichten. Gottfried und Phil blickten sich überrascht an, als der Mann, von ihrem Tuk-Tuk-Fahrer heftig bedrängt, das Motorrad startete und davonfuhr. Der Fahrer murmelte genervt, als er sich wieder in sein Gefährt setzte, als hätte er gerade ein Hindernis von der Straße geräumt. Dann setzte er seine halsbrecherische Fahrt gegen die Fahrtrichtung mit den gleichen gewagten Manövern fort wie zuvor.

»Habe ich dir nicht gesagt, das wird ein Abenteuer?« Phils Grinsen passte nicht zu seinem fahlen Gesicht.

Was trieb Gottfried bloß in Bangalore? Es hatte geklungen, als wäre er in einer Geisterbahn gewesen.

Olaf verfasste eine Nachricht und fügte den Link zu dem Chat zwischen dem Mädchen und diesem »fabi.vip.99« hinzu. Kurz überlegte er, ob er einen direkten Link zu dem Video mitschicken sollte. Dann löschte er ihn aus der Nachricht. Es reichte vollkommen aus, dass er, Olaf, es gesehen hatte. Ein vierzehnjähriges Mädchen, das nackt tanzt! Er sollte das Video sofort von seinem Server löschen. So etwas zu besitzen, war strafbar, auch wenn das Video als Beweismittel noch gebraucht werden könnte.

Er hatte die Nachricht noch nicht zu Ende geschrieben, als ›Smooth Operator‹ erklang. Sara rief an. Rasch nahm er das Gespräch entgegen.

»Wehe, du drückst mich nochmal weg!« Sie brachte sehr überzeugend rüber, dass diese Drohung ernstgemeint war, auch wenn sie etwaige Konsequenzen offenließ.

»Auf gar keinen Fall!«, beeilte Olaf sich zu sagen. Er war erleichtert, dass ihr Wissensdrang größer war als ihr Groll. »Höchstens vielleicht, wenn das Haus in Flammen steht.«

»Hat es das vorhin?«, sagte sie spöttisch.

»Es roch nach Qualm.« Ihm war keine bessere Antwort eingefallen.

»Ich habe etwas gut bei dir«, sagte sie bestimmt.

»Eine Massage?«, unterbrach Olaf sie neckisch.

»Ich will jetzt alle Fakten hören.« Sie klang ungnädig. »Alles, was du über den Fall weißt, will auch ich wissen. Worum geht es genau? Um wen geht es? Und was hat das alles mit Rohypnol zu tun?«

Olaf war froh, dass sie sein Grinsen nicht sehen konnte. Er hätte sie sowieso in alles eingeweiht. Sie sollte nicht nur alles zum Fall wissen, ihm war ihre Meinung sehr wichtig. Und er wollte, dass sie sich an der Lösung des Falls beteiligte. Damit bliebe er für sie attraktiv.

»Dann wollen wir mal.« Er begann mit dem Chat, von dem die Antworten des Empfängers unbekannt waren, erzählte ihr von den Telefonaten zwischen der Mutter und den Entführern, von der römischen Münze als Lösegeld. Er merkte, dass es eine gute

Übung für ihn war, alles nochmal im Zusammenhang auszusprechen. Sie unterbrach ihn mehrmals mit Verständnisfragen. Es war offensichtlich, dass sie sich Notizen machte. Schließlich kam er zu dem Telefonat zwischen Kaja und ihrer Freundin und der Tatsache, dass das Mädchen sich nicht an die Entführung erinnerte.

»Das ist der Grund, weshalb du mich nach KO-Tropfen gefragt hast«, stellte Sara fest. »Wie ging es weiter?«

»Ich kenne nun die Namen von Mutter und Tochter, weiß, wo sie wohnen, wo die Mutter arbeitet und wo die Tochter in die Schule geht. Und ich habe ID und Passwort des Instagram-Kontos der Tochter.«

Sara ließ sich die Namen und die Adresse geben. »Wie alt ist die Tochter?«, wollte sie wissen.

»Vierzehn. Jetzt kommt, was ich gerade eben herausgefunden habe«, sagte Olaf. »Seit einigen Wochen chattet Kaja, das Mädchen, auf Instagram mit einem Mann, mehrmals am Tag. Es sind lange, intime Unterhaltungen. Ganz offensichtlich kennt sie den Mann nur aus dem Internet und hat ihn noch nie wirklich gesehen. Das Profil erweckt den Eindruck, der Mann sei ein cooler Typ von Mitte zwanzig, aber ich schätze, das ist nicht wahr. Es ist unverkennbar, dass er es darauf anlegt, das Vertrauen des Mädchens zu gewinnen, um es zu manipulieren. Er stellt ihm eine Karriere als Model in Aussicht.«

Sara stieß ein zynisches Lachen aus. »Der Klassiker. Lass mich raten, was Kaja dafür tun soll.«

»Ich glaube, du weißt es bereits. Sie hat ihm mehrere Nacktfotos von sich geschickt.«

»Oje.«

»Und sogar ein Video, in dem sie nackt tanzt.«

»Das Mädchen tanzt völlig nackt? Du meinst, es hat nicht einmal einen Bikini oder sonst etwas an?«

»Splitternackt«, stellte Olaf klar. »Der Typ hat es dazu gebracht, alles von sich preiszugeben.«

»Das ist eine Katastrophe für Kaja«, sagte Sara. »Jetzt hat er sie in der Hand. Er kann ihr drohen, das Material anderen zu zeigen, Freunden, Lehrern, der Mutter, wenn sie nicht noch weitere, härtere Videos für ihn erstellt. Das ist im Internet eine gängige Masche. Die Männer haben die Pornos, und die Mädchen gehen durch die Hölle.«

»Offenbar ist es noch nicht so weit gekommen. Kaja erscheint völlig ahnungslos. Sie glaubt wirklich, sie steuert auf eine glamouröse Modelkarriere zu.«

»Armes dummes Mädchen!«, sagte Sara. »Wie passt das Ganze aber zu der Entführungsgeschichte? Sind der Mann auf Instagram und der Entführer dieselbe Person?«

»Wir denken, dass es zwei Entführer sind, vielleicht auch mehr. Und einer von ihnen ist der Mann hinter dem Instagram-Konto. Oder sie wechseln sich ab. Kaja muss nicht zwangsläufig immer mit demselben chatten. Man kann nicht sehen, was hinter einem Social-Media-Konto wirklich vor sich geht.«

»Für mich ist klar, dass dahinter nicht der angebliche verständnisvolle coole Typ steckt, sondern Perverse, die sich daran aufgeilen, eine Vierzehnjährige zu stalken«, sagte Sara bestimmt.

»Und nicht nur das. Sie haben sie zudem entführt und für Stunden festgehalten.«

»Bestimmt haben sie das Mädchen missbraucht.«

»Davon gehe ich aus«, sagte Olaf. »Sie spielen mit dem Mädchen, aber auch mit der Mutter. In den Telefongesprächen zur Übergabe genoss der Entführer es sichtlich, ihr mit schlüpfrigen Andeutungen Angst einzujagen. Ich denke, sie haben es auf beide abgesehen: Mutter und Tochter.«

»Vielleicht.« Sara klang nicht überzeugt. »Sicher ist, dass sie etwas von dem Mädchen wollen«, sagte sie nachdenklich. »Und dein Virus ist auf ihrem Handy.«

»Richtig. Und den werde ich nicht löschen. Ist dir eine Idee gekommen, was wir tun können?«

»Dazu benötige ich die Hilfe einer Freundin. Ich rufe sie sofort an.«

15

»*Cheers!*« Ob es an seinem *Bolotie* lag oder an dem weißen Voll-
bart – Phil sah dem Hähnchen bratenden Colonel von KFC
zum Verwechseln ähnlich. Das hatte Gottfried ihm natürlich nie
gesagt. Gewiss bekam er das von anderen zu hören. Sie stießen
mit den Gläsern an: Phil mit einem Kingfisher-Bier, Gottfried
hielt sich an eine Cola.

Überdimensionale Monitore stellten sicher, dass man in jedem
Winkel der Hotelbar das übertragene Hockeyspiel sehen konnte.
Gottfried fand das Gewimmel von Eindrücken störend. An-
sonsten fühlte er sich sehr wohl. Nach dem Höllenritt im Tuk-
Tuk war das alles andere als selbstverständlich.

Auf Gottfrieds Beschwerde, es sei die unsicherste Fahrt seines
Lebens gewesen, hatte der Fahrer bloß mit einem verständnislo-
sen Kopfwackeln geantwortet und ihnen einen angenehmen
Abend gewünscht. Phil meinte, er spreche vermutlich gar nicht
Englisch und habe nur die Phrasen drauf, mit denen er die Prei-
se aushandeln und Ausländer übers Ohr hauen konnte.

»Carlos hat geschrieben.« Phil blickte auf sein Smartphone.
»Deine Anfrage ist nun bei einem Professor in Deutschland
gelandet, und zwar in …« Er mühte sich mit einem Städtenamen
ab, der für Gottfried keinen Sinn ergab. Gottfried ließ ihn sich
auf dem Display zeigen. Es war Mainz.

Kurios, welchen Weg die Anfrage genommen hatte. Die Münze war in Frankfurt gefunden worden. Ein Texaner in Indien
hatte jemanden in Kalifornien gefragt, der dann über weitere
Umwege einen Experten in Rheinland-Pfalz ausfindig gemacht
hatte. Die Anfrage war um die halbe Welt gereist, um am Ende
in Mainz zu landen. Und natürlich war es stimmig, einen Spezia-
listen für das römische Germanien eher in Mainz zu finden als
etwa in Manila oder Chicago.

»Ich bin gespannt, was die Münze bringt«, meinte Phil. »Es ist
unfassbar, wie alt sie ist, beinahe zweitausend Jahre. Deine Bekannte wird bald sehr reich sein.«

Gottfried hatte ihm natürlich kein Wort über die Entführung erzählt, sondern sich als Vorwand eine Bekannte ausgedacht, die im Nachlass ihres Vaters die Münze gefunden habe und nun aus berufenem Munde ihren Wert erfahren wolle.

»An ihrer Stelle wäre ich auch nicht zu irgendeinem x-beliebigen Antiquitätenhändler gegangen«, fuhr Phil fort. »Bei einem solchen Wert muss man sicher sein, nicht betrogen zu werden.«

»Warten wir ab, was der Experte sagt.« Gottfried konnte sich nicht vorstellen, dass die Münze *der* Schatz war, für den Phil sie hielt, auch wenn sie vielleicht mehr bringen würde als die hundert Euro, die die Expertin in Frankfurt geschätzt hatte.

Er fuhr zusammen, als sein Handy Olafs Klingelton in voller Lautstärke zu spielen begann. Rasch fischte er das Telefon aus der Jackett-Tasche.

»Gottfried, hast du meine Nachricht gelesen?«

»Entschuldige, Olaf, ich bin noch nicht dazu gekommen, alles zu sichten. Du hast mir einen halben Roman geschickt.« Mit einer Geste ließ er Phil wissen, dass das Gespräch länger dauern könnte. »Ich sitze hier gerade mit Phil zusammen. Er hat einen der ausgewiesenen Experten aufgetan, der sich die Münze vornimmt.«

»Vergiss die blöde Münze!«, unterbrach ihn Olaf. »Wir sind schon viel, viel weiter. Das steht alles in meiner Nachricht.« Knapp fasste er zusammen, was er herausgefunden hatte: die Nacktfotos und das Video, das Kaja verschickt hatte, weiter seine und Saras Schlussfolgerungen.

»Es geht also gar nicht um die Münze«, sagte Gottfried überrascht. Ihn bekümmerte der Gedanke, nun, da alles in Schwung gekommen war. »Es geht um Pornografie, noch dazu von einer Minderjährigen. Und darum, das Leben dieses Mädchens zu zerstören.«

»Genau darum«, bestätigte Olaf.

Gottfried verspürte eine plötzliche Leere. Was er über Phil angestoßen hatte, war nutzlos. Nun hatte er keine Idee, was er Sinnvolles tun könnte, um Olaf zu unterstützen. Und um dem Mädchen zu helfen.

»Sara hat einen Plan, wie wir den Kerl kriegen«, sagte Olaf.

Sara schloss das Smartphone ans Ladekabel an. Für das, was ihr am Abend bevorstand, musste ihr Handy verlässlich funktionieren. Gerade hatte sie mit Rita telefoniert.

Sie liebte es, nackt durchs Haus zu laufen. Seit Gereon im Gefängnis war, konnte sie diese Freiheit genießen. Es war sowieso unmöglich, in das pompöse Haus hineinzusehen. Der massive Zaun mit dem Alarmsystem hielt jeden auf Abstand zu den Fenstern. Sollte es einem Spanner dennoch gelingen, sie am Fenster zu sehen, vielleicht weil er ein riesiges Objektiv benutzte, würde sie ihm das kleine Glück gönnen. Und dass ihm die Hose zu eng würde.

Sie schmunzelte bei dem Gedanken und betrachtete sich in dem großen Schlafzimmerspiegel. Wegen seines vergoldeten, prunkvoll verzierten Rahmens hatte sie ihn schon immer hässlich gefunden. Es schien, als hätte Gereon das Werk eines alten Meisters ersteigert, die Leinwand mit dem Gemälde herausgerissen und stattdessen den Spiegel einsetzen lassen. Sie würde das ganze alte Zeug verkaufen und das Haus komplett neu einrichten: nach ihrem Geschmack, nicht nach dem von Gereon. Sie liebte ihr neues Leben. Endlich war sie nicht mehr im goldenen Käfig gefangen. Gereon war es nur darum gegangen, sich mit ihr bei seinen vielen Empfängen und Diners zu schmücken. Ihre Affären waren für ihn in Ordnung gewesen. Dennoch schien es, als hätte er sie bloß an einer Leine gehalten, an der er sie nach Belieben zurück in das riesige Haus hatte ziehen können. Schließlich war es Gereons Geld gewesen, das ihr Wohlstand und Status ermöglicht hatte. Und auf beides würde sie nicht mehr verzichten.

Sie öffnete den Kleiderschrank. Eine der superknappen Shorts sollte richtig sein. Keine aus den Edelboutiquen, sondern die Jeans-Shorts von H&M. Sie zwängte sich in die Hose und betrachtete sich prüfend im Spiegel.

Ihre Brüste. Waren sie zu groß für das, was heute Abend geschehen sollte? Sie lief ins Wohnzimmer, wo ihr Handy auf der weißen Anrichte am Ladekabel hing. Eines der Fotos war noch geöffnet. Sie entschloss sich für ein luftiges Top, es durfte nicht eng sein, aber kurz genug, dass genügend Haut und die schmale Taille zu sehen waren. Weiße Sneakers hatte sie im Schuhschrank. Den Rucksack würde sie noch kaufen müssen. Einen, wie sie ihn brauchte, gab es an jeder Ecke. Das würde sie am Abend erledigen.

Sie lachte ihr Spiegelbild an. Seit sie Olaf kannte, war ihr Leben ein Abenteuer.

16

»Fabi, bist du da?«

»Für dich bin ich immer erreichbar, Kaja. Weißt du doch.«

»Ich halte es nicht mehr aus! Alle sind gegen mich.«

»Was ist passiert?«

»Meine Mutter.«

»Erzähl. Was hat sie getan?«

»Hausarrest. Wegen einer 6 in Physik.«

»Hausarrest wegen Physik! Wie lange?«

»Ich darf 1 Woche nicht raus.«

»Aber du musst doch zur Schule.«

»Sie fährt mich hin und holt mich ab. Voll das Gefängnis!«

»Sie darf dich gar nicht einsperren. Das ist nicht erlaubt.«

»Meinst du? Am liebsten würde ich einfach abhauen.«

»Ich würde das an deiner Stelle tun.«

»Ehrlich? Aber ich kann doch nicht einfach so weggehen.«

»Natürlich. Andere machen das auch, wenn sie eingesperrt werden sollen.«

»Echt? Aber wohin soll ich gehen?«

»Du kannst zu mir kommen. In meinem Penthouse ist genug Platz.«

»Das würdest du für mich tun?«

»Normal. Am besten gehst du jetzt gleich.«

»Echt?«

»Es bringt nichts zu warten. Worauf? Besser wird es nicht, nur schlimmer.«

»Ich glaube, du hast recht.«

»Dann pack deine Sachen zusammen und flüchte aus dem Gefängnis.«

»Aber meine Mutter ist zu Hause. Am Abend ist sie weg.«

»Dann heute Abend. Wir machen einen Treffpunkt aus. Ich hole dich mit dem Auto ab.«

»Das ist sooo lieb von dir!«

»Für ein so tolles Mädel wie dich würde ich alles tun.«

»Du bist so *cute*.«

»Und nächste Woche ist die Fashion Week in New York. Ich kann dich mitnehmen. Was meinst du?«

»Das wäre so geil!«

»Wo treffen wir uns?«

»Kannst du zum Westbahnhof kommen?«

»*No problem*. Welche Uhrzeit?«

»Gegen neun. Wenn ich in der S-Bahn sitze, schreibe ich dir die genaue Ankunftszeit.«

»Ich stehe mit dem Auto vor dem Bahnhof, und du steigst einfach auf der Beifahrerseite ein.«

»Einfach so? Okay.«

»Ist besser so. Deine Mutter hat vielleicht jemanden angeheuert, dich zu überwachen. Du verschwindest einfach in meinem Auto und ich gebe Gas.«

»Und wie weiß ich, dass es dein Auto ist?«

»Ich stelle mich vor das Autohaus. Das ist gegenüber vom Ausgang.«

»Das kenne ich. Und was für ein Auto?«

»Es ist ein VW-Transporter. Farbe: Weiß.«

»Okay.«

»Steig einfach ein, ohne dich umzuschauen.«

»Jetzt bin ich ganz aufgeregt geworden.«

»Ich auch. Ich nehme dich mit auf die Fashion Week. Ich kann es kaum glauben. Wie geil!«

»Ich packe jetzt zusammen. Also um neun am Westbahnhof.«

»Um neun. Und pass auf, dass deine Mutter nichts mitbekommt.«

»Ich mache das heimlich. Die merkt nichts. Bis heute Abend!«

»Ich freue mich riesig auf dich!«

Olaf schraubte sich aus seinem Stuhl nach oben und stieß die Luft aus. Seine Finger zitterten. Das Adrenalin wollte raus. Voller Energie flitzte er in die Küche. Er nahm den alten Kaffeefilter aus der Maschine und warf ihn schwungvoll in den Biomüll unter der Spüle.

Nein. Er sollte jetzt keinen Kaffee trinken. Der würde ihn noch aufgedrehter machen. Er setzte dennoch einen auf. Als die Maschine das vertraute Blubbern von sich gab, ging er zurück zum Laptop und überprüfte die Einstellungen erneut. Es müsste klappen. Das Mädchen konnte keine Nachrichten von »fabi.-vip.99« lesen und keine an ihn schicken. Er, Olaf, war für diesen Fabi nun das Mädchen namens Kaja. Und er hatte den Typen am Haken.

Er schickte die Nachricht an Sara.

Sara musste eine Weile durch enge Sträßchen kurven, bis sie eine Lücke fand, die groß genug für ihren Mercedes war. Das Einparken erforderte Maßarbeit. Ein Passant blieb stehen, ein Mann um die vierzig, um sie großspurig einzuweisen, verzog sich aber schnell wieder, als sie das Auto mit zwei präzisen Zügen in die Lücke manövriert hatte. Sara betätigte den Knopf zum Schließen des Verdecks.

Ihr musste man nicht erklären, wie man einparkt. Das hatte sie gelernt, als sie noch im Nordend gewohnt hatte. Es war ein altersschwacher Daihatsu gewesen, den sie regelmäßig in die absurdesten Parklücken gequetscht hatte. Damals war sie noch Studentin gewesen. Manchmal fragte sie sich, ob ihr Leben besser verlaufen wäre, wenn sie den Master zu Ende studiert hätte. Stattdessen hatte sie ihren drei Jahrzehnte älteren Prof geheiratet. Gewiss war, dass sie dann nicht in diesem eleganten Cabrio säße. Sie würde auch nicht in diesem exklusiven Riesenhaus in Kronberg wohnen.

So wie ihr Leben jetzt war, war es genau richtig. Nur diese verdammte Perücke juckte. Es war auszuhalten, wenn sie mit den Fingernägeln darüber kratzte. Heute Abend durfte sie nicht dunkelhaarig sein. Heute war sie eine Blondine.

Bevor sie ausstieg, vergewisserte sie sich, dass ihre Bahn nicht verspätet war, und schickte die Daten über den Messenger an Olaf. Sie schulterte den lila Rucksack, den sie zuvor im Main-Taunus-Zentrum besorgt hatte, und machte sich auf den Weg zum Bahnhof Rödelheim. Es begann zu dämmern, und mit einem wolkenlosen, lila Himmel kündigte sich ein milder Spätsommerabend an. Sie verließ die ruhige Seitenstraße, auf der sie geparkt hatte, überquerte die belebte Lorscher Straße und bog in die Radilostraße ein.

Sie war es gewohnt, im Mittelpunkt zu stehen und ihre Selbstsicherheit in die Umgebung auszustrahlen. Nun aber versuchte sie, sich in eine Vierzehnjährige einzufühlen. Sie mimte den Gang eines unbedarften, unbekümmerten Mädchens. Natürlich erwartete sie es, von Männern angesehen zu werden. Ihre Aufmachung als blutjunges Mädchen schien einige jedoch jegliche Diskretion vergessen zu lassen. Wohin sie blickte, traf sie auf Gesichter von Männern, manche erstaunt, andere bewundernd, viele aber glotzten sie bloß an. Hatte sie mit ihrer Aufmachung übertrieben? Vielleicht waren die Leute auch nur am Grübeln, ob sie so jung war, wie ihre Kleidung vorgab.

Die meisten Läden hatten bereits geschlossen. Die Leute strebten dem Bahnhof zu oder den Imbisslokalen, deren Gerüche von Grillfleisch und Fett sich auf der Straße ausbreiteten. Vor einem Kebap-Restaurant, an dem sie vorbeigehen musste, stand eine Gruppe rauchender Kerle Anfang zwanzig. Ihre herausfordernden Blicke ließen keinen Zweifel, dass sie darüber fantasierten, was sie mit ihr im Bett anstellen wollten. Sie war mehr irritiert als nervös, als ihr klarwurde, dass sie nicht wusste, wie sie sich als vermeintliche Vierzehnjährige verhalten sollte, wenn die Kerle sich ihr in den Weg stellten. Natürlich müsste sie hier und jetzt nicht um alles in der Welt ihre Rolle als Teenager durchhalten, sie könnte aus der Rolle fallen. Andererseits reizte sie das Spielen.

Natürlich gingen die Kerle nicht zur Seite, um ihr Platz zu machen. Einer machte eine anzügliche Bemerkung über ihren Hintern, als sie zwangläufig sehr dicht an ihnen vorbeigehen musste. Ihre Reaktion kam ungeplant und aus ihrem vierzehnjährigen Ich, das irgendwo in ihr geschlummert hatte und nun geweckt worden war: Sie hob beide Arme mit herausgestrecktem Mittelfinger. »Fick dich ins Knie!«, rief sie laut.

Sie unterdrückte ein Lachen und setzte ihren Weg fort. Die Rufe und das Gelächter hinter ihr ignorierte sie. Sie erreichte die Unterführung am Bahnhof und nahm die Treppe zu ihrem Bahnsteig.

»S3, Ankunft 21:02«, tippte sie in die Nachricht an Rita.

Natürlich hatte Olaf es nicht zu Hause ausgehalten. Es würde hier und in wenigen Minuten passieren. Da musste er einfach dabei sein.

Er hatte an einem der Tische, die die Wirte im Sommer auf die Leipziger Straße stellen, eine Kleinigkeit gegessen. Nun stand er an der Bushaltestelle am Westbahnhof und gab vor, auf den Bus zu warten.

Beinahe unbemerkt war es Nacht geworden. Straßenlaternen verströmten ihr sparsames Licht. Nur der Westbahnhof war aus einer Vielzahl von Lichtquellen hell erleuchtet. Lautsprecheransagen vermischten sich mit Wortfetzen aus Unterhaltungen von Passanten, die dem Bahnhof zustrebten oder aus dem Gebäude kamen. Von einem weißen VW-Transporter war weit und breit nichts zu sehen. Olaf war sicher, dass er um genau neun Uhr zwei auftauchen und vor dem vereinbarten Treffpunkt, dem Autohaus, stehen bleiben würde.

Irgendwo musste diese Rita sein. Vielleicht war es die Frau mit dem roten Rucksack, die wie er und eine Handvoll weiterer Leute an der Bushaltestelle stand. Er schätzte sie auf etwa vierzig. Sie trug einen schwarzen Bubikopf. Hier, so nah am Autohaus zu warten, wäre auch für Rita sehr günstig.

Olaf drehte sich zum Bahnhof, als er die Geräusche einer einfahrenden S-Bahn vernahm. Sie kam aus der Innenstadt, also nicht aus der Richtung, aus der er Sara erwartete. Ohnehin waren noch einige Minuten Zeit. Ihm wurde bewusst, dass er nervös war. Es war nicht das vertraute Kribbeln, das sich einstellte, wenn er kurz vor der Auflösung eines Falls war. Diesmal ging es um viel mehr. Diesmal könnte es gefährlich werden.

»Nächster Zug: S3 …« Die Lautsprecheransage war auch außerhalb des Bahnhofs deutlich zu verstehen. In wenigen Minuten würde Sara im Westbahnhof ankommen. So brillant ihr Plan geklungen haben mochte, er war nicht perfekt. Es gab darin viele Unbekannte, die unmöglich auszurechnen waren. Wie würde der Entführer reagieren, wenn sie an sein Auto heranträte? Er könnte etwas Unerwartetes tun, etwas, womit weder sie noch ihre Freundin Rita rechneten.

Das Pling einer neuen Nachricht riss ihn aus seinen Gedanken. Rasch nahm er das Handy aus der Hosentasche.

»Bist du pünktlich?« Wie es schien, wurde »fabi.vip.99« ungeduldig.

Rasch checkte Olaf die Bahn-App. Sie versprach, für den Zug gebe es keine Verspätung. »Ja. Bis gleich«, schickte er als vermeintliche Kaja zurück.

Dann blickte er wieder zum Bahnhof. Er hatte es noch nie leiden können, irgendwo auf die Minute genau sein zu müssen. Sei es ein Zug, den er unbedingt erreichen musste, oder ein Flieger. Die pure Vorstellung, er könnte zu spät dran sein, konnte ihn meschugge machen. Nun war es das Warten auf Saras S-Bahn. Um genau neun Uhr zwei war der Auftakt zu ihrem heiklen Auftritt.

Endlich vernahm er das Geräusch einer herankommenden Bahn. Sofort schaute er die Straße entlang dorthin, wo er den Wagen des Entführers erwartete. Aus den Augenwinkeln sah er die Frau mit dem Bubikopf in dieselbe Richtung blicken. Er hoffte, dass es bei ihm nicht genauso auffällig wirkte wie bei ihr. Die Frau öffnete den Reißverschluss ihres Rucksacks und schloss ihn gleich wieder. Wie es schien, wollte sie sich vergewissern, dass etwas Wichtiges an seinem Platz und einsatzbereit war. Kurz überlegte Olaf, ob er sich der Frau, die Rita sein musste, zu erkennen geben sollte, als die S3 in der oberen Etage des Bahnhofs einfuhr.

Olaf schielte abwechselnd zum Bahnhofsgebäude und zur Straße, auf der jeden Augenblick das erwartete Fahrzeug auftauchen konnte. Wie ein VW-Transporter aussah, wusste er. Ob er Sara in ihrer Aufmachung als vierzehnjährige Kaja ohne Weiteres erkennen würde, vermochte er nicht zu sagen. Rund um den Bahnhof herrschte ein eher diffuses Licht, was es erschwerte, Gesichter zu erkennen. Das gehörte zu Saras Plan, da sie sich wie eine Jugendliche kleiden, aber nicht Kaja Lokotschs Gesichtszüge annehmen konnte.

Olaf blickte konzentriert zum Ausgang des Bahnhofs und hätte beinahe den langsam fahrenden Transporter übersehen. Gespannt verfolgte er mit den Augen den Wagen, der wie vorhergesehen vor dem Autohaus zum Stehen kam. Olaf prägte sich das Kennzeichen ein. Es begann mit GG für Groß-Gerau. Der Wagen war bloß wenige Meter von ihm entfernt, nicht mehr als zehn. Er könnte hinübergehen und den Fahrer zur Rede stellen, aber das wäre im Moment keine gute Idee gewesen. Saras Idee war besser.

Und nun trat sie aus dem Bahnhofsgebäude. Olaf hätte sie vermutlich nicht erkannt, wenn sie nicht kurz in die Richtung des Transporters gewinkt hätte. Möglicherweise ein mit dieser Rita vereinbartes Geheimzeichen. Es war eine verwirrende Mischung aus Sara Falkenstein und einem Teenager namens Kaja, die schließlich vom Bürgersteig auf den Asphalt der Straße trat. Olaf beobachtete, wie Sara sich anschickte, die Straße zu überqueren, als er direkt neben sich eine Bewegung wahrnahm.

Die Frau mit dem Bubikopf hielt eine Kamera in die Höhe. Sie filmte den Transporter. Mit der Kamera vor dem Gesicht lief sie auf das Fahrzeug zu, als Sara es erreicht hatte und die Beifahrertür aufriss.

»Warum verabreden Sie sich mit einer Vierzehnjährigen?!«, rief Rita mit lauter Stimme. Die Kamera war auf Sara und die weit geöffnete Tür gerichtet. Rita beschleunigte ihre Schritte.

Sara, die neben dem Auto stand und die Tür aufhielt, als wolle sie sein Inneres präsentieren, stieß einen Schrei aus. Mit einem plötzlichen Ruck fiel sie nach vorne, direkt in den Wagen. Mit einem lauten Klappen schloss sich die Tür. Der Motor heulte auf, und der Transporter setzte sich mit großer Beschleunigung in Bewegung.

»Bleiben Sie stehen!« Rita hatte die Kamera heruntergenommen. Wie gelähmt, sah sie dem davonbrausenden Transporter hinterher.

Olaf begann zu rennen.

17

Sara kollidierte mit etwas Hartem. Sofort hallte in ihrem Kopf ein stechender Schmerz wider. Für einen Moment war ihr schwarz vor Augen. Dann erst wurde ihr die Gefahr bewusst.

Wie hatte sie sich bloß so überrumpeln lassen können?

Der Rücken war verdreht und schmerzte, ihre Beine bewegungsunfähig. Der rechte Arm lag nutzlos unter ihrer Seite. Sie lag zwischen Fußraum und Beifahrersitz eingeklemmt. Ihr Kopf wurde nach unten gedrückt. Sie konnte den Mann nicht sehen, der sie ins Auto gestoßen hatte, spürte nur eine schwere Hand auf ihrem Kopf. Es war unmöglich, sich zu orientieren.

Panik erfasste sie, als das Auto mit großer Beschleunigung anfuhr. Er durfte es auf keinen Fall schaffen, von hier fortzukommen. Ihren linken Arm konnte sie benutzen. Blind versuchte sie, die Hand zu packen, die ihren Kopf hielt. Der Mann drängte ihren Arm mit seinem Ellenbogen zur Seite ab, ohne dass der Druck auf ihrem Kopf auch nur einen Augenblick nachgelassen hätte. Nach wenigen Versuchen gab sie auf, angelte mit dem Arm nun nach dem Körper des Mannes. Statt ihn zu treffen, stieß sie schmerzhaft gehen etwas Hartes. Das musste der Schalthebel sein, schoss ihr in den Kopf. Mit ihrer ganzen Kraft schlug sie in die Richtung, in der sie ihn vermutete. Der Mann fluchte, als das Auto im Leerlauf aufheulte wie ein Formel-1-Wagen. Er nahm die Hand von ihrem Kopf, um den Gang wieder einzulegen. Sofort versuchte sie, ihren Oberkörper nach oben zu bringen. Sie wurde an den Haaren zurückgezogen. Sie schrie. Ihre Kopfhaut schien abzureißen. Der Mann stieß einen verblüfften Laut aus, als sie spürte, dass die Perücke zur Seite rutschte. Der Druck auf dem Kopf ließ für einen Moment nach. Zu kurz für sie, um sich aus der Position vor dem Beifahrersitz zu befreien. Sie nutzte den linken Arm, schlug blind in die Richtung des Mannes, einmal, zweimal, jedes Mal traf sie ihn irgendwo. Am Bauch? Sie lag eingeklemmt in dieser wehrlosen Position. Der Winkel war ungünstig. So konnte sie ihn treffen, ihm aber nicht wirklich wehtun.

Ihr gingen die Ideen aus. Sie spürte wilde Panik aufsteigen. Sie würde es nicht zulassen. Diesem Schwein würde sie sich nicht ausliefern. Nicht kampflos. Der Schalthebel! Einmal hatte es bereits geklappt. Einmal bereits hatte er den Gang wieder einlegen müssen. Hatte die Hand von ihrem Kopf genommen. Ihr Arm wurde abgefangen. Von einer anderen Hand. Gleichzeitig bremste das Auto scharf ab, kam zum Stehen. Eine Hand presste noch immer ihren Kopf nach unten. Dann sah sie die Spritze in der Hand, die gegen ihre drückte. Er war stärker als sie, und er hatte den günstigeren Winkel. Entsetzt starrte sie auf die Spritze, auf die farblose Flüssigkeit darin, die spitze Nadel. Sie kam ihrer Schulter immer näher. Verzweifelt versuchte sie, ihren Oberkörper nach oben zu bringen, ihren rechten Arm herauszuziehen. Es war unmöglich. Ihre Beine waren eingeklemmt, ließen sich nicht bewegen, nicht zur Verteidigung benutzen. Sie war so hilflos, als wäre sie gefesselt worden. Sie hatte nur den linken Arm, um sich gegen den Mann zu wehren. Doch das war nicht genug. Wie bei einem ungleichen Armdrücken kam die Hand mit der Spritze ihrer Schulter Zentimeter für Zentimeter näher. Ihr Arm zitterte vor Anstrengung. Sie konnte nicht aufhalten, dass die Spritze sich in ihre Haut bohren würde. Aber sie weigerte sich, aufzugeben.

Sie gab so plötzlich nach, dass der Mann überrascht aufschrie. Ein brennender Schmerz fraß sich durch ihre Schulter. Es gelang ihr, die Spritze mit der Hand zu fassen. Wie von Sinnen stach sie damit auf den Arm ein, der sie nach unten drückte. Mit einem wilden Heulen des Mannes ließ der Druck auf ihrem Kopf nach. Sofort brachte sie ihren Oberkörper nach oben. Sie musste alles auf eine Karte setzen. Sie wusste nicht, welchen Mist er ihr gespritzt hatte, nur dass diese Substanz nun in ihrem Körper war. Sie musste gewinnen. Ihn unschädlich machen. Schon glaubte sie, einen Schwindel zu spüren, oder war es Einbildung? Sie schlug auf seinen Kopf ein. Wenn sie ihn einmal treffen konnte, musste sie weiterschlagen, ihm keine Gelegenheit geben, sie nochmal zu überwältigen. Mit beiden Fäusten hieb sie auf das verblüffte Gesicht ein. Die Knöchel der Hände schmerzten, der verdrehte Rücken, die Schulter, da wo die Nadel in den Muskel eingedrungen war.

Sie hörte sich schreien. Dann vergaß sie, wo sie war.

Das Polizeiauto kam an derselben Stelle zum Stehen wie zuvor der Rettungswagen. Zwei Polizisten eilten auf den Transporter zu, an dem sich mittlerweile etliche Schaulustige eingefunden hatten. Olaf und Rita gaben sich als diejenigen zu erkennen, die die Polizei gerufen hatten. Die Polizisten bedeuteten der Menge, einen Schritt zurückzuweichen. Dann wollten sie wissen, was passiert war.

Bevor Olaf zu einer Antwort ansetzen konnte, ergriff Rita das Wort. Es wirkte sehr professionell, wie sie den Beamten den Sachverhalt darlegte: Die Falle, die sie dem Mann gemeinsam mit Olaf und Sara gestellt hatte. Dass der eine Vierzehnjährige erwartet hatte, die er zuvor im Internet manipuliert und zu Nacktfotos verführt hatte. Der Versuch, die vermeintliche Jugendliche zu entführen. Saras heftige Gegenwehr, die dies vereitelt hatte.

Oder ihr unglaubliches Glück! Olaf konnte nur raten, was in dem Transporter passiert war. Der Notarzt hatte sehr besorgt gewirkt, als er sie untersucht hatte. »Gut, dass Sie sie in die stabile Seitenlage gebracht haben«, hatte er gesagt. Er nickte alarmiert, als Olaf ihm die Spritze gab, die in dem Auto vor dem Fahrersitz gelegen hatte. Die Nadel war abgebrochen. Es war ein kleiner Rest der Substanz zu sehen, die Sara verabreicht worden war.

»Wir lassen das analysieren«, sagte der Notarzt. Der Rettungswagen war genauso plötzlich verschwunden, wie er gekommen war. Olaf hatte sich beeilen müssen, das Krankenhaus zu erfragen, in das sie Sara bringen würden.

Da es in dem Transporter nichts gab, mit dem sie den Entführer hätten fesseln können, hatte Olaf ihn im Laderaum eingesperrt. Der Kerl war zwar untersetzt und nicht gut gebaut, aber immerhin um die ein Meter neunzig groß. Olaf fragte sich, wie Sara es geschafft hatte, ihn zum Anhalten zu zwingen – und vor allem, ihn so übel zuzurichten. Damit der Mann keine digitalen Spuren verwischen könnte, hatten sie ihm das Handy abgenommen. Olaf übergab es den Polizisten zusammen mit dem Autoschlüssel.

»Gibt es da drin etwas, das als Waffe taugt?«, fragte der eine Polizist.

Olaf verneinte. Der Laderaum war komplett leer gewesen. Vermutlich hätte darin Kaja eingesperrt werden sollen.

Die Polizisten hielten ihre Waffen in der Hand, als einer von ihnen die Tür zum Laderaum aufstieß. Der Mann, der mit erhobenen Armen herausschlurfte, hätte Olaf leidgetan, wenn er nicht gewusst hätte, was gerade geschehen war. Das Gesicht war geschwollen und verschrammt, Hände und Unterarme fleckig von geronnenem Blut. Sein Kopf fiel auf die Brust, als ihm Handschellen angelegt wurden.

Olaf und Rita sollten noch am selben Abend aufs Polizeirevier in der Schloßstraße kommen, um ihre Aussagen zu Protokoll zu geben, sagten die Polizisten, bevor sie mit dem festgenommenen Entführer davonfuhren.

Olaf blickte Rita an. Sie beschlossen, als allererstes ins Krankenhaus zu fahren. Sie mussten wissen, wie es um Sara stand.

18

Sara war ansprechbar, auch wenn sie Olaf in dem Krankenhausbett merkwürdig klein und zerbrechlich vorkam. Mit dem schmucklosen Patientenhemd, das man ihr angezogen hatte, wirkte sie, die sonst den großen Auftritt liebte, seltsam hilfsbedürftig.

Sie konnte sich an rein gar nichts von dem erinnern, was passiert war, seit der Mann sie in das Auto gezerrt hatte. Auch ohne die Diagnose eines Arztes wäre Olaf klargewesen, dass Sara unter dem Einfluss von KO-Tropfen stand. Als Olaf und Rita ihr schilderten, wie sie die Situation erlebt hatten, stellte sie mehrmals dieselben Fragen. Die Droge hatte also auch ihr Kurzzeitgedächtnis beeinträchtigt. Es war irritierend, Sara in diesem Zustand zu sehen.

Nach einer halben Stunde entschlossen sie sich, Sara wieder allein zu lassen. Mehrmals war sie weggedöst, und sie wirkte sehr erschöpft. Als Olaf sie zum Abschied auf die Wange küsste, lächelte sie matt. Er schaltete das Licht im Zimmer aus, bevor er mit Rita auf den dunklen Flur trat. Er hasste Krankenhäuser, für ihn der ideale Ort, um depressiv zu werden.

»Und jetzt noch zur Polizei«, sagte Rita müde, »unsere Aussage machen.«

Olaf blickte auf die Uhr. Es war bereits nach elf. »Hast du tatsächlich alles filmen können?«

Sie nickte. »In HD und gestochen scharf. Man erkennt das Gesicht von dem Typen. Auch das Autokennzeichen. Der Mann ist geliefert. Zusammen mit den Chatprotokollen zwischen ihm und dem Mädchen dürfte das ein paar Jahre Knast bedeuten.«

Es war ein gutes Gefühl, den Entführer im Gefängnis zu wissen. Was aber war mit Kaja Lokotsch? Bestimmt müsste sie bei der Polizei eine Aussage machen. Wie würde ihre Mutter reagieren, wenn sie erführe, was ihre Tochter im Internet getrieben hatte?

Sie hatten den Aufzug erreicht. Olaf drückte den Knopf.

»Du bist also der ›ehrenamtliche Privatdetektiv‹«, sagte Rita unvermittelt.

»Der was?«, entfuhr es Olaf.

»So nennt dich Sara.«

»Dann wird's wohl stimmen.« Er fragte sich, ob Sara Details über seinen Fall ausgeplaudert hatte.

Rita schien seine Gedanken zu erraten. »Keine Sorge. Sara hat eisern verheimlicht, an was du dran bist. Dabei habe ich als Journalistin Tricks drauf, Leuten Informationen zu entlocken. Ich weiß nur von dem Cybergrooming.«

»Cybergrooming?«, fragte Olaf.

»So nennt man das, was der Mann mit dem Mädchen gemacht hat: das gezielte Einwirken auf Minderjährige in den Sozialen Medien mit dem Ziel der Anbahnung sexueller Kontakte.«

Olaf hatte den Begriff gehört, ihn aber nicht mit den Geschehnissen in Verbindung gebracht. »Von welcher Zeitung bist du?«

»Ich arbeite als freie Journalistin.« Sie stiegen in den Fahrstuhl ein. »Mit guten Kontakten zur Frankfurter Neuen Presse und der Frankfurter Rundschau.« Sie grinste. »Ich bin sicher: Beide Redaktionen werden von meinem Artikel begeistert sein.«

Von innen sah das Krankenhaus nicht anders aus als ein deutsches. Gottfried streckte sich auf der Liege aus und blickte zum Fenster auf die Hochhäuser. Er musste an die abgerissenen Gestalten denken, die auf den Brachflächen zwischen den imposanten Bürogebäuden unter Planen campierten. Keiner von denen würde sich eine Behandlung in diesem Krankenhaus leisten können.

Eine energische Krankenschwester kam ins Zimmer gestürzt und überprüfte die Plastikschläuche. Durch sie tröpfelte die Flüssigkeit in seine Adern, die die Krebszellen abtöten sollten.

»*Are you alright?*«

»*Yes. Sure.*« Gottfried wusste, dass die Übelkeit erst nach einigen Stunden einsetzen würde. Meistens war es nicht schlimm.

Im Moment ging es ihm gut. Bis auf diese Müdigkeit. Er hatte kaum geschlafen, und das lag nicht nur am Jetlag, auch nicht an dem abendlichen Höllenritt im Tuk-Tuk, den er in der Nacht nachgeträumt hatte. Es war dieser irre Verkehrslärm gewesen. Trotz Fenster mit Mehrfachverglasung hatte er das immerwährende Gehupe in seinem Bett gehört. Er musste unbedingt das Zimmer wechseln.

Von Naveen hatte er erfahren, dass in Bangalore praktisch immer Berufsverkehr war, auch nachts. Die einen hupten sich von der Spätschicht nach Hause, die anderen von zu Hause zur Nachtschicht. Und weil die Firmen unterschiedliche Regelungen zu Beginn und Ende der Arbeitsschichten hatten, gab es auch die ganze Nacht hindurch Anlass für viel Verkehr. Und für Hupen. Schmunzelnd sah er der Flüssigkeit in dem Schlauch zu. Indien war schon sehr speziell. Vom Verkehr einmal abgesehen, mochte er das Land.

Er überflog nochmal die Nachricht, die Olaf ihm in der Nacht geschickt hatte. Kurz überschlug er, welche Uhrzeit in Deutschland war. Ja, er könnte ihn anrufen. Bis zu der Videokonferenz mit Naveen und den Kollegen vom *Legal Department* war es noch knapp eine halbe Stunde. Er ließ es lange klingeln. Als er Olafs Stimme hörte, dachte er für einen Moment, er hätte eine falsche Nummer gewählt. »Olaf, du klingst verpennt. Soll ich wieder auflegen?«

»Jetzt bin ich ja wach.« Er klang tatsächlich, als sei er gerade aus dem Bett geklingelt worden.

»Ich rufe wegen deiner Nachricht an. Du hast zusammen mit Sara und dieser Journalistin den Mann zur Strecke gebracht. Glückwunsch.«

»Danke für das Lob. Allerdings wäre es fast schiefgegangen.«

»Das hast du geschrieben. Aber jetzt erzähl die Geschichte mal von Anfang an. Ich hänge hier in Bangalore gerade am Tropf und habe keine Ahnung, was gestern Abend wirklich passiert ist. Und ich habe gerade dreißig Minuten Zeit.«

»Dir ist bestimmt langweilig.« Er hörte Olaf lachen. »Gut, dass du wirklich die Chemo machst«, fuhr Olaf fort, bevor er begann, die Ereignisse des Vortags zu schildern.

Es dauerte fast zehn Minuten, bis Gottfried alles erfahren hatte, was er wissen wollte. Das lag gewiss auch an den vielen Zwischenfragen, die er stellte. »Was macht dich so sicher, dass der Mann einer der Entführer ist?«, fragte er schließlich.

»Wer soll er sonst sein?«, gab Olaf zurück.

»Der Mann ging ein großes Risiko ein, als er das Mädchen zum Westbahnhof bestellt hat, einem Ort, an dem es von Menschen nur so wimmelt.«

»Das finde ich nicht«, entgegnete Olaf. »Das Mädchen war ihm quasi hörig. Wäre tatsächlich Kaja aufgetaucht, nicht Sara und die Journalistin, die ihn bedrängt hat, hätte er Kaja problemlos eingesackt und wäre mit ihr einfach davongefahren.«

»Vermutlich wäre es so gewesen. Dennoch hätte er es viel einfacher haben können. Sie haben Kaja bereits einmal entführt. Sie beobachten sie ganz bestimmt und kennen ihre Gewohnheiten. Sie hätten sie viel unauffälliger und mit weit geringerem Risiko in ihre Gewalt bringen können.«

»Es wäre ja völlig unauffällig gewesen, wenn die *echte* Kaja aufgetaucht wäre«, sagte Olaf. »Sie wäre aus dem Bahnhof gekommen, über die Straße zu einem wartenden Auto gegangen und eingestiegen. Mehr als das hätten die Leute am Westbahnhof nicht zu sehen bekommen. Und ich glaube, genau diese Vorstellung hat den Mann angemacht: Erst bringt er das Mädchen dazu, ihm zu vertrauen, dann ihm Nacktbilder und dieses Video zu schicken. Er entführt es, lässt es wieder frei, und zum Schluss setzt es sich freiwillig in sein Auto.«

»Du denkst also, es war für den Mann ein besonderer Kick?«

»Das hat ihn geil gemacht«, brachte Olaf den Sachverhalt auf den Punkt.

Eines der Geräte im Zimmer gab ein Brummen von sich. Nach einer Sekunde verstummte es wieder. Gottfried fragte sich, ob es etwas Schlimmes bedeutete. Solange kein Klinikpersonal durch die Tür geschossen käme, wahrscheinlich nicht, befand er. »Es geht den Männern eigentlich um Stalking, hast du gesagt. Sie treiben mit Mutter und Tochter ihre Spielchen ...«

»Und damit ist es nun erst einmal vorbei«, sagte Olaf, »denn einer von ihnen ist in Haft, und wenn die Polizei sich nicht komplett dämlich anstellt, werden sie den anderen auch bald haben.«

Gottfried wusste, dass Olaf nicht viel von der Polizei hielt. Wenn er an die Mordfälle dachte, die er gemeinsam mit ihm aufgeklärt hatte, konnte er nicht anders, als ihm recht zu geben.

Die Mordkommission hatte sich stets sehr ungeschickt angestellt und in komplett abwegige Richtungen ermittelt. Ohne Olaf und ihn wären diese Fälle niemals aufgeklärt worden.

»Traust du denn der Polizei zu, noch den zweiten Entführer aufzuspüren?«, sagte er ironisch. »Oder einen dritten oder gar einen vierten? Wir wissen ja nicht, wie viele Entführer es sind.«

Er hörte Olaf am anderen Ende der Leitung lachen. »Wir haben den Virus auf dem Entführerhandy, auf dem Handy der Mutter und auf dem der Tochter. Alles spricht dafür, dass nur wir beide diese Leute kriegen, egal wie viele es sind.«

19

Olaf nahm den Laptop mit in die Küche. Bei einem Marmeladebrot sichtete er die Benachrichtigungen des Virus.

Als Erstes überprüfte er das Entführerhandy. Dort hatte es keine Telefonate oder Nachrichten gegeben. Der zweite Entführer verhielt sich also ruhig. Danach nahm er sich das Handy der Mutter, Simone Lokotsch, vor. Brot kauend öffnete er den Mitschnitt eines Telefonats, das sie etwa eine Stunde zuvor geführt hatte.

»Kaja, die Polizei war gerade hier.« Ihre Stimme hatte einen hysterischen Unterton.

»Wie, die Polizei?«, kam von der Tochter träge zurück. »Wieso denn?«

»Kaja, was zum Teufel hast du gemacht? Die Polizisten haben gesagt, ein Mann wollte dich entführen ...«

»Aber Mama, das hatten wir doch schon«, entgegnete Kaja genervt. »Das war vorgestern ...«

»Und du hättest wochenlang mit diesem Mann auf Instagram gechattet, hättest ihm deine geheimsten Gedanken anvertraut ...«

»Scheiße.« Kaja klang ertappt.

»Kaja, du hast dem Mann Nacktbilder von dir geschickt!«, rief die Mutter aufgebracht. »Wie konntest du so was tun!«

»Was? Aber das war nur für Fabi«, sagte Kaja kleinlaut. »Woher weißt du das überhaupt?«

»Von der Polizei. Sie haben den Mann festgenommen.«

»Aber wieso? Hast du die Bilder gesehen?« Ihre Stimme hatte einen flehenden Tonfall angenommen. »Die sind nur für Fabi. Fabi ist mein Seelenverwandter.«

»Dein Fabi ist neununddreißig Jahre alt und hat einen Bierbauch«, sagte die Mutter eindringlich. »Kaja, du bist auf eine Masche im Internet hereingefallen. Solche Männer sind nicht die, die sie vorgeben zu sein. Sie sind auf Nacktbilder junger Mädchen aus. Um sie damit zu erpressen. Sie wollen nur Pornos und Sex von den Mädchen.«

»Nein. Fabi doch nicht.« Kaja begann zu weinen.

»Kaja, verstehst du denn überhaupt nichts? Komm sofort nach Hause! Die Polizei sagt, du musst eine Aussage machen.«

»Ich bin noch im Bus«, sagte Kaja schluchzend. »Ich steige nächste Haltestelle aus und nehme den zurück.«

Olaf stieß zischend die Luft aus. Auf die beiden würde nun eine Menge zukommen. Das Mädchen benötigte psychologische Betreuung. Falls die Suche nach einem Psychotherapeuten schwierig würde, könnte sein Schwager Andreas vielleicht unterstützen. Olaf überlegte, wie er Mutter und Tochter am besten helfen könnte. Dann wurde ihm bewusst, dass er das bereits getan und sie vor einer weit schrecklicheren Katastrophe bewahrt hatte. Nur wussten sie nicht im Entferntesten davon, nicht einmal, dass es ihn überhaupt gab. Und es könnte ihnen nicht gefallen, wenn er sich plötzlich als ihr Retter zu erkennen gäbe, der über ihre Handys in ihrer Privatsphäre herumgestochert hatte.

Und es noch immer tat.

Olaf saß mit Bekannten im Café Wacker, als Sara anrief. Rasch verließ er den Tisch, um auf der Straße zu telefonieren.

»Ich bin zu Hause.« Ihre Stimme war schwächer als gewohnt, aber sie säuselte wieder auf die Weise, die Olaf so an ihr liebte. »Und es geht mir wesentlich besser. Nur der Kopf dröhnt, als hätte ich gestern einen Vollrausch gehabt.«

»Brauchst du Hilfe?«, fragte Olaf. »Soll ich zu dir kommen?«

»Das ist nicht nötig«, sagte sie. »Rita ist hier und hat mir etwas zu essen gebracht.«

»Du hast deinen Möchtegern-Entführer übel zugerichtet«, sagte Olaf. »Ich wusste nicht, dass du so brutal sein kannst.«

Sie lachte gepresst. »Ich habe nicht die geringste Ahnung, was ich getan habe.«

»Ich weiß: die KO-Tropfen. Du musst dem Typen mindestens zehn Fausthiebe an den Kopf verpasst haben.«

»An der Uni habe ich Kampfsport gemacht, nichts Besonderes, und ich habe alles wieder verlernt. Ein paar Reflexe sind geblieben, und dazu gehört, nicht bloß einmal zuzuschlagen, wenn man den Gegner treffen kann, sondern eine ganze Stafette von Schlägen zu landen. Das nennt man Kettenfauststöße. Damit kann man seinen Gegner wirklich ausschalten. So habe ich das gestern wahrscheinlich gemacht.«

»Du bist eine Kampfmaschine«, sagte Olaf grinsend. »Wie soll man vor dir keine Angst haben?«

»Rita hat Informationen von der Polizei bekommen«, fuhr Sara fort. »Wie du weißt, ist sie Journalistin. Das Handy des Entführers wurde ausgewertet. Man weiß nun, dass er so etwas nicht zum ersten Mal gemacht hat.«

»Er hat bereits andere Mädchen entführt?«

»Nicht entführt. Er hat drei weitere Minderjährige dazu gebracht, ihm Nacktbilder und -videos von sich zu schicken. Danach hat er ihnen gedroht, sie in der Schule und in ihrem Freundeskreis zu zeigen, wenn sie nicht noch mehr schickten, natürlich noch härtere Aufnahmen. Das klassische Cybergrooming.«

»Und ist bekannt, was mit den Mädchen jetzt ist?«, fragte Olaf.

»Die Polizei weiß es noch nicht. Ich schätze, sie sind in ständiger Panik, jemand könnte das Material zu sehen bekommen.«

»Ich kann mir nicht vorstellen, dass der Mann die Bilder für sich behalten hat.«

»Bestimmt hat er sich darauf einen runtergeholt.« Er hörte Sara verächtlich schnauben. »Ganz sicher aber hat er sie auch im Internet verbreitet, wahrscheinlich gegen Geld.«

»Es sind also Bilder von den Mädchen aufgetaucht?«

»Es gibt eine ›SOKO Amelie‹.« Wieder schnaubte Sara. »Die Beamten der SOKO waren bis heute überzeugt, eine Dreizehnjährige namens Amelie sei in der Hand von Pädophilen. Die Polizisten haben Nacktbilder von ihr analysiert, die im Internet aufgetaucht sind, und alles Mögliche unternommen, um zu ermitteln, wo sie war. Sie dachten, sie würde irgendwo gefangen gehalten und sie müssten sie befreien. Und jetzt wurde klar, dass dieser Typ das Mädchen erpresst hat, ihm solche Bilder von sich zu schicken, genauso wie er es mit Kaja vorhatte. Die Polizei fand die Fotos in den einschlägigen Foren und war überzeugt, das Mädchen wäre irgendwo eingesperrt, dabei sind die Bilder in ihrem Kinderzimmer entstanden.«

»Das ist doch alles Wahnsinn«, entfuhr es Olaf.

»Wir haben Kaja Lokotsch vor etwas sehr Üblem bewahrt«, sagte Sara.

20

Es war kurz nach achtzehn Uhr, als Olaf die Benachrichtigung bekam: Auf dem Entführerhandy hatte es ein Telefonat gegeben!

Sofort ließ er sein Glas und den verdutzt dreinblickenden Günther am Tisch zurück. Er ging nach draußen, um die Audiodatei ungestört vorm ›Krummen Hund‹ anzuhören. Das Telefonat hatte vor zweiundvierzig Minuten stattgefunden. Es schien ein ehernes Gesetz zu geben, dass der Virus auf diesem Handy alle Benachrichtigungen mit etwa vierzig Minuten Verspätung schickte. Gespannt hielt Olaf sein Smartphone ans Ohr und wartete, dass die Audiodatei endlich abgespielt würde. Einer der Raucher vor der Kneipe musterte ihn neugierig.

Endlich. Die Stimme der Mutter. »Hier Lokotsch.« Merkwürdigerweise klang sie in keiner Weise besorgt.

»Guten Abend. Selendic hier«, sagte eine Stimme, die Olaf nicht kannte. »Wir haben heute miteinander gesprochen.«

Das konnte auf keinen Fall der andere Entführer sein.

»Ich weiß, wer Sie sind.« Die Stimme der Mutter. »Es ging um das Handy, das mir diese Leute gegeben haben.«

»Wir haben nun alles technisch Notwendige veranlasst. Das möchte ich Sie wissen lassen. Zugleich ist dies ein Testanruf, um uns zu vergewissern, dass es funktioniert.«

»Sie hören das Handy jetzt ab?«, fragte die Mutter.

»Richtig. Ab jetzt bekommt die Polizei jedes Telefongespräch mit.«

Olaf schnalzte mit der Zunge. Die Polizei überwachte das Entführerhandy. Die Idee hätte von ihm stammen können. Er grinste über seinen eigenen Scherz.

»Die Entführer dürfen nicht erfahren, dass ich mit der Polizei gesprochen habe«, sagte die Mutter energisch. »Auf keinen Fall! Der Mann am Telefon hat für diesen Fall gedroht, meiner Tochter etwas anzutun.«

»Wollen Sie sich die Sache mit dem Polizeischutz nicht noch einmal überlegen? Wir könnten zwei Beamten abstellen, die Sie und Ihre Tochter rund um die Uhr überwachen.«

»Die Entführer wissen *alles* über uns«, entgegnete die Mutter heftig. »Sie würden es bemerken, wenn um uns herum plötzlich fremde Leute wären. Und dann würden sie wieder Kaja holen.«

»Einer der Entführer ist ja nun in Haft, wie Sie wissen«, entgegnete der Polizist behutsam, »und die abermalige Entführung Ihrer Tochter wurde vereitelt.«

»Durch diese Journalistin!«, gab die Mutter zurück. »Nicht durch die Polizei.«

»Sie sollten sich die Sache mit dem Polizeischutz nochmal durch den Kopf gehen lassen ...«

»Und was immer Sie mit dem Telefon tun, die Entführer dürfen nicht mitbekommen, dass es abgehört wird!«

»Die Entführer werden nicht bemerken, was wir tun.« Der Polizist bemühte sich um einen beruhigenden Tonfall. »Wir haben das Gerät auf Herz und Nieren durchgecheckt. Dabei haben wir auch geprüft, ob die Entführer eine Spähsoftware installiert haben, mit der man Sie tracken könnte. Ich kann Ihnen versichern: Das Gerät ist völlig sauber. Die Entführer bekommen von unseren Maßnahmen nicht das Geringste mit.«

Olaf grinste über das ganze Gesicht. Die Experten der Polizei hatten das Entführerhandy auf Viren überprüft und seinen Virus nicht entdeckt. Das war klasse!

Gut gelaunt ging er in die Kneipe zurück. Er fühlte sich in Feierstimmung.

Sara musste eine Weile mit dem Finger die Klingelknöpfe entlangfahren, bis sie den Namen fand. Sie war noch ein wenig zittrig, fühlte sich sonst aber intakt. Es war die richtige Entscheidung gewesen, sich selbst aus dem Krankenhaus zu entlassen. Auch war es richtig gewesen, Simone Lokotsch anzurufen. Olaf hatte sich erwartungsgemäß geziert, ihr die Telefonnummer zu geben, sie nach einigem Überreden aber doch herausgerückt.

Schon wieder war sie in Rödelheim, dem Stadtteil, in dem ihr gestriges Abenteuer seinen Anfang genommen hatte. Und sie konnte sich nicht im Geringsten daran erinnern. Rohypnol war teuflisch. Das Hochhaus, in dem die Lokotschs wohnten, lag in Laufnähe zum S-Bahnhof. Sie war mit dem Taxi gekommen. Nach Hause würde sie mit ihrem Mercedes fahren. Der stand seit letztem Abend auf der anderen Seite des Bahnhofs in einer Seitenstraße.

Vor dem Hochhaus standen Einkaufswagen. Die meisten waren leer, viele vollgepackt mit Plastikmüll und anderem Unrat. Eine Stimme aus der Gegensprechanlage fragte, was sie wolle. Sie nannte ihren Namen. »Fünfter Stock rechts.« Die verschrammte Haustür wurde mit einem Summen freigegeben. Auch im Hausflur standen Einkaufswagen. Der Fahrstuhl war mit Graffiti beschmiert. Auf dem schmutzigen Boden lag eine Zigarettenkippe. Es roch nach Urin. Dieses Hochhaus war eindeutig ein sozialer Brennpunkt: mit Wohnungen für Einkommensschwache – der Gegenentwurf zu Saras Lebensverhältnissen. Sie fragte sich, mit wem sie es bei Simone Lokotsch zu tun bekäme. Würde sie überhaupt einen Zugang zu ihr finden? Am Telefon hatte sie einen vernünftigen Eindruck gemacht.

Als sie in der fünften Etage aus dem Aufzug stieg, wartete in einer offenen Wohnungstür eine Frau auf sie. Simone Lokotsch hatte ihre blonden Haare zu einem Pferdeschwanz gebunden. Das runde Gesicht war dezent geschminkt. Sie hatte die typische Fülle der meisten Frauen, die zehn, fünfzehn Jahre älter waren als Sara selbst, dabei aber ihre weiblichen Rundungen erhalten. Die Jeans waren weit und wirkten bequem, das rosa T-Shirt trug keine Aufschrift. Sara war froh, dass sie sich für diesen Besuch für eine einfache schwarze Hose und das unauffällige beige Top entschieden hatte. Sie wäre sonst hoffnungslos overdressed gewesen.

Frau Lokotsch leitete Sara durch einen kleinen Flur an einen Esstisch im Wohnzimmer. Die Einrichtung schien durchweg aus IKEA-Möbeln zu bestehen.

»Kann ich Ihnen etwas zu trinken anbieten?«

Sara war unschlüssig. »Ein Glas Wasser vielleicht.«

Simone Lokotsch blickte sie irritiert an. »Ich trinke einen Vinho Verde. Vielleicht wollen Sie sich anschließen?«

»Das ist mein Lieblingswein.« Sara lächelte.

Die Weißweingläser, die auf den Tisch gestellt wurden, sahen sehr schick aus. Die Weinflasche allerdings schien aus dem Discounter zu sein.

»Sie fragen sich bestimmt, weshalb ich Sie persönlich aufsuchen möchte«, begann Sara.

»Genau. Und wie Sie herausgefunden haben, was meine Tochter im Internet treibt«, sagte Simone Lokotsch. »Als Allererstes aber will ich mich bei Ihnen bedanken, dass Sie dem ein Ende bereitet haben.«

»Sie haben mir schon am Telefon gedankt«, sagte Sara. Sie nahm den ersten Schluck aus dem Glas. Der Wein schmeckte besser als erwartet. Simone trank ebenfalls von ihrem Wein.

»Es ist mir nicht leichtgefallen«, fuhr Sara fort, »zu Ihnen zu kommen und mit Ihnen zu reden.« Simone machte eine beschwichtigende Geste. »Es waren immerhin sehr private Chats Ihrer Tochter, die wir, oder besser der IT-Experte, der uns dabei unterstützt, gehackt haben.« Sara stellte sich Olafs Reaktion vor, sollte er sie so reden hören, und musste ein Grinsen unterdrücken.

»Ich bin mehr als glücklich, dass Sie es getan haben«, sagte Simone.

»Federführend ist die Journalistin, die das Ganze initiiert und geplant hat. Sie ist auf das Thema Cybergrooming spezialisiert. Ich habe bloß den Lockvogel gespielt.«

»Diesen Begriff habe ich heute zum ersten Mal gehört«, warf Simone ein, »von einem der Polizisten, die mich befragt haben. Der hat mir erklärt, was Cybergrooming überhaupt ist.«

»Es ist die Hölle auf Erden für die Mädchen«, sagte Sara eindringlicher als beabsichtigt.

»Hatte dieser Typ Kaja«, Simone deutete hinter sich, vermutlich war in dieser Richtung das Zimmer des Mädchens, »in der Hand? War das alles schon so weit fortgeschritten, dass er sie erpressen konnte?«, setzte sie unsicher hinzu.

»Es war knapp davor. In den nächsten Tagen hätte er vermutlich mit dem Psychoterror begonnen. So wie er es mit drei anderen Mädchen getan hat.«

Simone presste ihre Hände vors Gesicht. »Und was ist mit diesen Fotos, auf denen Kaja nackt zu sehen ist?«, sagte sie angstvoll. »Und dem Video? Das alles ist hoffentlich nicht schon im Netz.«

»Die Polizei ist sich nicht sicher. Wenn wir Glück haben, hat der Mann sie für sich behalten. Es ist sogar wahrscheinlich, dass dem so ist. Er wollte sie ja als Druckmittel gegen Ihre Tochter benutzen.«

Simone nickte nachdenklich. »Dieser Typ ist ein perverses Schwein«, sagte sie gepresst.

»Das ist er. Ich habe mich mit blonder Perücke und Teenager-klamotten als vierzehnjährige Kaja verkleidet, die von zu Hause durchbrennt. Und dieser Typ hat versucht, mich zu entführen.«

»Das galt eigentlich meiner Tochter«, sagte Simone mit belegter Stimme.

»Eigentlich«, entgegnete Sara. »Aber da hat sich der Mann gründlich verrechnet.«

Simone lächelte unsicher. »Wie kann ich mich wirklich dafür bedanken, was Sie für Kaja getan haben?«

»Das müssen Sie nicht«, sagte Sara ruhig. »Dafür bin ich nicht hierhergekommen.«

»Warum dann?« Simone sah sie fragend an.

Sara wandte den Blick nicht ab. »Ich glaube, Sie können meine Hilfe gebrauchen.«

21

Olaf hatte zwei Äppler intus, als er an seinem Haus ankam. Gerade wollte er die Haustür aufschließen, als Thorsten neben ihm stand.

»Herr Nachbar, alles frisch?« Olaf grüßte ihn in dem Tonfall, in dem er seit Jahren mit ihm sprach.

»Frisch ist hier gar nichts«, antwortete dieser ungnädig. »Ich komme gerade vom REWE.« Olaf bemerkte die Einkaufstasche in Thorstens Hand. »Und jetzt guck dir an, was für eine Menge an Verpackungsmaterial ich nach Hause bringe.« Thorsten hielt ihm eine Packung Scheibenkäse entgegen, dann ein Päckchen Salami.

»Das finde ich auch übel«, sagte Olaf mit Nachdruck. »Jeder weiß, dass Plastik schlecht für die Umwelt ist. Alle versuchen, Verpackungen zu vermeiden. Aber die werden immer größer und voluminöser, statt geringer.«

»Und man kann nichts dagegen tun«, sagte Thorsten bissig. »Es ist einfach ungeheuerlich. Wir Konsumenten finanzieren immer mehr Plastik, ob wir wollen oder nicht.«

»Du könntest in einen Unverpacktladen gehen«, warf Olaf ein.

»Dann sag mir mal, warum diese Art Läden ständig pleitegehen«, sagte Thorsten herausfordernd.

»Tun sie das?« Olaf ahnte, dass nun eine Verschwörungstheorie käme, die er noch nicht kannte.

»Es passiert ja nicht von ungefähr, dass die Regierung die Verbreitung von Plastik systematisch fördert.«

»Ich würde eher sagen, sie tut nicht genug, um es zu verhindern.«

»Und weißt du, was der Plan dahinter ist?«, fuhr Thorsten mit einem Kopfschütteln fort, als wäre Olafs Einwand eine ärgerliche Störung in seiner Argumentationskette.

Olaf stellte ein ahnungsloses Grinsen zur Schau.

»Es geht um das Bor darin«, enthüllte Thorsten.

»Bor! Du meinst das chemische Element?«

»Umverpackungen enthalten große Mengen Bor«, fuhr Thorsten fort. »Das wissen nur die Wenigsten, aber man muss sich nur mal die Herstellung von Plastik ansehen. Da wird viel, sehr viel Bor verwendet. Das wird in zig YouTube-Videos genau erklärt.«

»Und warum ist das besonders?« Olaf machte sich gedanklich eine Notiz, über Verfahren zur Plastikherstellung zu recherchieren.

»Olaf, überleg mal! Was glaubst du, für welche Länder es Bor-Embargos gibt?«

»Es gibt Bor-Embargos?«, entfuhr es Olaf.

»Absolut«, stellte Thorsten klar. »Bor ist eine der wichtigsten Substanzen für die Gentechnik. Und der wichtigste Baustein für die genetische Veränderung von Grippeviren.«

Olaf hob an, etwas darauf zu erwidern. Dann überwog seine Neugier, Thorstens Theorie zu Ende zu hören.

»Es gibt Länder wie Israel, Ukraine und Georgien, in denen an so etwas geforscht wird. Natürlich in geheimen Labors.«

»Wenn die Labors geheim sind«, warf Olaf ein, »warum weiß man dann davon?«

»Es gibt einen Whistleblower«, erklärte Thorsten, »der damit an die Öffentlichkeit gegangen ist. Darüber wirst du natürlich nichts in der Tagesschau und den anderen Staatsmedien hören, über die du dich informierst. Ganz zu schweigen von den Embargos für Bor. Aber die Informationen darüber sind für jedermann frei verfügbar. Man muss bloß auf YouTube oder Telegram danach suchen. Ich kann dir die Links zuschicken, da erfährst du das ganze Ausmaß. Die züchten genetisch veränderte Viren, um gezielt Menschen zu töten. Sie wollen einen Großteil der Menschheit ausrotten. Nur die überleben, die zuvor eine Impfung erhalten, die vor den Viren schützt.«

»Hammer!«, sagte Olaf, als mache er sich Sorgen um die Viren und nicht um die geistige Gesundheit seines Nachbarn. »Was aber hat das mit dem Plastikmüll zu tun?«

»Das ist ja das Infame! Den werfen wir alle brav in die Gelbe Tonne. Nachdem wir für jedes gekaufte Produkt einen Zwangsaufpreis für die mutmaßliche Entsorgung der Umverpackung gezahlt haben. Die Regierung sorgt dafür, dass alles Plastik aus den Gelben Tonnen zentral gesammelt wird und dann«, Thorsten machte eine dramatische Kunstpause. »Was glaubst du, wohin das ganze Zeug geliefert wird? Angeblich um es zu recyceln oder zu entsorgen.«

Olaf stellte sich dumm.

»Natürlich in die Länder, für die das Bor-Embargo gilt. Die Länder, die mutierte und absolut tödliche Viren züchten, und dafür das Bor benötigen. Damit die bequem per Elektrolyse das Bor aus deutschem Plastikmüll gewinnen können.«

»Mit Elektrolyse?«, sagte Olaf. Er konnte ein Grinsen nicht zurückhalten.

»Das kannst du alles nachlesen«, sagte Thorsten ungeduldig. »Mach dich einfach auf YouTube schlau.«

Olaf beschloss, nicht gegen Thorstens Theorie zu argumentieren. Immerhin hatte er sich ihm gerade in gewisser Weise anvertraut. Wahrscheinlich war Zuhören das einzige Mittel, den Kontakt zu ihm aufrecht zu erhalten.

»Wenn das alles wahr ist«, sagte er schließlich, »dann muss man doch etwas dagegen tun.«

»Natürlich muss man das!«, sagte Thorsten dramatisch. »Viele Leute leisten bereits Widerstand, und das weltweit. Wenn du dir die Links anguckst, die ich dir schicke, wirst du sehen, wie viele es bereits sind. Diese Links werden dir die Augen öffnen.«

»Ja dann …« Olaf wusste nicht, was er nun sagen könnte, ohne in Lachen auszubrechen. »Schick mal diese Links.« Er schloss die Haustür auf. »Und Gruß an Ulla.«

Sara war beim zweiten Glas Wein angelangt. Wie es schien, waren Simone Lokotsch und sie auf dem besten Wege, die Flasche zu leeren. Es lag nicht am Alkohol, dass sie sich seit wenigen Minuten duzten. Eher war es die Offenheit, mit der sie von ihrem Einsatz als vermeintliche Kaja erzählt hatte, über ihre Schrammen und Blessuren, von denen sie nicht wusste, wie sie zustande gekommen waren, von ihrer Gedächtnislücke und den Nachwirkungen des Rohypnols, die sie noch immer verspürte.

Irgendwann hatte Simone begonnen, von sich zu erzählen. Von den Problemen mit ihrer Tochter, die sich mit Einsetzen der Pubertät völlig verändert habe, über den Stress als Vollzeit arbeitende, alleinerziehende Mutter. Der Kindsvater habe sich früh aus dem Staub gemacht – Kaja sei zwei Jahre gewesen – und sich ins Ausland abgesetzt, um sich vor Unterhaltszahlungen zu drücken. Sie habe den Lehrerinnenjob in einer Sprachschule wegen der abendlichen Arbeitszeiten aufgegeben. Seitdem müsse sie die kleine Familie mit einer viel niedriger dotierten Stelle als Sachbearbeiterin in einem Logistikunternehmen über Wasser halten. Schließlich erzählte sie von der Entführung, von der zwar antiken, aber wertlosen Münze, die sie als Lösegeld bezahlt habe, von den bösartigen Andeutungen des Entführers, er könne Kaja erneut in seine Gewalt bringen, und von dem Handy, das sie behalten solle.

Natürlich ließ Sara sich nicht anmerken, dass sie bereits von der Entführung wusste. Sie trank ihr Glas aus. »Was macht Kaja jetzt in diesem Augenblick?«

Simone erschien für einen Moment irritiert. »Sie schläft. Sollte sie jedenfalls«, setzte sie vage hinzu. »Meistens macht sie noch was mit dem Handy, wenn sie im Bett liegt.«

»Was sie da macht, sollte dir ja nun klar sein«, erwiderte Sara.

»Meinst du, sie chattet noch mit anderen Männern?« Simone klang verunsichert.

»Würdest du darauf wetten, dass sie es nicht tut?«

»Eigentlich weiß ich nicht, was das Mädchen treibt«, sagte Simone unglücklich. »Ich habe ihr immer gesagt, sie soll aufpassen, wenn sie im Internet unterwegs ist. Nicht in meinen schlimmsten Träumen hätte ich gedacht, dass sie so etwas tun würde.«

»Ein Erwachsener hat sie mit psychologischen Tricks dazu gebracht«, sagte Sara. »Ich finde, du solltest das nicht einfach so laufen lassen.«

»Ich kann ihr ja schlecht das Handy wegnehmen.«

Sara überlegte, ob sie als Mutter in einem solchen Fall das Smartphone ihrer Tochter konfiszieren würde. Dann kam ihr eine andere Idee. »Hat Kaja Datenvolumen auf ihrem Handy?«

22

Natürlich hatte Sara mit einer Reaktion gerechnet. Dass sie innerhalb von Sekunden erfolgen würde, erstaunte sie aber doch.

Das Mädchen im kurzen, karierten Pyjamahöschen und himmelblauem Oberteil, das polternd durch die Tür geschossen kam, war leicht als Kaja Lokotsch auszumachen, das Mädchen, das Sara von den Fotos kannte. Allerdings war das hübsche Gesicht von Panik und Wut entstellt. »Das Netz ist weg!«, schrie Kaja.

War Sara zu weit gegangen? Vielleicht war es doch keine gute Idee gewesen, Simone zu überreden, ihr Zugang zu ihrem WLAN-Router zu gewähren. Simone hatte keine Ahnung von einer Kindersicherung gehabt. Sie sei in Computerdingen nicht versiert, hatte sie gesagt. Für Sara war die eigentliche Herausforderung gewesen, in den Logs des Routers die richtigen MAC-Adressen herauszufinden, die es zu sperren galt: die des Handys und die des Laptops des Mädchens.

Kaja stand nun auf der Sofalehne und streckte das Handy bis zur Decke, stieß einen Fluch aus, rannte zum Esstisch und sprang auf den Stuhl direkt neben Sara, um mit allerlei Verrenkungen das Handy an die Decke zu halten.

»Scheiße! Scheiße!«

Sara hatte sich schnell zur Seite gedreht, sonst hätte sie einen Tritt abbekommen. Die nackten Füße auf dem Stuhl neben ihr stampften wütend auf, bevor Kaja in eine andere Ecke des Zimmers flitzte und dort mit verzweifelten Posen ihr Handy in verschiedene Richtungen hielt.

»Ich hab kein Netz!«, schrie sie wieder. »Mama, hast du Netz?« Sie blitzte ihre Mutter an, als wollte sie sich gleich auf sie stürzen.

Simone war bleich. Es war mehr als offensichtlich, dass sie sich davor scheute, Kaja die Wahrheit zu sagen. »Willst du nicht erst mal unseren Besuch begrüßen?«, sagte sie matt.

Kaja blickte flüchtig zu Sara herüber, wie zu einem neuen Möbelstück, das ihr noch nicht aufgefallen und ihr herzlich schnuppe war. »Hast du Netz oder nicht?«, schrie sie unbeherrscht. Sie fuchtelte weiter mit ihrem Handy herum, immer noch auf der Suche nach dem verheißungsvollen Signal.

»Das ist Sara.« Simone sprach in ruhigem Tonfall. Allerdings konnte man sehen, dass ihre Finger zitterten. »Sara kennt sich mit Computern aus«, fuhr sie fort, »und sie hat für uns die Kindersicherung des WLANs eingeschaltet. Du kannst ab sofort nur noch nachmittags von drei bis um sechs ins Internet und an Wochenenden ...«

Zu mehr kam Simone nicht. Mit einem wütenden Schrei riss Kaja Saras Weinglas vom Tisch und warf es mit voller Kraft an die Wand. Es gab ein lautes Klirren. Dann regneten Scherben auf den Laminatboden. Beide, Simone und Sara, starrten ihr entgeistert hinterher, als Kaja hemmungslos schluchzend aus dem Zimmer rannte.

Kalter Entzug, dachte Sara. Sie sagte aber etwas anderes. »Jetzt wissen wir, dass das mit der Kindersicherung geklappt hat.«

Polymere, Duroplaste, Elastomere ... Olaf fand im Internet keinen Hinweis darauf, dass herkömmliches Plastik Bor-Atome enthalten könnte – zumindest auf den ernstzunehmenden Websites. Thorsten hatte ihm also eine weitere hanebüchene Story erzählt. Olaf würde auf keinen der Links gehen, die ihm sein Nachbar geschickt hatte. Er nahm ihm auch so ab, dass es einschlägige Telegram-Gruppen gab, in denen sich Leute gegenseitig aufstachelten: über ein angebliches Bor-Embargo und finstere, Viren züchtende Mächte. Die Recherche, ob man mittels Elektrolyse Bor aus Plastik gewinnen könne, würde Olaf sich sparen.

Er fuhr den Laptop herunter. Sofort kam ihm das Telefonat mit Sara in Erinnerung. Es ging ihr wieder gut. Am Abend war sie sogar bei Simone Lokotsch gewesen. Was er erwogen, aber immer wieder verworfen hatte – sie hatte es einfach getan. Sara war als der Lockvogel der Journalistin aufgetreten, die angeblich auf den Chat zwischen Kaja und diesem Mann namens Fabi gestoßen sei. Damit hatte sie einen deutlich besseren Stand gehabt, als es Olaf möglich gewesen wäre, der hätte zugeben müssen, dass er die kleine Familie mit einem Virus ausspionierte. Es war gut, dass sie mit Sara nun einen direkten Kontakt zu Simone Lokotsch hatten. Ständig Informationen des Virus auszuwerten, erschien ihm mehr und mehr, als blicke er durch ein Schlüsselloch in die Intimsphäre der Lokotschs.

Die Türklingel riss ihn aus seinen Gedanken. Jasmin stand vor der Tür. Sie sah ihn gehetzt an.

»Zu denen bringe ich mein Kind nicht mehr«, sagte sie heftig. Sie konnte nur ihre Eltern meinen.

Jetzt erst erblickte Olaf den kleinen Jungen, der sich am Daumen lutschend hinter den Beinen seiner Mutter zu verstecken versuchte.

»Nächste Woche kann ich ihn zu einer Freundin bringen, aber ich muss jetzt zum Dienst. Kannst du ihn nehmen?« Die Frage klang beiläufig, beinahe als sei sie rhetorisch gemeint, da Olaf gewiss nicht wolle, dass sie ihr Kind etwa im Wald aussetzen müsse.

»Will er denn überhaupt zu mir, dein …« Olaf fiel der Name des Jungen nicht ein.

»Finn heißt er. Und natürlich will er bei dir bleiben«, sagte Jasmin bestimmt.

Olaf beugte sich zu dem daumenlutschenden Dreijährigen herunter, der nun begann, mit der freien Hand seine blonden Haare zu zwirbeln. »Willst du denn zu mir?«

Das Kind sagte nichts, schüttelte aber heftig den Kopf.

»Jasmin, jetzt kommt erst mal rein.«

Jasmin schob trotzig ihren Sohn vor sich.

»Ich mache dir einen starken Espresso, und Finn bekommt ein Magnum-Glas Apfelschorle. Aber als Erstes rufst du in der Arbeit an und sagst, dein Auto springt nicht an, oder so was.«

»Aber auf der Station bricht das Chaos aus, wenn ich nicht …«

»Größer als das Chaos hier kann es nicht werden.« Olaf trat zur Seite, als Aufforderung an Jasmin, mit ihrem Kind in die Wohnung zu kommen.

»Okay«, sagte sie. »Aber ich will einen Ouzo.«

»Nein«, sagte Olaf bestimmt. »So früh am Morgen kriegst du bloß Kaffee.«

Jasmin ließ sich wortreich über den neuesten Nonsens ihrer Eltern aus, während Olaf den Schrank nach der Espressokanne durchsuchte, die er nur selten benutzte. Der Kleine stand auf einem Stuhl vor der Spüle und schüttete konzentriert Wasser in Plastiktöpfchen, die Jasmin mitgebracht hatte. Damit könne man ihn locker eine Stunde lang beschäftigen, hatte Jasmin gesagt. Olaf fragte sich, was nach dieser Stunde geschehen würde, sollte er tatsächlich so verwegen sein, den kleinen Finn zu beaufsichtigen.

Gerade in dem Moment, als Olaf den Espresso vor Jasmin auf den Tisch stellte, ertönte ein Weihnachtsbimmeln. Sofort nahm er das Handy vom Tisch und öffnete gespannt den Viruskonfigurator. Eine Nachricht vom Handy der Entführer!

»Macht ihr mal hier weiter«, sagte er zu Jasmin. »Ich bin nur kurz weg.«

Sie schaute ihm irritiert nach, als er die Küche verließ, um ins Arbeitszimmer zu gehen. Er musste ungestört sein. Es war ein Telefongespräch. Er steckte die Ohrstöpsel in die Ohren.

Simone Lokotsch meldete sich mit verhaltener Stimme.

»Es ist Zeit für eine weitere Übergabe.« Derselbe Mann wie bei den Anrufen vorher. »Wir verlangen die zweite Münze.«

»Ich habe Ihnen bereits die Münze gegeben, die ich hatte. Eine andere besitze ich nicht«, sagte Simone Lokotsch bestimmt.

»Sie und ich wissen, dass das nicht wahr ist. Und ich weiß, was wir tun müssen, damit Sie kooperieren werden«, sagte der Mann gehässig.

»Lassen Sie uns endlich in Ruhe. Mich und meine Tochter!«

»Es war für uns ein Kinderspiel, Ihre Tochter zu entführen. Wir können es jederzeit wieder tun.«

»So ein Blödsinn!«, schnitt sie ihm das Wort ab. »Mit Ihrem letzten Versuch sind sie ja grandios auf die Schnauze gefallen.«

»Was?« Für einen Moment erschien der Mann überrumpelt. »Was reden Sie da?« Dann fuhr er ungerührt fort: »Wir werden uns ihre hübsche Tochter greifen, wann immer es uns beliebt. Und diesmal lassen wir Sie live dabei zuschauen, was wir mit ihr anstellen.«

Es dauerte einen Augenblick, bis sie antwortete. »Ich besitze keine zweite Münze aus der Römerzeit. Ich kann Ihnen nicht geben, was ich nicht habe.«

»Wir wissen, dass sie sich in Ihrem Besitz befindet«, entgegnete der Mann. »Morgen melde ich mich wieder und gebe durch, wohin Sie sie bringen sollen. Und keine Polizei! Ihre Tochter wird dafür büßen, sollten Sie sich an die Polizei wenden. Morgen ist die Übergabe.«

Das Telefonat war beendet.

Olaf sah verblüfft aus dem Fenster. Was sollte das eben? Der Mann tat, als wäre nichts geschehen, als hätte es keinen missglückten Entführungsversuch gegeben. Hatte der Typ, der Sara alias Kaja Lokotsch entführen wollte, ihn nicht in seinen Plan eingeweiht? Jedenfalls wirkte der Mann am Telefon, als wüsste er nichts davon.

Olaf startete die Audiodatei erneut. Er wollte jeden Unterton des Mannes, jede Nuance heraushören.

Als es an der Tür klopfte, nahm er einen der Ohrstöpsel heraus. Jasmin steckte behutsam ihren Kopf in den Raum. »Ich muss gehen. Vielen, lieben Dank.«

Er winkte ihr zerstreut zu, lauschte zur selben Zeit dem Telefonat auf dem anderen Ohr.

Dann schreckte er hoch. Wofür hatte Jasmin sich gerade bedankt?

23

»Wenn der Entführer mir nichts, dir nichts eine zweite Münze verlangt, hat er nichts mit dem Cybergrooming zu tun.«

Gottfried bringt es auf den Punkt, dachte Olaf, während er aufmerksam beobachtete, was Finn im Sandkasten trieb. Das Eimerchen vor ihm schien niemandem zu gehören. Auch nicht dem Jungen, der neben ihm spielte und dasselbe Interesse an dem Eimer zeigte wie er. Ein Sandkasten, zwei Kinder, ein Eimer: Stoff für Konfliktpotenzial.

Olaf behielt die beiden im Auge, als er antwortete. »Sehe ich auch so. Zwar haben wir viel erreicht und das Mädchen vor etwas Schlimmen bewahrt, mit unserem Fall hat das aber leider nichts zu tun. Wir sind genauso schlau wie vorher.«

»Natürlich sind wir schlauer«, widersprach Gottfried. »Wir wissen von der römischen Münze …«

»Und dass sie völlig wertlos ist«, unterbrach ihn Olaf.

Der andere Junge begann zu brüllen, als Finn ihm das Eimerchen gegen den Kopf schlug. Olaf sprang von der Bank auf, setzte sich aber wieder, als eine Frau in den Sandkasten stürzte und das weinende Kind auf den Arm nahm.

»Dass die Münze nicht viel wert ist, haben wir von Phils Experten bestätigt bekommen«, hörte er Gottfrieds Stimme aus dem Telefon. »Zumindest ist das für einen gewöhnlichen Sammler oder ein Museum der Fall.«

Finn beobachtete aufmerksam, wie die Frau ihr Kind auf die Leiter der Rutschbahn absetzte.

»Die Münze könnte aber auch noch einen anderen Wert besitzen, einen ideellen«, fuhr Gottfried fort, »von dem wir nichts wissen. Und jetzt wollen die Entführer sogar eine zweite Münze. Beide könnten für gewisse Leute sehr bedeutsam sein.«

Nun begann Finn, zur Rutschbahn zu schlendern. Den Eimer ließ er unbeachtet im Sand liegen.

»In diesem Fall hätten die Münzen einen Wert, von dem kein Professor wissen könnte. Dagegen würde jemand, der mit so etwas Geld verdient, den ideellen Wert kennen.«

Finn begann laut zu schreien. Der andere Junge hatte ihm eine Ladung Sand ins Gesicht geworfen. Olaf musste eingreifen. Der Missetäter war bereits von seiner Mutter mit ermahnenden Worten, man werfe anderen nicht einfach Sand ins Gesicht, das wolle er ja auch nicht, vom Tatort entfernt und zurück in den Sandkasten gesetzt worden.

»Du solltest mal mit der Antiquitätenhändlerin sprechen«, sagte Gottfried, als Olaf den kleinen Finn auf den Arm und mit zur Bank nahm, »die für Simone Lokotsch die Münze geschätzt hat. Vielleicht weiß die etwas, was sie bisher nicht preisgegeben hat.«

Olaf tupfte mit dem Finger Sandkörner aus dem kleinen Gesicht. Wie es schien, war in den Augen nichts zurückgeblieben.

»Hörst du mir überhaupt zu?«, kam es vom anderen Ende der Leitung.

Finn sprang von Olafs Schoß dem Sandkasten und neuen Abenteuern entgegen. Olaf schnaufte durch. Jasmin hatte ihn ordentlich über den Tisch gezogen. Er würde diese umtriebige Hummel noch bis siebzehn Uhr hüten. Es war ein Glück, dass Finn immerhin auf ihn hörte. Bis jetzt jedenfalls.

»Olaf, bist du noch da?«

»Ja, ja«, beeilte er sich zu sagen. Kurz erzählte er von seinen Pflichten als unfreiwilliger Babysitter.

»Dann wünsche ich dir gute Nerven«, kam es ironisch aus dem Handy. »Hast du genügend Energie, um weiter über unseren Fall zu sprechen?«

»Ich strotze vor Kraft«, behauptete Olaf. »Die Antiquitätenhändlerin schaue ich mir mal genauer an. Jetzt, da wir durch Sara einen persönlichen Kontakt zu Simone Lokotsch haben, will ich aber noch etwas anderes versuchen: Wir sollten die Umstände herausfinden, unter denen die Münze gefunden wurde. Wer war alles daran beteiligt? Wurde die zweite Münze, von der der Entführer spricht, bei derselben Gelegenheit gefunden wie die erste? Das könnte uns vielleicht weiterbringen.«

Gottfried gab ein skeptisches Grunzen von sich. »Das war in den späten 60ern oder frühen 70ern. Es ist nicht wahrscheinlich, darüber etwas zu erfahren.«

»Ich versuche es«, sagte Olaf. Dann sprang er von der Bank auf. Finn hatte bereits mit dem Eimerchen in der Hand zu einem Schlag gegen seinen Widersacher ausgeholt. »Ich melde mich später nochmal.«

Das Magnum-Eis erschien beinahe so groß wie Finn selbst und war ernährungstechnisch wie pädagogisch gewiss verheerend. Für Olaf bedeutete es ein paar Minuten Ruhe. Der Kleine ließ sich an Olafs Hand brav durch Bornheimer Einbahnsträßchen nach Hause lotsen. Mit der anderen Hand telefonierte Olaf mit Sara. Zunächst wollte er wissen, ob es ihr besser ging. Dann begann er, von dem Anruf des Entführers zu berichten.

»Davon weiß ich bereits«, unterbrach ihn Sara. »Simone hat mir das erzählt.«

Olaf war verblüfft. »So dicke seid ihr bereits, dass sie dir das anvertraut hat?«

»Sie hat mich angerufen«, sagte Sara, »um mich um einen Gefallen zu bitten. Sie hat große Angst, diese Leute könnten ihre Tochter wieder entführen.«

»Und der Mann am Telefon hat erneut schlimme Konsequenzen angedroht, falls sie sich an die Polizei wendet, aber genau das hat sie ja getan.«

»Das wissen die Entführer nicht«, warf Sara ein. »Aber Simone ist sicher, dass sie ihr Privatleben und das von Kaja ausgespäht haben, auch ihre Gewohnheiten und dass sie bestimmt von allen Freunden und Verwandten wissen, bei denen sie möglicherweise untertauchen könnten.«

»Wollen sie denn untertauchen? Simone muss doch arbeiten und Kaja zur Schule.«

»Simone hat sich und ihre Tochter krankgemeldet.«

»Und wo sind sie jetzt? An einem geheimen Ort?«

»Bei einer Person, auf die die Entführer niemals kommen werden«, sagte Sara, »selbst, wenn sie tatsächlich die beiden ausspioniert haben sollten: bei mir.«

»Wow.« Diese Frau überraschte ihn immer wieder aufs Neue. »Die beiden sind in deinem Haus in Kronberg? Das ist … erstaunlich.«

»Die Polizei bietet ihr Polizeischutz an«, erzählte Sara, »Simone findet das zu vage. Ich denke, bei mir sind sie wirklich sicher.«

Endlich einmal gute Nachrichten. Bis vor Kurzem waren Simone Lokotsch und ihre Tochter Kaja nicht mehr als abstrakte Phantome gewesen, denen Olaf mit dem Virus hinterherspioniert hatte. Und nun saßen beide leibhaftig in Saras Wohnzimmer. Sara könnte ihnen die Fragen stellen, die den Fall voranbringen würden.

»Wir müssen mehr über diese Münze erfahren. Sollte es eine zweite geben, wie die Entführer behaupten, dann auch von der. Bitte quetsche Simone darüber aus. Und wir brauchen den vollen Namen ihres Vaters und die Adresse, wo er als Kind gewohnt hat. Das könnte uns weiterhelfen.«

Finn war plötzlich stehengeblieben. Der größte Teil des Schokoüberzugs war von seinem Eis auf den Gehweg gefallen und in mehrere Teile zerbrochen. Olaf sah geduldig zu, wie er die Schokolade vom Boden aufklaubte und in den Mund steckte.

Gut, dass Jasmin sie nicht sehen konnte.

Olaf hatte einen der Tische draußen ergattert. So konnte er das schöne Wetter genießen. Drinnen wäre es ihm zu düster gewesen. Hubert hatte für das Treffen den Irish Pub vorgeschlagen, die Kneipe, in der es beinahe zum ersten Auftritt ihrer Band gekommen wäre.

»Ein Glück, dass keiner von uns mehr richtig spielen kann«, feixte Hubert. »Uwe hätte seine Idee mit dem Gig durchgezogen.«

Uwe war der Sänger der Combo gewesen – vor vierzig Jahren – und hatte die Bandmitglieder von damals zu einer glorreichen, wie er es nannte, *Reunion* zusammengebracht.

»Trotzdem toll, euch alle wiedergesehen zu haben«, sagte Olaf. Die Bandprobe war musikalisch ein Reinfall gewesen, hatte sich aber zu einer Art Klassentreffen entwickelt.

»Also, was willst du über die Römerstadt wissen«, kam Hubert zum Grund ihres Treffens.

»Der Vater einer Freundin von mir ist in der Römerstadt aufgewachsen«, begann Olaf. »Er ist schon viele Jahre tot. Nun möchte sie Leute ausfindig machen, die ihn als Kind kannten.«

»Und auf mich bist du gekommen, weil ich auch in der Römerstadt gewohnt habe. Es ist zwar nicht der größte Stadtteil

Frankfurts, trotzdem wäre es fast ein Wunder, wenn ich den Mann tatsächlich kennen würde«, sagte Hubert.

»Streng genommen ist die Römerstadt gar kein Stadtteil«, sagte Olaf. »Ich kann mich erinnern, dass du auf der Nordweststädter Seite aufgewachsen bist, ganz in der Nähe des Nordwestzentrums.«

»Naja, bis dahin ist man schon ein paar Minuten unterwegs«, warf Hubert ein. »Wie hieß der Vater?«

»Klaus Lokotsch.« Olaf nannte ihm die Adresse, unter der er als Kind gewohnt hatte.

Hubert pfiff durch die Zähne. »Das war quasi bei mir um die Ecke. Ich schätze, im Hochhaus.«

»Und weißt du, wer das ist?«

»Der Name kommt mir nicht bekannt vor. Aber damals hatte sowieso jeder einen Spitznamen. Ich kann mich an einen Puffi erinnern, einen Krümel, einen Stony … Vielleicht kannte ich ihn, dann aber eher unter einem solchen Namen. Klaus Lokotsch sagt mir überhaupt nichts. Tut mir leid.«

»Hast du vielleicht noch Kontakt zu Leuten von damals?«, fragte Olaf.

»Zu keinem einzigen. Wir haben uns alle aus den Augen verloren. Ich schätze, die meisten sind weggezogen, sobald sie erwachsen waren. So wie ich.«

Das war schlecht. Ohne einen Kontakt gab es keine Chance, etwas über die Umstände zu erfahren, unter denen die Münzen ausgegraben worden waren.

»Aber die Eltern von einem meiner Kumpel von damals wohnen noch dort«, fuhr Hubert fort. »Zumindest vor einem Jahr. Da war ich in der Römerstadt und habe auf gut Glück auf die Klingelschilder geguckt. Der Name stand noch da.«

»Ein guter Anfang«, sagte Olaf hoffnungsvoll.

»Die müssen allerdings steinalt sein, so um die neunzig bestimmt. Hoffentlich leben sie überhaupt noch.«

»Bei gesunder Lebensführung und mit den richtigen Genen wird einer von denen gewiss noch am Leben sein«, sagte Olaf munter.

24

Die Hansteins waren alt genug, dass man sie problemlos im Telefonbuch fand. Bei Jüngeren musste man meist googeln oder auf einen Treffer in den Sozialen Medien hoffen, um ihnen wenigstens eine Nachricht schicken zu können. Der Eintrag lautete auf Josef Hanstein. Bei dieser Generation war es klar, dass man unter der angegebenen Telefonnummer auch die Dame des Hauses erreichen würde.

Frau Hanstein war am Telefon zunächst skeptisch gewesen. Als Olaf ihr aber erzählt hatte, dass es um angebliche Recherchen zu Simone Lokotschs Vater ginge, hatte sie eingewilligt. Olaf solle am Vormittag um elf Uhr bei ihr vorbeikommen und seine Fragen stellen.

Einen Parkplatz zu finden, erwies sich als äußerst schwierig. Die Lücke in einer der Querstraßen zur Straße »In der Römerstadt« war äußerst knapp, und Olaf musste eine Weile rangieren, bis er sein Auto hineinmanövriert hatte. Anschließend lief er einen Fußweg entlang, der von den Straßen weg und an Grünflächen und Mehrfamilienhäusern entlang auf das Hochhaus zuführte.

Schon immer hatte er es paradox gefunden, wenn jemand in einem Hochhaus ausgerechnet in der ersten Etage wohnte. Josef und Erika Hanstein taten es. Die Eierlikörpralinen, die er als Geschenk mitbrachte, kamen gut an, und schließlich saß er mit den beiden alten Leuten auf einem Balkon an einem Gartentisch.

Frau Hanstein genoss es offensichtlich, Besuch in der Wohnung zu haben. Ihr Mann allerdings sprach kein Wort und schien sich darauf beschränken zu wollen, hin und wieder mit einem bestätigenden Nicken die Worte seiner Frau zu unterstreichen. Selbstverständlich fragte Olaf sie nicht nach ihrem Alter. Sie mussten, wie von Hubert vermutet, beide etwa neunzig Jahre sein. Erika Hanstein war klar tonangebend, während ihr Mann Josef offenbar mehr vom Alter gezeichnet war als sie.

Auf Olaf wirkte er wie ein Motor, der nur noch auf einem Zylinder lief.

Thomas, Manfred und Barbara hießen ihre Kinder, erfuhr er bald. Aus allen Dreien sei etwas geworden, sagte die alte Dame zufrieden und ihr Mann nickte. Diplom-Ingenieur der eine, der andere Abteilungsleiter bei Mercedes, und die Jüngste, das Mädchen, habe ihre eigene Arztpraxis. Sechs Enkel habe sie und sogar schon drei Urenkel.

»Ich versuche für meine Bekannte, Freunde ihres Vaters aus Kindertagen ausfindig zu machen«, versuchte Olaf das Gespräch in die gewünschte Richtung zu lenken. »Der Name des Vaters ist Klaus Lokotsch. Leider ist er vor einigen Jahren verstorben.«

»Der wohnte hier im Hochhaus. Im sechsten Stock«, sagte Frau Hanstein sofort, und ihr Mann nickte bestätigend. »Er ging in dieselbe Klasse wie Manfred, zumindest in der Grundschule, der Römerstadtschule. Die wurde erst gebaut, als wir hier schon wohnten. Davor war da ein verwildertes Grundstück, mit Gebüsch und Dornengestrüpp. Das war höher als die Kinder. Man konnte sie nicht sehen, wenn sie da drinnen Cowboy und Indianer spielten.«

»Ich habe gehört, manche Kinder hätten römische Münzen ausgegraben«, unterbrach Olaf sie.

»Münzen? Nein. Römerscherben. Bruchstücke von altrömischen Töpfen oder Krügen. Die gab es hier zuhauf. Allerdings nicht da, wo später die Schule gebaut wurde, sondern auf einem anderen genauso verwilderten Gebiet, etwas näher in unsere Richtung. Das war direkt neben diesem Depot der Amis. Das war vom amerikanischen Militär. Keine Ahnung, was die da gelagert haben, womöglich etwas Gefährliches. Heute sind die ja weg. Und früher haben Kinder dort in der Erde gegraben und Allerlei zu Tage gefördert.« Die alte Frau lächelte. »Manfred hat auch einige Male mit seinen Freunden gebuddelt. Was er mitbrachte, sah für mich aber eher nach Bruchstücken ganz normaler Blumentöpfe aus. Früher gab es hier nämlich Kleingärten.«

»War auch Klaus Lokotsch bei solchen Ausgrabungen dabei?«

Frau Hanstein schien angestrengt zu überlegen. »Ich denke schon«, sagte sie nach einer Weile. »Es gibt ein Foto. Ich hole das Album.« Mit erstaunlicher Geschmeidigkeit erhob sie sich von ihrem Gartenstuhl und verschwand in der Wohnung.

Olaf nutzte die Gesprächspause dazu, sich an die Balkonbrüstung zu stellen und den Blick über die Wiese vor dem Hochhaus wandern zu lassen. In dem halbhohen Gras erblickte er ein Kaninchen, das zu dem Gebüsch vor einem der mehrgeschossigen Häuserblocks hoppelte und im dichten Laub verschwand. Seine Bemerkung darüber, was er gerade gesehen hatte, wurde von Herrn Hanstein bloß mit einem stummen Nicken quittiert. Wie es schien, war das für den alten Mann die einzige Möglichkeit zu kommunizieren. Oder er war nicht zu mehr Interaktion bereit.

Als Erika Hanstein zurückkam, schob sie ihren Stuhl auf Olafs Seite des Tisches und öffnete ein abgegriffenes Fotoalbum. Herrn Hanstein schien es nicht zu stören, dass er die Bilder auf dem Kopf sah. Er bekam einen verklärten Blick, als seine Frau das erste Foto kommentierte: Jungs, vielleicht zehn Jahre alt, beim Fußballspielen. »Die haben Bretterwand an unser Haus gespielt. Können Sie sich vorstellen, was das für Schläge gegeben hat? Na, denen hab ich was erzählt!«

Herr Hanstein grinste kopfnickend.

Die alte Dame blätterte eine Seite weiter. »Der hier ist Klaus Lokotsch.« Sie deutete auf einen Indianerhäuptling mit prächtigem Federschmuck. Um ihn herum standen mehrere Cowboys. Eine Prinzessin mit Plastikkrönchen und schneeweißem Kleid zielte mit einer Zündplätzchenpistole in Richtung Kamera. »Das muss Fasching neunzehnhundertsiebzig gewesen sein, oder es war in dem Jahr danach.«

»Wissen Sie, wer die anderen Kinder sind?«, fragte Olaf.

»Der da«, sie zeigte auf einen der Cowboys, »hieß Jürgen, der Kleine daneben Carsten. Das Mädchen ist unsere Barbara. In dem Alter ging sie immer als Prinzessin. Später hat sie ein Hemd von Sepp genommen, Löcher reingeschnitten, es bemalt und ging als Hippie. Weißt du noch, Sepp?«

Herr Hanstein gab ein für seine Verhältnisse polterndes Lachen von sich.

»Wissen Sie, was aus den Kindern geworden ist? Haben Sie noch Kontakt?«

»Jürgen und seine Familie sind weggezogen, ich glaube nach Kassel. Das war neunzehnhundert …« Frau Hanstein begann angestrengt nachzudenken. »Das muss kurz nach der Olympiade gewesen sein, die mit dem Attentat, sie wissen schon, die Palästinenser.«

»Die Olympischen Spiele in München? Das war neunzehnhundertzweiundsiebzig.«

»Richtig.« Die alte Dame hatte bereits eine Seite weitergeblättert. »Und hier«, sie deutete auf eines der Bilder, »sehen Sie Manfred nach einer seiner famosen Ausgrabungen.« Sie lachte. »Er war von oben bis unten voller Dreck. Ich habe ihn sofort in die Badewanne gesteckt.«

Olaf betrachtete das Schwarzweißfoto aufmerksam. Vier Jungs in kurzen Hosen und mit zerzausten Haaren grinsten triumphierend in die Kamera. Alle hielten Plastiktüten wie Trophäen in die Höhe. Der zweite Junge von links wies dieselben Gesichtszüge auf wie der Indianerhäuptling auf dem Faschingsfoto, musste also Klaus Lokotsch sein.

»Wissen Sie, wer diese Kinder sind?«, fragte Olaf.

»Der hier ist mein Manfred, daneben der Klaus, also der Vater Ihrer Freundin. Der da heißt Gecko …«

»Gecko?«, unterbrach sie Olaf. »Ist das ein Spitzname?«

»Vielleicht war es sein Nachname«, sagte Frau Hanstein nachdenklich. »Sepp, weißt du, wie dieser Gecko wirklich hieß?«

Ihr Mann antwortete mit einem irritierten Blick.

»Dieser Junge hieß bei allen Gecko«, stellte sie klar.

»Und der Junge ganz rechts? Wer ist das?«

»Winni. Ach herrje, das ist ja schon wieder ein Spitzname. Wahrscheinlich hieß er Winfried.«

»Erinnern Sie sich, wo diese Kinder gewohnt haben?«

»Ja. Sicher. Der Gecko wohnte in diesem Häuserblock.« Frau Hanstein war aufgesprungen und deutete weit über die Brüstung gelehnt nach links. Olaf stellte sich neben sie und prägte sich das Gebäude ein. Sie nannte ihm die Hausnummer. »Dieser Winni wohnte im selben Block einen Hauseingang weiter.«

»Haben Sie noch Kontakt zu Gecko und Winni, oder vielleicht zu den Eltern?«, fragte Olaf.

»Überhaupt nicht. Christel hat damals beim Latscha an der Kasse gearbeitet, zeitweise auch an der Wursttheke. Sonst hatte ich nichts mit ihr zu tun. Und die Eltern von Winni kannte ich nicht einmal, als die Kinder klein waren.«

»Aber Ihr Sohn Manfred oder vielleicht eines der anderen Kinder könnten den Kontakt gehalten haben«, sagte Olaf.

»Das ist sehr unwahrscheinlich«, gab die alte Frau zurück. »Wenn überhaupt kommt nur Manfred infrage. Meine beiden anderen haben mit diesen Kindern gar nicht gespielt. Ich gebe Ihnen Manfreds Telefonnummer. Er wohnt in Stuttgart.«

Olaf sah wieder auf das Foto mit den vier Schatzgräbern. »Wissen Sie, was sie in diesen Plastiktüten haben?«

»Das übliche Zeug. Römerscherben. Oder was die Kinder dafür hielten. Ich schätze, das meiste war von ganz und gar nicht antiken Blumentöpfen.« Frau Hanstein lächelte. »Einmal sind die Kinder mit einem Berg voller Tierknochen nach Hause gekommen.«

»Tierknochen!«, sagte Olaf verwundert.

»Alle Arten von Knochen und kleinen Schädeln.« Die alte Frau blickte ihren Mann an, der ihr wissend zunickte. »Manfred hat einige davon in die Schule mitgenommen. Die Lehrerin meinte, es seien Knochen von Hunden und Katzen.«

»Was ist mit dem ganzen Zeug passiert, das die Kinder ausgegraben haben?«

»Manfred hat seine Schätze im Kinderzimmer in einem Schuhkarton gehortet. Der ist später im Keller gelandet. Ich glaube, Manfred hat das Zeug irgendwann zu sich nach Stuttgart genommen, stimmt's Sepp?«

Herr Hanstein stellte ein ratloses Gesicht zur Schau.

»Kann es sein, dass diese Sachen noch in Ihrem Keller sind?«, fragte Olaf.

»Eher nicht«, meinte Frau Hanstein. »Jetzt hole ich einen Stift und Papier und schreibe Ihnen Manfreds Telefonnummer auf. Bevor ich es noch vergesse.«

Da er schon in der Nordweststadt war, beschloss Olaf, die Gelegenheit für einen Zwischenstopp im Martin-Luther-King-Park zu nutzen.

127

Er benötigte bloß wenige Minuten, bis er den Hammarskjöldring erreicht hatte, die Straße, die den Park in nördlicher Richtung abschloss. Die Stelle, an der er den Wagen parkte, könnte dieselbe sein, an der Simone Lokotsch vor der Übergabe der Münze ihr Auto abgestellt hatte, dachte er, als er den Fußweg in den Park hinein nahm. Dann wäre sie vermutlich auch diesen Weg entlanggegangen.

Es waren nur wenige Menschen in dem mit weitläufigen Wiesen und üppigen Bäumen ausgestatteten Park unterwegs. Nur vom Spielplatz, an dem Olaf vorbeikam, drang Kinderlärm.

Sollte er erwartet haben, hier im Park etwas Entscheidendes zu entdecken, wusste er nun, dass ihm über die Umstände der Übergabe kaum etwas bekannt war. Seine Mutmaßungen über die Route, die Simone Lokotsch genommen hatte, konnten völlig falsch sein. Gut, dass er sie mit Saras Hilfe nun schlicht fragen konnte. Ob ihn das in irgendeiner Weise voranbringen würde, war ihm unklar.

Sicher aber war, dass ihm der kurze Spaziergang im Park gutgetan hatte. Gerade hatte er beschlossen, zurück zum Auto zu gehen, als sich sein Handy bemerkbar machte.

»Hallo Hubert, hast du die Fotos bekommen?«

Bei den Hansteins hatte Olaf einige der Bilder aus dem Album abfotografiert und an Hubert geschickt, zusammen mit Fotos von den Klingelschildern des Häuserblocks, in dem die Kinder Gecko und Winni gewohnt hatten.

»Deshalb rufe ich an«, hörte er Huberts Stimme. »Einen der Jungs auf dem Foto mit den Schatzgräbern erkenne ich. Der ganz rechts ist Winni. Unter dem Namen kannten ihn alle. Aber durch das Foto mit den Namensschildern ist mir wieder sein richtiger Name eingefallen: Winfried Kühnemuth. Für uns aber war er der Winni.«

Olaf ließ sich auf einer Parkbank nieder. »Das klingt doch schon mal nach einer Spur, die ich verfolgen kann. Erkennst du noch jemanden auf dem Foto?«

»Manfred natürlich«, sagte Hubert. »Danke für das Bild, übrigens. Das werde ich mir ausdrucken. Ich frage mich, was aus dem geworden ist. Was haben seine Eltern über ihn gesagt?«

Eigentlich hatte Frau Hanstein ihm kaum etwas darüber erzählt, was ihr Sohn Manfred heute machte, dafür sehr viel über die Zeit, in der ihre Kinder klein gewesen waren. »Er wohnt in Stuttgart. Ich habe seine Telefonnummer. Du kannst ihn ja mal anrufen.«

Olaf blieb auf der Parkbank sitzen. Er tippte die Nummer, die ihm die alte Dame auf einem Zettel notiert hatte, in den Messenger und schickte sie an Hubert. Dann wählte er selbst die Nummer und ließ es lange klingeln. Auch beim dritten Versuch ging Manfred Hanstein nicht dran. Er würde es zu einem anderen Zeitpunkt versuchen.

Eine Weile sah er den Spatzen zu, die sich mit viel Gezwitscher an den knallroten Beeren eines Busches gütlich taten. Dann nahm er wieder das Smartphone in die Hand. Die Google-Suche gab mehrere Treffer zu Winfried Kühnemuth zurück. So gab es neben einem in Virginia, USA, auch einen in Australien. Er entschied sich dafür, den Namensvetter in Karben anzurufen: »Elektroinstallationen Kühnemuth und Wagner« lautete der Eintrag. Die Wetterau erschien Olaf aussichtsreicher als Übersee.

Er probierte die Nummer mehrere Male, bis er akzeptierte, dass er außer einer nervigen Ansage, es werde auf allen Leitungen gesprochen, nichts zu hören bekam. Schließlich gab er die Adresse der Firma ins Navi ein. Er wollte sich sofort auf den Weg nach Karben machen. Mit etwas Glück würde er Winfried Kühnemuth persönlich antreffen oder sich zumindest mit ihm verbreden können.

Das Navi lotste ihn über die A661 und die B3 in ein Gewerbegebiet in Karben. Er stellte das Auto in einer kleinen Einfahrt ab, wo neben zwei Transportern mit der Aufschrift der Firma ein Ford Focus parkte. Aus einem Nebengebäude drangen Arbeitsgeräusche, wie es schien von einem Akkuschrauber. Olaf lief auf das Schild mit der Aufschrift »Büro« an der Eingangstür des Hauptgebäudes zu. Über eine kurze Treppe gelangte er zu einer weiteren Tür, die verschlossen war. Er drückte auf einen Klingelknopf.

Der Mann mit der Vollglatze, der die Tür mit einem heftigen Ruck aufstieß, musterte ihn abweisend. »Wir nehmen keine Aufträge an.«

Fast glaubte Olaf, er würde die Tür wieder zuschlagen. Er musste sich zurückhalten, nicht den Fuß dazwischen zu stellen. »Ich bin nicht wegen eines Auftrags hier«, sagte er.

»Kann das nicht warten?« Der Mann machte keine Anstalten, ihn hereinzulassen. »Ich bin sehr beschäftigt.«

Es war ihm anzusehen, dass es stimmte, was er sagte. Trotz seiner ablehnenden Haltung trat er keineswegs grob auf. Er wirkte aufs Äußerste gestresst.

»Ich habe versucht, Sie anzurufen. Wenn es Ihnen jetzt nicht passt, wäre ich dankbar, wenn wir eine Uhrzeit ausmachen könnten, zu der wir telefonieren.«

»Worum geht es überhaupt?«, sagte der andere knapp.

»Ich helfe einer Bekannten, Kindheitsfreunde ihres Vaters ausfindig zu machen. Wie es scheint, waren Sie als Kind mit ihrem Vater befreundet. Sofern Sie Winfried Kühnemuth sind.«

»Der bin ich nicht. Ich bin Winfrieds Kompagnon.« Der Mann schnaufte gequält. »Ich *war* sein Kompagnon. Winfried ist tot.«

»Entschuldigung. Ich hatte keine Ahnung …«

»Winfried wurde vorgestern ermordet«, fuhr der Mann fort. »Und ich weiß echt nicht, wo mir der Kopf steht.«

Olaf verspürte ein Kribbeln. War zu seinem Entführungsfall nun ein Mordfall hinzugekommen? »Wollen Sie nicht eine kurze Pause machen und mir erzählen, wie es dazu kam?«

Der Mann trat einen Schritt zur Seite. »Aber nicht länger als zehn Minuten.«

25

»Du machst einen der Jungen aus, mit denen Simones Vater als
Kind gespielt hat, und erfährst, er wurde gerade ermordet?« Für
seine Verhältnisse klang Gottfried fassungslos.

Auch Olaf war verwirrt. Er wusste nicht, welchen Reim er sich
darauf machen sollte. Gottfrieds Stimme aus der Freisprechan-
lage wirkte tröstlich vertraut. Auch wenn der genauso ratlos
erschien wie er selbst. Dabei hatte Olaf die Geschichte noch gar
nicht zu Ende erzählt. Die Ampel sprang auf Grün, und er lenk-
te den Wagen auf die B3 in Richtung Frankfurt.

»Kennst du Einzelheiten zu dem Mord?«, wollte Gottfried
wissen.

»Momentan weiß ich nur das, was mir dieser Herr Wagner erzählt hat, Kühnemuths Geschäftspartner. Er hat die Leiche gefunden.«

»Er ist also in seiner Firma ermordet worden«, stellte Gottfried
fest.

»Richtig. Es muss am späten Abend im Büro passiert sein.
Herr Wagner sagt, Kühnemuth wollte am Abend Rechnungen
schreiben. Ich habe verstanden, dass sie im Verzug waren und
entsprechend viel zu tun hatten. Am nächsten Morgen, als er zur
Arbeit kam, habe er Kühnemuths Leiche gefunden. Der Mann
war ganz schön durch den Wind, als ich eben mit ihm gesprochen habe.«

»Nachvollziehbar«, sagte Gottfried. »Er hat jeden Tag mit
Kühnemuth zusammengearbeitet. Das kann keinen kalt lassen.«

»Das wäre schon schlimm genug.« Olaf stockte, konnte es
selbst noch nicht fassen, was er als nächstes erzählen musste.
»Aber da war noch was: Kühnemuth hatte an Oberkörper und
Armen unzählige Stiche, vermutlich von Nadeln oder von einem
Messer. Außerdem hatte man ihm Fingernägel herausgerissen
und den Zeigefinger der rechten Hand abgetrennt.«

»Er wurde gefoltert?«, sagte Gottfried erstaunt.

»Es sieht so aus, als wäre Winfried Kühnemuth alias Winni zu Tode gequält worden.« Vor Olafs Augen erschien das erschütterte Gesicht von Kühnemuths Geschäftspartner.

Gottfried sagte einen Moment lang nichts. Auch er schien beeindruckt von dem, was Olaf erzählt hatte. »Wir müssen unbedingt mehr Einzelheiten erfahren«, sagte er schließlich. »Darüber, was genau geschehen ist und natürlich die möglichen Hintergründe. Du solltest versuchen, über deinen Sohn den Ermittlungsstand der Polizei herauszubekommen.«

»Abgesehen davon, dass er mir sowieso nichts erzählen würde – der Mord passierte in der Wetterau. Das fällt nicht in Tobias' Bereich.«

»Wenn wir in unserem Fall vorankommen wollen, müssen wir mehr wissen.«

»Es ist nicht gesagt, dass der Mord an Kühnemuth etwas mit der Entführung von Kaja Lokotsch zu tun hat«, wandte Olaf ein. »Die beiden Fälle ähneln sich überhaupt nicht. Kühnemuth wurde grausam ermordet. Die Lokotschs dagegen werden durch Drohungen und Kajas Entführung in Panik versetzt, um Münzen zu erpressen.«

»Gerade wurde Kühnemuth als einer der Schatzgräber identifiziert, und prompt ist er tot. Nach einem Zufall sieht das nicht aus. Ich bin sicher, bei beiden Fällen geht es um dasselbe Motiv. Die Kinder müssen in der Römerstadt etwas Wertvolles aus der Erde geholt haben.«

»Römische Münzen? Wer sollte dafür einen Teenager entführen und einen Mann töten?«

»Antike Münzen aus der Römerstadt sind das, was beide Fälle gemeinsam haben«, sagte Gottfried.

»Wir wissen, dass Kühnemuth als Kind altes Zeug aus der Erde gegraben hat. Dass es römische Münzen waren, ist reine Spekulation.«

»Er hat gemeinsam mit Simone Lokotschs Vater gegraben. Und der fand eine Münze, die die Entführer unbedingt haben wollten. Nun bedrohen diese Leute Simone erneut, weil sie eine weitere Münze wollen.«

»Du meinst, Kühnemuth besaß diese zweite Münze? Aber der wurde bereits vorgestern ermordet. Sollte es um diese Münze gegangen sein, hätten die Entführer Simone nicht danach gefragt.«

»Möglicherweise existieren mehr als zwei. Kühnemuth könnte eine dritte Münze besessen haben. Und vielleicht wurde er gefoltert, damit er preisgibt, wo sie zu finden ist.«

»Das erscheint mir weit hergeholt. Eine Münze im Wert von hundert Euro hätte ich noch vor dem ersten ausgerissenen Fingernagel hergegeben.« Für einen Moment versuchte Olaf sich die Qualen vorzustellen, die der arme Mann erlitten haben musste. Dann verdrängte er die grauenhafte Vorstellung.

»Vielleicht hatte er die Münze gar nicht«, erwiderte Gottfried, »aber ihm wurde nicht geglaubt.«

»So was kann durchaus einige Fingernägel kosten.«

Gottfried ging nicht auf den makabren Scherz ein. »Zu Zeiten der Hexenverfolgungen haben Leute unter Folter alles Mögliche gestanden, nur damit die Schmerzen ein Ende hatten. Der Gerichtsschreiber hat ihre Aussagen akribisch notiert: dass sie im Bunde mit dem Teufel ständen, verantwortlich für die letzte Missernte wären oder für Totgeburten. Sie gaben jeden Unsinn zu, der ihnen in den Mund gelegt wurde. Natürlich war kein Wort davon wahr, weshalb sie es erst nach der zweiten oder dritten Daumenschraube zugaben. Nach der vierten oder fünften haben sie Namen angeblicher Komplizen genannt, die mit ihnen nackt um den Kessel mit Zaubertrank gehüpft seien, Eltern, Geschwister oder auch gerne mal der Bürgermeister.«

»Glaubst du, Kühnemuth hat einen Namen genannt?«

»Er könnte den Namen von Simones Vater genannt haben: Klaus Lokotsch.«

Olaf war nach dem Telefonat mit Gottfried verwirrter als zuvor. Zu Hause angekommen, versuchte er seine Gedanken zu sortieren. Es wollte ihm nicht einleuchten, weshalb Menschen sich für wertlose Münzen zu solchen Verbrechen treiben ließen. Wenn die beiden Fälle irgendeine Verbindung miteinander hatten, dann waren es gewiss nicht Münzen. Hatten die Kinder vielleicht etwas anderes ausgegraben, etwas viel Wertvolleres? War es das, was die Täter in Wirklichkeit wollten? Betrachtete man dagegen, was den beiden Fällen tatsächlich gemeinsam war, schien es, als ginge es den Tätern darum, ihre Opfer zu quälen. Bei den Lokotschs waren es psychische, bei Kühnemuth handfeste physische Qualen. Waren kranke Sadisten am Werk, die ihre Neigung wahllos und ohne erkennbaren Plan auslebten?

Er setzte sich an den Schreibtisch und fuhr den Laptop hoch. Bislang wusste er über den Mord nur das, was Kühnemuths Geschäftspartner erzählt hatte. Vielleicht hatte er maßlos übertrieben?

Olaf rief die Webseite des Presseportals der Polizei Mittelhessen auf. Für den Vortag, also den Tag, an dem der Mord entdeckt worden war, gab es drei Einträge. Neben Berichten über eine sexuelle Belästigung und einen Wohnungseinbruch gab es eine Pressemitteilung zu einem »bestialischen Mord in Karben«. Schon nach wenigen Zeilen wurde Olaf klar, dass dieser Herr Wagner keinen Unsinn erzählt hatte. Zwar ließ der Polizeibericht Details über die Misshandlungen aus, die ihm Kühnemuths Partner mit bleichem Gesicht geschildert hatte. Der Begriff »brutale Folter« ließ allerdings keinen Zweifel daran, dass er nicht übertrieben hatte. In dem Bericht wurde ferner darauf hingewiesen, dass nichts in den Geschäftsräumen der Firma entwendet worden war.

Den Mord hatte es tatsächlich gegeben, und er war so grauenvoll gewesen, wie von Herrn Wagner geschildert. Ob es sich bei dem Opfer aber tatsächlich um den richtigen Winni handelte, also den Jungen, der mit Simones Vater mutmaßlich eine römische Münze aus dem Boden gebuddelt hatte, war allerdings noch zu beweisen.

Olaf brauchte nicht lange, um auf Facebook die Seite von Kühnemuths Elektrofirma zu finden. Von dort gelangte er rasch auf dessen Facebook-Profil. Es trug den Namen »Der Kühni«. Wie es schien, war aus dem Winni der Kühni geworden.

Kühnemuths Profil war schwer zu ertragen. Es war vollgestopft mit Hetze und Verschwörungstheorien. »Die Grünen wollen Sex mit Kindern legalisieren« war das letzte *Meme*, das Kühnemuth in seinem Leben geteilt hatte.

Olaf fragte sich, ob Kühnemuth ein netter Mensch gewesen war. Vielleicht nett und dumm? Er musste an Thorsten denken, mit dem er viele Jahre einen kumpelhaften Umgang gepflegt hatte. Seit Kurzem erschien sein Nachbar wie von einer psychischen Krankheit befallen. War Thorsten ein netter Mensch? War er es *noch*?

Olaf verdrängte den Gedanken und klickte auf den Infobereich in Kühnemuths Profil: Dasselbe Geburtsjahr wie das von Klaus Lokotsch, und er war auf die Ernst-Reuter-Schule in der Nordweststadt gegangen. Es deutete alles darauf hin, dass es der richtige Kühnemuth war, der Winni, der als Kind zusammen mit Klaus Lokotsch in der Erde gegraben hatte.

Olaf blätterte sich durch das Profil: ein Potpourri von »Der Bevölkerungsaustausch ist in vollem Gange« bis zu »Altparteien alle korrupt«. Nur bei wenigen der von Kühnemuth geteilten Artikel ging es um Neuigkeiten aus der Elektrobranche.

Was ganz und gar fehlte, waren Hinweise auf altrömische Münzen. Sollte Kühnemuth etwas damit zu tun gehabt haben, hatte er es auf Facebook für sich behalten.

26

Bis ins Nordend war es nicht weit, Olaf konnte zu Fuß gehen. In der vergangenen halben Stunde waren am Himmel bedrohliche Wolken aufgezogen, und die Luft hatte sich deutlich abgekühlt. Laut Wetterbericht sollte es ein Gewitter geben.

Gottfried hatte ihn am Nachmittag nochmal angerufen. Er müsse unbedingt dieser Antiquitätenhändlerin auf den Zahn fühlen. Zu diesem Zeitpunkt war der Termin mit ihr längst vereinbart gewesen. Olaf solle um halb acht, lange nach Ladenschluss, kommen, hatte Sybille Eckert mit einer angenehmen Altstimme am Telefon gesagt. Dann sei nicht mehr »so viel Trubel«. Olaf wunderte sich, warum sie sich nicht zu den normalen Geschäftszeiten treffen konnten. War in dem Laden tatsächlich so viel los, dass man von einem Trubel reden musste? Das passte nicht in Olafs Vorstellung von einem Antiquitätenladen mit wohlsituierten Kunden, die alte Kostbarkeiten betrachteten. War es seine Ankündigung, er interessiere sich für altrömische Münzen, weshalb Frau Eckert ihn zu einer so späten Uhrzeit zu sich bestellt hatte?

Er überquerte den Alleenring und vergewisserte sich mit einem Blick auf das Handy-Navi, dass er auf dem richtigen Weg war. Nach wenigen Minuten erreichte er sein Ziel.

»Antiquitäten Eckert« stand über dem Schaufenster, das man mit alten Uhren, Spiegeln und weiteren nicht auf den ersten Blick identifizierbaren Gegenständen dekoriert hatte. Olaf war zehn Minuten zu spät. Erleichtert stellte er fest, dass die Ladentür nicht verschlossen war. Aus der Ferne war ein rumpelndes Donnern zu hören. Gut, dass er den Regenschirm dabeihatte.

Im Laden fiel ihm als Erstes ein prächtig verzierter Holzschrank auf. Er erblickte weitere Möbel, Tische, Anrichten und Vitrinen, auf die weitere Objekte gestellt waren. Olaf machte Engelsfiguren aus, ein Grammophon, eine Schreibmaschine, geblümte Kaffeetassen. Der Verkaufstresen mit seiner weißen Front und der polierten Holzplatte wirkte dagegen unpassend modern.

Aus einiger Entfernung, vermutlich aus einem Hinterzimmer, war laute Musik zu hören. ›Eye Of The Tiger‹. Das Stück war alt, aber nicht antik. Olaf musste bei dem Gedanken grinsen. »Hallo! Frau Eckert?« Er rief mehrere Male, aber die Chefin des Ladens machte sich nicht bemerkbar. Ob sie die Verabredung vergessen hatte? Oder wollte die Dame das Ganze etwas spannend machen? Vielleicht plante sie einen dramatischen Auftritt.

Er sah sich weiter in dem Laden um, betrachtete ein messingfarbenes Fernrohr, danach einen hölzernen, verzierten Vogelkäfig. »Frau Eckert?«, versuchte er es erneut. Nun ertönte aus dem Hinterzimmer ein neues Musikstück: ›Whole Lotta Rosie‹ von AC/DC. Die Antiquitätenhändlerin spielte solche Musik ganz bestimmt nicht während der Geschäftszeiten, wenn Kunden im Laden waren. Aber er hatte sich doch bei ihr am Telefon als potenzieller Kunde vorgestellt. Diese Frau Eckert schien eine exzentrische Persönlichkeit zu sein.

Schließlich war er es leid, noch länger auf die Dame zu warten. Die Musik kam aus der Richtung des Flurs, der sich ans Ende des Verkaufsraums anschloss. Olaf musste an einem alten Klavier vorbei, um in den spärlich beleuchteten Gang zu treten, der Musik entgegen. Als er eine Tür mit der Aufschrift »Privat« erreichte, hielt er kurz inne. Anzuklopfen konnte er sich sparen, entschied er. AC/DC machten einen solchen Lärm, dass niemand in dem Raum ein Türklopfen vernehmen würde.

Er betrat einen komplett abgedunkelten Raum. Draußen war es wegen des nahenden Gewitters düster geworden, hier drinnen aber herrschte finstere Nacht.

»Frau Eckert!«, rief er gegen die schier ohrenbetäubende Rockmusik an. Er tastete nach einem Lichtschalter neben der Tür. Erfolglos. Der Schalter musste auf der anderen Seite sein. Seine Augen begannen, sich an die Dunkelheit zu gewöhnen. In dem spärlichen Licht, das durch den Flur hereinsickerte, konnte er nun Konturen wahrnehmen. Und er erkannte die Umrisse eines Menschen. Wenige Schritte vor ihm saß jemand auf einem Stuhl.

»Frau Eckert?« Er hörte seine eigene Stimme nicht. Wie konnte man nur die Musik so laut aufdrehen! Er vermochte keinen klaren Gedanken zu fassen. Er machte einige Schritte auf den

Stuhl zu. Ja, eindeutig, dort saß jemand. Wer immer es war, er schien keine Notiz von ihm zu nehmen.

Olaf lief zur Tür zurück und suchte den Lichtschalter, nun auf der anderen Seite des Türrahmens. Als er endlich den Schalter drückte, schien es, als zucke ein gellender Blitz durch den Raum. Er musste für mehrere Sekunden die Augen zukneifen.

Als er sie wieder öffnete, glaubte er, jemand würde ihm den Boden unter den Füßen wegziehen. Vor einer Küchenzeile neben einem Kaffeetisch und einem kleinen Sofa saß eine Gestalt. Der Kopf der an den Stuhl gefesselten Frau war grotesk in den Nacken gestreckt. Ihr nackter Oberkörper war von geronnenem Blut verklebt, das aus zahllosen Wunden ausgetreten und auf der Haut in schmierigen Linien verlaufen war. Auf Brüsten und Bauch hatten sich blutige Pfützen gebildet.

Stiche wie von Nadeln«, schoss es Olaf durch den Kopf. Dann rannte er zu der Küchenzeile hinter der Toten und übergab sich mit würgenden Krämpfen in die Spüle.

Gottfried hatte gerade entschieden, zurück ins Hotel aufzubrechen, als sein Handy ›Der Kommissar‹ von Falco spielte: Olafs Klingelton. Er blickte in Phils ironisches Gesicht. Natürlich fand es sein texanischer Freund albern, dass aus dem Smartphone eines Executive um die sechzig Popmusik erklang, statt eines normalen Telefonklingelns. Und gewiss hatte Phil einen im Tee – bei den Mengen Bier, die man hier vorgesetzt bekam, nicht überraschend.

»*The palace of 100 beers*«. Niemals hätte Gottfried so etwas mitten in Bangalore erwartet: eine wilde Mischung aus bayerischem Biergarten, kalifornischer Beach Party und verruchtem englischen Pub. Von belgischem Weizenbier bis zum Lagerbier aus Namibia wurde hier nahezu jede Sorte angeboten, die es irgendwo auf der Welt gab. Von der Empore im ersten Stock aus hatte Gottfried einen guten Blick hinunter auf das von Fackeln und zarten Lichtern illuminierte Treiben. Nie zuvor hatte er so viele Inder beim Biertrinken gesehen.

Er nahm das Telefon ans Ohr. Vishnu, der Leiter der *Purchase*-Abteilung, der sicher war, ihm mit dem Besuch eines Biergartens eine große Freude gemacht zu haben, blickte ihn neugierig an.

Dann jedoch stimmte er in das allgemeine Gelächter über einen Witz ein, den einer der Kollegen am Tisch gemachte hatte. Betrunkene Inder waren auch nicht anders als Deutsche, dachte Gottfried.

»Olaf, was gibt's?« Er saugte am Strohhalm seiner Mango-Lassi.

»Noch eine Leiche«, kam es aus dem Hörer. Olaf klang angeschlagen.

»Wer ist es diesmal?«

»Die Antiquitätenhändlerin, diese Sybille Eckert.«

»Tatsächlich?«, entfuhr es Gottfried.

»Ich war mit ihr im Laden verabredet, und da habe ich sie gefunden.«

»Du selbst hast die Lei…?« Er brach ab. »Moment. Hier versteht vermutlich niemand Deutsch, trotzdem gehe ich mal ein bisschen von der Menge weg.« Schweigend arbeitete er sich durch einen Pulk schwatzender Biertrinker in Richtung der Toiletten vor, bis er eine verwaiste Ecke ohne potenzielle Zuhörer fand. »Du selbst hast die Leiche entdeckt?«, setzte er das unterbrochene Gespräch fort.

»Und wie ich die entdeckt habe! Ein Splatter Movie ist nichts dagegen.«

»Viel Blut?«, sagte Gottfried vorsichtig.

»Es ist ein grausiger Anblick. Jetzt weiß ich, wie diesem Herrn Wagner zumute war.«

»Der Kollege von Kühnemuth?«

»Genau der. Der Mann, der Kühnemuth gefunden hat, nachdem er zu Tode gefoltert wurde.«

»Und Sybille Eckert? Was ist mit ihr passiert?«

»Die Frau ist an einen Stuhl gefesselt. Sie hat unzählige Stiche wie von Nadeln. Man hat sie zu Tode gequält.«

»Genauso wie bei Kühnemuth«, sagte Gottfried verblüfft. »Das waren dieselben Leute.«

»Es wäre seltsam, wenn es nicht so wäre. Aber warum wurden die beiden auf diese bestialische Weise umgebracht?«

»Um aus ihnen Informationen herauszupressen«, sagte Gottfried. »Kühnemuth hat unter der Folter bestimmt den Namen Lokotsch genannt. Deshalb verlangen die Entführer plötzlich eine zweite Münze von Simone. Und er könnte sie auch auf Sybille Eckert gebracht haben.«

»Und die haben sie gefoltert, um auch von ihr Informationen zu erhalten?«

»Es ist auf jeden Fall denkbar.«

»Ich kann mir genauso gut vorstellen, dass hier Sadisten am Werk waren, denen es Lust bereitet, ihre Opfer zu quälen.«

»Das glaube ich nicht. Wurde die Frau vergewaltigt?«

»Soweit ich es sehen kann, nicht.«

Auf einmal wurde Gottfried bewusst, dass Olaf stets die Gegenwartsform benutzte, wenn er über die Leiche redete. »Olaf, wo bist du jetzt gerade? Doch nicht etwa bei der Toten!«

»Ich stehe genau neben ihr«, sagte Olaf gepresst, »und warte auf die Polizei.«

Gottfried hatte Probleme, sich Olaf bei einer blutüberströmten Leiche vorzustellen. Und er wollte es auch nicht. »Wir haben zwei Morde«, resümierte er, »einen entführten Teenager und eine Mutter, die wegen römischer Münzen terrorisiert wird. Alles hängt auf irgendeine Weise mit diesen Münzen zusammen.«

Von Olaf kam ein unbestimmtes Brummen zurück.

»Es geht um die Münzen«, fuhr Gottfried fort, »oder um die Umstände, unter denen sie ausgegraben wurden. Darüber müssen wir mehr erfahren. Wer waren die Kinder, die sie gefunden haben? Was ist aus ihnen geworden?«

»Ich muss gleich meine Aussage bei der Polizei machen«, sagte Olaf matt. »Anschließend gehe ich in den ›Krummen Hund‹ und trinke ein paar Äppler. Und danach falle ich ins Bett. Mehr mache ich heute nicht mehr.«

Olaf hatte aufgelegt. Mit dem war heute nicht mehr zu rechnen. Schließlich stolperte man nicht oft über eine übel zugerichtete Leiche. Als Gottfried sich durch die Menge seinen Weg zurück an den Tisch gebahnt hatte, bemerkte er, dass ihn jemand beobachtete. Er brauchte einen Moment, bis er die junge Frau erkannte, die ihm mit zur Begrüßung ausgestreckter Hand entgegenkam. Sie war auffällig klein und pummelig. Er hatte sie zuletzt auf einem anderen Kontinent gesehen: im ›Krummen Hund‹.

Ihr Händedruck war fest, dabei strahlten ihre schwarzen Augen große Freude über das Wiedersehen aus.

»*Ashwini, you here?*«, sagte Gottfried.

»*And you here in the Palace of 100 beers*"*, antwortete die junge Frau, als sei es für ihn unpassend, an einem solchen Ort angetroffen zu werden.

Ashwini hatte in ihrem vorherigen Fall enorm wichtige Beiträge geleistet. Sie war nicht nur eine hervorragende Data-Science-Expertin. Sie war auch smart genug gewesen, den Hintergrund ihres Auftrags zu durchschauen, dass es nämlich nicht um Recherchen zu einer angeblichen Geschäftsidee gegangen war, wie Olaf ihr weiszumachen versucht hatte, sondern um die Aufklärung eines Mordes. Und Ashwini hatte sich als verlässlich erwiesen, denn sie behielt vertrauliche Informationen für sich. Gottfried war ihr nur einmal begegnet. Dass sie ihn erkannt hatte, erstaunte ihn, obwohl er als Europäer und wegen der Tatsache, dass er bloß aus Haut und Kochen bestand, für eine Inderin gewiss einen hohen Wiedererkennungswert hatte.

»Und Sie müssen Phil sein«, sagte sie auf Englisch zu Gottfrieds texanischem Freund. Auch ihm reichte sie die Hand zur Begrüßung.

»Schön, dass wir uns einmal persönlich kennenlernen.« Phil strich sich über seinen weißen Bart. Dann wandte er sich an Gottfried. »Ich habe Ashwini geschrieben, dass du heute Abend hier bist. Vor wenigen Wochen habe ich sie an dich vermittelt, und du warst von ihrer Arbeit sehr angetan. Jetzt hat sie zum Ausdruck gebracht, dass sie gerne wieder einen Auftrag von dir annehmen würde.«

Es war also kein Zufall, dass Ashwini in diesem Bierpalast war. Gottfried blickte in ihre hellwachen schwarzen Augen. Im Gegensatz zu den meisten um ihn herum war sie so nüchtern wie er selbst. Sie war nicht gemacht für den Bierrausch, für den die Leute hierherkamen.

Und als Data Scientist war sie wirklich gut.

»Ich habe tatsächlich einen neuen Auftrag für Sie«, sagte er.

27

Der ›Krumme Hund‹ strahlte eine behagliche Normalität aus.
Karin wuselte energisch am Zapfhahn herum und stürzte in
unregelmäßigen Abständen mit einem Tablett hinter dem Tresen hervor. Olaf saß zusammen mit Günther an einem der Tische. Günther hatte irgendwann begonnen, über Eintracht
Frankfurt zu fabulieren, und nicht mehr aufgehört. Unter normalen Umständen hätte Olaf zumindest den Versuch unternommen, ihn zu stoppen. Heute aber war nichts normal, und er
beschränkte sich auf gelegentliche Einwände wie »Unglaublich!«
oder »Super!«.

Dennoch schweiften seine Gedanken immer wieder ab: wenn
nicht zu Sybille Eckerts Leiche dann zu der Befragung durch die
Polizei. Zum Glück war sein Sohn Tobias nicht unter den Polizisten gewesen, die zum Tatort gekommen waren. Er hatte sich
zuvor eine Geschichte ausgedacht, die seine Anwesenheit in
dem Antiquitätenladen erklären sollte. Sie war nicht kompliziert.
Er sei mit der Händlerin verabredet gewesen, weil er sich für alte
Münzen als mögliche Geldanlage interessiere. Von Römern war
dabei nicht die Rede gewesen. Die Polizisten hatten ihm die
Geschichte abgenommen und Olaf nichts über seine Recherchen preisgeben müssen.

Wieder blitzte vor seinen Augen der Anblick der blutüberströmten Toten auf. Es würde lange dauern, bis er diese Bilder
loswürde. Gut, dass er Günther als Ablenkung hatte. »Was
macht Stepanović heute so?«, befeuerte er Günthers Redeschwall, und wie erwartet hob der zu einer ausufernden Geschichte über den legendären Trainer von Eintracht Frankfurt
an. Als Karin beiden einen weiteren Äppler brachte, spürte Olaf
den Alkohol bereits in seinem Kopf. Amüsiert lauschte er Günthers Geschichten, die nicht einmal zur Hälfte wahr sein konnten, aber ausgesprochen witzig waren.

Gerade als er ausgelassen über eine der vielen Pointen lachte,
entdeckte er Thorsten. Mit bierernster Miene kam er an den

Tisch und setzte sich unaufgefordert auf den Stuhl neben Günther.

»Hast du den Artikel über das Bor-Embargo gelesen?«, fragte er Olaf.

»Was für 'n Embargo?«, sagte Günther, bevor Olaf etwas antworten konnte.

»Die Eliten unterlaufen das Embargo für Bor«, erwiderte Thorsten rechthaberisch. »Und das könntest auch du wissen, wenn du dich nur mal im Internet schlau machen würdest.«

»Wer will schon lumpiges Bor?« Günther grinste. Er zwinkerte Olaf zu. »Ich geh' mal pissen.« Er ging mit dem Apfelweinglas in der Hand an den Tresen, wo er gewiss nicht beabsichtigte, seine Notdurft zu verrichten.

Olaf grinste. Plötzlich wurde ihm bewusst, dass er Thorstens herausfordernden Blick nicht mehr ignorieren konnte. »Tja, die Geschichte mit dem Bor …« Er hatte es sich erspart, auf die Links zu Thorstens Verschwörungstheorie zu klicken. Thorsten hatte ihm ja davon erzählt: Eigentlich eine unterhaltsame Geschichte, man sollte sie nur nicht für bare Münze nehmen. Gewiss hatte Thorsten noch weitere Storys dieses Kalibers im Köcher.

»Ein Freund von mir hat als Kind eine römische Münze ausgegraben«, änderte er das Thema. »Weißt du, was so was wert sein könnte?«

Thorsten blickte ihn verwundert an. »Woher soll ich das wissen?«, sagte er verstimmt.

»Ich dachte nur. Du interessierst dich für so viele Dinge. Du weißt über Moslems Bescheid, über Bor in Umverpackungen und dass man damit todbringende Viren züchten kann. Dann kennst du dich vielleicht auch mit Römermünzen aus.« Es kostete Olaf Mühe, ernst zu bleiben.

»Verarschen kann ich mich selbst«, sagte Thorsten angesäuert.

»Ich finde es faszinierend«, fuhr Olaf fort. »Da liegt eine Münze fast zweitausend Jahre in der Erde, bis ein zehnjähriger Balg sie wieder ausgräbt. Dabei hat er nicht die geringste Ahnung, was für einen Wert der Fund hat: eine Münze aus der Regentschaft des römischen Kaisers soundso, die jemandem ums dritte Jahrhundert nach Christi herum aus der Hosentasche gerutscht ist.« Olaf nippte an seinem Apfelwein. »Oder besser, sie ist ihm aus der Toga-Tasche gerutscht, falls es so etwas gab.«

Thorsten schien die Idee mit der Toga-Tasche nicht witzig zu finden. Er sah Olaf forschend an. »Was weißt du über die Römer?«, sagte er und beantwortete die Frage gleich selbst. »Nur das, was dir in der Schule, in den Medien und Filmen weisgemacht wurde.«

»Das meiste weiß ich aus Asterix«, versuchte Olaf es mit Humor.

Thorsten wedelte ungeduldig mit der Hand, als wollte er eine Fliege verscheuchen. »Die Medien haben ihre Vorstellungen in euren Köpfen verankert, und nun habt ihr feststehende Überzeugungen über die Römer.«

»Was stimmt denn nicht mit den Römern?« Olaf spürte, dass Thorsten kurz davorstand, eine neue Sensation zum Besten zu geben.

»Du folgst bestimmt der Mehrheitsmeinung, wonach das römische Imperium seinen Anfang in Italien genommen hätte. Und die Germanen wären rückständig gewesen und hätten in den Wäldern des Nordens gehaust.«

»So in etwa stelle ich mir das vor«, bekannte Olaf. Er lehnte sich erwartungsvoll in seinem Stuhl zurück.

»Aber wann hast du das mal hinterfragt?«, sagte Thorsten wichtig. »Woher kommen deine Vorstellungen über Römer und Germanen überhaupt?«

»Von Archäologen. Und von Geschichtsschreibern natürlich.«

»Geschichtsschreiber. Da haben wir's!«, rief Thorsten auftrumpfend. »Jemand hat diese Geschichten *aufgeschrieben*. Und wer immer es war, er war ganz bestimmt nicht dabei gewesen. Woher soll er dann Bescheid wissen, worüber er schreibt? Und ist es nicht eher so, dass diese Geschichten so verfasst wurden, dass sie gewissen Leuten in den Kram passten?«

»Aber es gibt über die Römer doch unzählige Quellen«, warf Olaf ein. »Literatur, Bauwerke, Kunstwerke. Das kann nicht alles gelogen sein.«

Wieder wedelte Thorsten mit der Hand, als müsste er ein lästiges Insekt verscheuchen. »Olaf, du bist gebildet. Dir muss ich bestimmt nicht erklären, was die Renaissance ist.«

Olaf nickte.

»Das ist die Zeit, in der die Antike wiederentdeckt wurde. Angeblich. Im Mittelalter hatten die Menschen komplett vergessen, wer so riesige Bauten wie das Kolosseum in Rom oder die Porta Nigra in Trier erbaut hatte. Es gab kein Wissen über Geschichte, ganz zu schweigen über Römer. Und plötzlich, wie aus dem Nichts, tauchten um das fünfzehnte Jahrhundert herum Leute auf, die behaupteten, sie wüssten, was in der Antike gewesen sei, und belegten das mit Schriftstücken, von denen damals niemand die Echtheit anzweifelte. Die Zeit der Renaissance hat geprägt, was wir heute über Antike und Römer zu wissen glauben. Aber Olaf, wie kannst du sicher sein, dass das nicht alles erdichtet und erlogen ist?«

»Römer gab es gar nicht?« Olaf unterdrückte ein Lachen.

»Carlos Blunt, ein amerikanischer Wissenschaftler, konnte nachweisen, dass alles, was uns seit der Renaissance über die angeblichen Römer aufgetischt wurde, eine Erfindung ist, die von einer geheimen Bruderschaft in Umlauf gebracht wurde.«

Jetzt sind wir bei den Illuminaten angekommen, dachte Olaf.

»Die Römer sind ein einziger Schwindel. Angeblich hätten sie von Rom aus ihr Imperium aufgebaut, heißt es. Carlos Blunt kann aber beweisen, dass dieses riesige Reich von einer gänzlich anderen Region in Europa ausging: nämlich von einer Stadt aus, die wir heute Mainz nennen.«

Olaf hatte gerade einen Schluck aus seinem Glas genommen. Beinahe hätte er den Apfelwein in seinem Mund über den Tisch geprustet, schaffte es aber doch, das Stöffsche energisch in Richtung Speiseröhre zu befördern. Dabei verschluckte er sich und musste gleichzeitig husten und lachen.

»Die Römer sind in Wirklichkeit Meenzer?«, rief er krächzend.

Thorsten nickte ungnädig. »Das Imperium, das heute als Römisches Reich bezeichnet wird, ging von Mainz aus. Dieses Volk war nicht von dem mediterranen, dunkelhaarigen Typ, wie uns erzählt wird. Diese Leute waren blond, rothaarig, es gab auch welche mit schwarzen Haaren. Sie sahen aus wie du und ich. Es waren Germanen. Das größte Imperium der Antike war in Wirklichkeit ein germanisches Imperium.«

»Okay, die Römer waren in Wirklichkeit Germanen«, sagte Olaf. »Wer aber waren dann die Germanen? Römer vielleicht?«

»Die Germanen aus den Geschichtsbüchern hat es so nie gegeben. Zu der Zeit waren Skandinavien und der Osten Europas von einem Volksstamm besiedelt, der aus der Gegend der heutigen Mongolei stammte. Das waren primitive Menschen auf steinzeitlichem Entwicklungsstand, mit Schlitzaugen.«

Olaf schüttelte lachend den Kopf.

»Das konnte Carlos Blunt zweifelsfrei beweisen«, sagte Thorsten heftig, »und zwar anhand einer dänischen Moorleiche. Ein DNA-Test hat eine mehr als neunundneunzigprozentige Übereinstimmung mit der von Dschingis Khan ergeben. Das muss man sich mal vorstellen: Dieser Mann aus Dänemark war ein Vorfahre von Dschingis Khan, der erst Jahrhunderte später geboren wurde!«

»Dann war Dschingis Khan ein Däne?«, sagte Olaf amüsiert.

»Lach ruhig«, sagte Thorsten ernst. »Irgendwann wirst auch du merken, dass man alles hinterfragen muss. Bei manchen dauert es halt länger. Ich schicke dir gleich die YouTube-Links zu den Interviews mit Carlos Blunt. Dann wird dir so einiges klarwerden.«

Mitten in Thorstens Ausführungen ertönte ›Smooth Operator‹. Irritiert blickte er auf Olafs Handy.

»Wichtiges Business«, sagte Olaf ironisch und nahm das Gerät in die Hand. »Sara, warte einen Moment. Ich suche mir ein ruhiges Eck zum Telefonieren.« Er erhob sich, raunte Thorsten mit Verschwörermiene »*Geheimes* Business« zu und ging nach draußen, wo er sich in einiger Entfernung von den Rauchern auf die Straße stellte.

»Wir haben eine weitere Leiche«, sagte er leise ins Telefon. Er brauchte nicht länger als zwei Minuten, um sie in die Geschehnisse des Abends einzuweihen.

Sara klang schockiert. »Wir müssen diese Perversen endlich dingfest machen, bevor sie weiter morden.«

Olaf nickte bitter. »Wie geht es den beiden Lokotschs?«

»Simone und Kaja?« Saras Stimme hellte sich auf. »Wir haben eine richtige Dreier-WG gegründet. Vor allem Kaja ist regelrecht

146

begeistert. Ich kriege sie kaum mehr aus dem Swimming-Pool raus. Vorhin haben wir uns Sushi kommen lassen.«

»Gut, dass die beiden aus der Schusslinie sind. Wie lange können sie bei dir bleiben?«

»So lange sie wollen«, betonte Sara. »Natürlich sollten sie baldmöglichst in ihr normales Leben zurück, Simone in die Arbeit und Kaja in die Schule. Und deshalb muss dieser Fall schnell aufgeklärt und diese Verrückten weggesperrt werden. Simone ist gut drauf, aber sobald sie auf das Entführerhandy schaut, wird sie bleich und versteift sich.«

»Hat sie das Entführerhandy denn nicht ausgeschaltet?«, entfuhr es Olaf. Die Raucher in seiner Nähe drehten sich zu ihm um und musterten ihn neugierig. Olaf wandte sich ab. »Dieses Handy muss sofort ausgeschaltet werden«, flüsterte er eindringlich in sein Telefon. »Die Entführer könnten den Standort tracken und plötzlich vor deinem Haus stehen.«

»Natürlich hat sie es die ganze Zeit ausgeschaltet«, sagte Sara beschwichtigend. »Allerdings habe ich gesehen, dass sie es einmal hochgefahren hat. Sie wollte nach Nachrichten und entgangenen Anrufen sehen.«

Olaf gefiel nicht, was er hörte. Natürlich hatte er eine Liste der auf dem Handy installierten Apps. Es waren nicht viele, und eine offensichtliche Tracking App war nicht dabei. Allerdings gab es mehrere Möglichkeiten, ein Smartphone zu orten. »Sie soll das Handy nicht einschalten. Wozu auch? Sie wird sich sowieso nicht mit den Entführern treffen.«

»Das habe ich ihr natürlich auch gesagt«, entgegnete Sara. »Ich rede nochmal mit ihr. Übrigens haben die Entführer viermal versucht, sie zu erreichen.«

»Ich hoffe, Simone kam nicht auf den Einfall, sie zurückzurufen.«

»Natürlich nicht. Sie ist nicht naiv.«

Gewiss nicht naiv, dachte Olaf, aber ahnungslos, was alles mit Smartphones machbar ist. Er hatte ein ungutes Gefühl, als er das Handy in die Tasche steckte.

Waren die Lokotschs bei Sara wirklich sicher?

28

Ashwini war wirklich fix. Gottfried hatte die Benachrichtigung im Meeting mit Naveen und Ganesh bekommen. Bis zu dem Treffen mit Sreejith von der Test Factory waren noch zehn Minuten Zeit.

Der Kaffee in dem kleinen Pausenraum war fast ungenießbar. Er war aber dringend nötig, um wach zu bleiben. Das nächste Mal würde er einen Tee verlangen. Darauf verstanden sich die Inder.

Er platzierte das Handy auf dem Tisch und klickte sich zu Ashwinis Nachricht. Schon nach den ersten Sätzen bekam er bestätigt, dass die Münze nichts Außergewöhnliches war. Wie erwartet. Ashwini hatte Links zu Händlern eingefügt, die eine solche Münze anboten. Die Preise lagen zwischen achtzig und hundertfünfzig Euro. Das lag innerhalb der Preisspanne, den die ermordete Antiquitätenhändlerin Simone Lokotsch genannt hatte. Hinter einem weiteren Link erschien das Angebot eines schlecht informierten oder eher dreisten Händlers in Chicago, der zweitausend Dollar für eine solche Münze verlangte. Es gab sogar Telegram-Kanäle, in denen Leute über die Münzen diskutierten, erfuhr Gottfried aus Ashwinis Nachricht. Er war immer wieder aufs Neue erstaunt, wie schnell sie dem Internet solche Informationen entlockte.

»Wie es scheint, haben einige Exemplare besondere Fähigkeiten«, schrieb Ashwini in ihrer auf Englisch gehaltenen Zusammenfassung. »Es soll wenige ausgewiesene Experten geben, die solche Münzen erkennen können, obwohl sie sich in ihrer Beschaffenheit von den anderen in nichts unterscheiden.«

Gottfried nippte an dem klebrigen Kaffee. Er verzog das Gesicht. Münzen, die sich von anderen nicht unterschieden, aber besonders waren? Das machte keinen Sinn.

»Norbert Wirtz aus *Boweltown*«, Gottfried stockte beim Lesen – seltsamer Ortsname, »gilt als anerkannter Experte. Er ist überzeugt, dass diese besonderen Münzen in der altrumänischen Stadt Nida zu finden sind.«

Altrumänisch? Was sollte das? Nida war eine *altrömische* Stadt.

Plötzlich dämmerte Gottfried, was hier los war. Er musste grinsen. Ashwini war des Deutschen nicht mächtig, hatte ihr Data Science Know-how aber auf deutschsprachige Internet-Quellen angewandt. Es war mehr als offensichtlich, dass sie dabei eine Software benutzte, die Text vom Deutschen ins Englische übersetzte. Solche Übersetzungsprogramme waren alles andere als vollkommen, und so konnte aus »altrömisch« schnell einmal »*ancient Romanian*«, also »altrumänisch« werden. Er musste sich von Ashwini die Originaltexte schicken lassen.

Und nun wurde ihm auch klar, was es mit diesem seltsamen Ortsnamen auf sich hatte, über den er eine Minute zuvor gestolpert war. Er musste sich zurückhalten, um nicht laut zu lachen. Der Mann im blauen Overall der Catering-Bediensteten, dem er den pappigen Kaffee verdankte, sah von seinem Tresen erstaunt zu ihm herüber.

Boweltown! Das englische Wort *bowel* bedeutete Darm. Der besagte Experte wohnte in Darmstadt. Das Übersetzungsprogramm hatte es mit dem Übersetzen ein wenig zu wörtlich genommen.

Gottfried brauchte unbedingt die originalen deutschen Texte.

Das Piepen des Weckers duldete keinen Widerspruch. Olaf hatte ihn am Abend auf neun Uhr gestellt. Der Tag war kräftezehrend und die Äppler zahlreich gewesen, und er wollte nicht riskieren, den halben Tag zu verschlafen.

Widerstrebend schälte er sich aus dem Bett. Er öffnete die Tür und machte sich etwas tatterig auf den Weg ins Bad.

»Bist du endlich aufgewacht!«

Er schrak zusammen. Tobias' Stimme. Wieso war der hier und nicht in der Arbeit? In der nächsten Sekunde stand sein Sohn vor ihm.

»Geht es dir etwas besser?«, fragte er mit besorgter Miene. Für einen kurzen Moment sah es so aus, als wolle er Olaf beim Gehen stützen.

»Ich will eigentlich nur aufs Klo.« Olaf sah an sich herunter, vergewisserte sich, dass aus der kurzen Schlafanzugshose nichts herausschaute.

»Frühstück ist fertig«, verkündete Tobias eifrig, während er neben seinem Vater herlief. »Und ich habe Brötchen geholt.«

Sie hatten die Badezimmertür erreicht. »Tobias, was ist eigentlich los? Wieso bist du noch hier?«

»Wegen der Sache gestern natürlich.« Tobias setzte eine verständnisvolle Miene auf. »Du weißt schon«, fuhr er behutsam fort. »Der Leichenfund.«

»Die tote Frau Eckert.« Endlich verstand Olaf, worum es seinem Sohn ging. »Dafür hättest du nicht freinehmen müssen.«

»Das denkst du *jetzt* vielleicht«, sagte Tobias mit dem Blick des Polizisten, der regelmäßig psychologische Lehrgänge absolviert – gewiss auch zu Themen wie Spätfolgen nach zufälligem Auffinden übel zugerichteter Leichen.

»Danke jedenfalls«, sagte Olaf. »Jetzt will ich aber bloß pinkeln und mir das Gesicht waschen.« Er verschwand ins Bad.

»Deine Lieblingssorten: Sesambrötchen und Roggenbrötchen mit Sonnenblumenkernen«, war das Erste, was Olaf zu hören bekam, als er in die Küche schlurfte. Er war nun mit T-Shirt und Jogginghose bekleidet. Er setzte sich und griff in den Brotkorb, den Tobias ihm entgegenhielt.

»Lass ruhig stecken«, sagte er. »Es geht mir gut.«

»Aber ein normaler Mensch hat doch keine Routine mit Leichen«, entgegnete Tobias, der nun Kaffee in Olafs Tasse goss. »Du brauchst psychologische Begleitung, damit du keine Störung zurückbehältst.«

Olaf überlegte, ob er das tatsächlich brauchte, als er Milch in die Tasse gab. »So schlimm war es wirklich nicht«, sagte er schließlich. »Ich habe mich erschreckt, und schön war der Anblick ganz bestimmt nicht. Aber ich werde darüber hinwegkommen.«

»Marmelade?« Tobias' Unterton und Miene verrieten seine Gedanken, dass viele so etwas sagten und dann doch eine Psychose bekämen. »Was wolltest du überhaupt in dem Antiquitätenladen?«

Olaf antwortete mit der Geschichte, die er zuvor den Polizisten erzählt hatte: sein angebliches Interesse an antiken Münzen als Geldanlage und dass er nach Geschäftsschluss in den Laden bestellt worden sei. »Wer von euch bearbeitet den Mordfall?«, fragte er schließlich.

»Ivo und sein Team. Das ist quasi die Nachbarabteilung.«

»Und was ermitteln die so?«

»Das darf ich nicht erzählen, das weißt du doch, Papa. Nur so viel: In Karben gab es kürzlich einen ähnlichen Fall. Die Kollegen werden als Erstes nach Gemeinsamkeiten zwischen den beiden Morden suchen.«

Olaf starrte auf seinen Teller mit dem Brötchen. Er hatte die eine Leiche gefunden und denjenigen befragt, der die andere entdeckt hatte. Ob Tobias' Kollegen das herausfinden und als bedeutende Gemeinsamkeit einstufen würden? Und welche Schlüsse würden sie daraus ziehen?

»Papa, ich kann doch sehen, dass es dir nicht gut geht«, sagte Tobias plötzlich. Er schob eine Visitenkarte über den Tisch. »Du solltest zu Doktor Petrovic gehen. Der ist spezialisiert auf die Verarbeitung traumatischer Erfahrungen …«

Olafs Handy erwachte lautstark zum Leben. Gottfrieds Klingelton. Der kam ihm gerade recht.

»Ich muss drangehen«, sagte er zu Tobias. Er zog sich zurück in sein Arbeitszimmer und schloss die Tür.

»Ich habe einen Anhaltspunkt zu den Münzen«, begann Gottfried.

Olaf machte sich Notizen zu dem, was Gottfried ihm erzählte. Wirklich reden konnte er sowieso nicht. Tobias mit seiner unverhofften Fürsorge würde gewiss versuchen, mitzubekommen, was der Grund des Anrufs war.

Gottfried hatte Ashwini für Recherchen zu der römischen Münze angeheuert. Und die hatte tatsächlich etwas herausgefunden: einen Autor, der zu der Münze eine äußerst gefestigte Meinung hatte und sie in einem Buch vertrat. Olaf solle sich diesen Norbert Wirtz einmal genauer ansehen.

Sofort startete er den Laptop. Norbert Wirtz in Darmstadt war im Internet rasch zu finden. Wie es schien, handelte es sich um einen geschäftstüchtigen Esoteriker. Lebensberatungen aller Art bot er auf seiner Website an. Beispielsweise, wie die Resonanz des Sonnensystems durch Atemübungen wiederhergestellt werden könne. In einem Fortgeschrittenenkurs solle man mittels

Trommeln seine individuellen Saturn-Schwingungen erkunden. Die Trommeln seien eigens von einem Schamanen aus dem Vogelsberg geweiht worden. Das alles wurde natürlich zu saftigen Preisen angeboten. Offenkundig waren einige Leute bereit, für die nötigen Bahnkorrekturen von Merkur über Jupiter bis zum Kuipergürtel so einiges zu investieren.

Olaf interessierte dieser Mumpitz nicht. Er wollte sehen, was der Mann über Münzen der altrömischen Siedlung Nida zu sagen hatte. Informationen zu seinem Buch über die »Germanisierung Roms« waren auf der Website mit nur einem Klick aufrufbar. Norbert Wirtz hatte sein Buch selbst herausgegeben. Einige Kapitel waren sogar online gestellt. Vermutlich musste Olaf das Buch gar nicht kaufen, um zu erfahren, welche Thesen dort vertreten wurden.

»Von Mainz bis an den Tiber« war die Überschrift des ersten online gestellten Kapitels. Hermann der Cherusker sei es gewesen, der vom germanischen Mainz aus die Phönizier aus Mittelitalien vertrieben habe: Der Beginn der Blütezeit der bis dahin unbedeutenden Stadt Rom, die damit zu einer der wichtigsten Metropolen des Germanischen Reiches aufgestiegen sei, gleich hinter Mainz und Paris.

Olaf schüttelte grinsend den Kopf. Da stimmte kein einziges historisches Detail. Es passte aber wie die Faust aufs Auge zu dem Verschwörungsunsinn, den Thorsten ihm erzählt hatte. Gewiss gab es im Internet eine Szene, die dieses Zeug glaubte und kultivierte.

Das nächste Kapitel erzählte von einem König Gunther, der das Ägypten der Pharaonen erobert, nebenbei noch die gesamte afrikanische Mittelmeerküste besiedelt und eifrig Kolonien gegründet habe. Deshalb gebe es heute blonde Menschen in Nordafrika, merkte der Autor an.

Bei dem ganzen hanebüchenen Nonsens, den der Autor beschrieb, musste Olaf anerkennen, dass er aufs Beste unterhalten wurde. Er dachte an die Geschichtslehrer seiner Schulzeit, an den trockenen, langweiligen Unterricht, in dem ihm so oft die Augen zugefallen waren. Hier gab es eine packende Geschichte mit spektakulären Wendungen, geschrieben in einem Duktus, dass doch alles aufregend anders gewesen sei, als uns eine übelwollende Obrigkeit weismachen wolle.

Auf den nächsten Seiten erfuhr Olaf, dass es blonde Germanen gewesen seien, die die Hochkultur in Europa verbreitet haben. Ihr Reich habe sich von Deutschland bis nach Nordafrika und den Nahen Osten erstreckt, von England, Frankreich, der Iberischen Halbinsel bis zum Schwarzen Meer. Dabei haben sie Mittelhochdeutsch als Amtssprache eingeführt. Dass man im Römischen Reich, das ja in Wirklichkeit ein Germanisches Reich gewesen sei, Latein gesprochen habe, sei eine Erfindung der Familie Medici, die zu Zeiten der »sogenannten« Renaissance diese Behauptung in die Welt gesetzt habe. Toskanische Geheimbünde hätten mittelhochdeutsche Inschriften auf Gebäuden, Sockeln von Statuen und allen anderen Artefakten des Germanischen Reiches herausgeschlagen und durch Texte in einem damals in Neapel gesprochenen italienischen Dialekt ersetzt, dem sie den Namen Latein gaben.

Kein Zweifel, dachte Olaf. Als Fantasyroman wäre das Buch richtig gut. Norbert Wirtz machte allerdings keinen Hehl daraus, dass er ernst nahm, was er schrieb.

Nun aber wollte er wissen, was der Autor zu römischen Münzen zu sagen hatte. Im nächsten Kapitel, »Die Dreifaltigkeit von Nida« würde er es hoffentlich erfahren.

»Du solltest dich nicht hinter deinem Computer verstecken!«

Tobias stand plötzlich im Zimmer.

»Nach dem, was gestern passiert ist.« Er setzte ein aufmunterndes Grinsen zur Schau. »Du musst unter Leute. Lass uns zum REWE gehen.«

29

Olaf stand gerade an der Fleischtheke, als ›Smooth Operator‹ erklang. Die Dame vor ihm in der Reihe bedachte ihn mit einem spöttischen Blick, fuhr dann aber mit ihren Anweisungen an den Fleischverkäufer fort. »Ein Pfund Schweinegulasch vom Angebot ...«

Olaf wollte seinen Platz in der Schlange behaupten. Er drehte sich von der Fleischtheke weg, um den Anruf entgegenzunehmen. Tobias räumte in sicherer Entfernung Milchtüten in den Wagen.

»Wie geht's in eurer Mädels-WG?«

»Kaja ist verschwunden!«, rief Sara.

»Was heißt verschwunden? Wie lange schon?«

»Sie wollte Brötchen fürs Frühstück holen. Der Bäcker ist keine fünf Minuten entfernt. Und jetzt ist sie seit zwei Stunden überfällig.«

»So ein Mist!« Olaf blickte in das neugierige Gesicht des Mannes hinter ihm in der Schlange. Der wandte sofort den Kopf zur Seite und stierte scheinbar interessiert in die Ferne, als hätte er ein Schnäppchen entdeckt. Allmählich ging Olaf diese Heimlichtuerei auf den Geist. Er sollte eine Detektei eröffnen und seine Nachforschungen ganz offiziell anstellen. In Situationen wie dieser fühlte er sich wie ein Jugendlicher, der beim Rauchen erwischt wird. »Wieso habt ihr ausgerechnet das Mädchen losgeschickt?«, sagte er ins Telefon.

»Sie wollte unbedingt. Bis eben habe ich gedacht, die beiden wären bei mir sicher. Das ist ja der Grund, weshalb sie zu mir gezogen sind.«

»Aber Simone Lokotsch hat das Entführerhandy eingeschaltet und damit ihren Aufenthaltsort verraten. Wie dumm kann man sein?«

»Das hilft jetzt nicht weiter«, sagte Sara bestimmt. »Wir müssen etwas unternehmen. Kaja hatte ihr Handy dabei. Versuch über den Virus herauszufinden, wo sie ist.«

»Das haben sie ihr bestimmt als allererstes abgenommen und ausgeschaltet«, entgegnete Olaf.

»Vielleicht nicht. Möglicherweise ist der Virus unsere einzige Chance, das Mädchen zu retten.« Sara legte auf.

Olaf steckte nachdenklich das Handy in die Tasche. Als er sich zur Fleischtheke umdrehte, blickte er direkt in das forschende Gesicht des Verkäufers. »Probleme?«

Auch die Leute, die hinter ihm in der Schlange standen, sahen ihn erwartungsvoll an. Die Dame vor ihm hatte bereits die Tüten mit ihren Einkäufen im Einkaufswagen, machte aber keinerlei Anstalten, diesen für sie so interessanten Ort zu verlassen.

Olaf versuchte sich zu erinnern, was genau er gerade für alle hörbar gesagt hatte. Nichts, woraus jemand schlau würde, befand er.

»Vierhundert Gramm gemischtes Hackfleisch.«

»Wir haben Ihre Tochter.«

Simone hatte den Lautsprecher eingeschaltet. Sara stand neben ihr und versuchte, sich den Mann vorzustellen, dessen Stimme sie zum ersten Mal hörte.

»Schon wieder«, fuhr der Mann in zynischem Tonfall fort. »So langsam beginnen wir, uns an sie zu gewöhnen.«

»Wenn ihr dem Mädchen auch nur ein Haar krümmt ...« Simones Gesicht war fahl geworden, ihre Stimme klang dagegen stark und fest.

Der Mann ließ ein spöttisches Lachen hören. »Da fallen uns andere Dinge ein, die wir mit der Kleinen anstellen können. Je mehr Zeit vergeht, desto mehr Ideen werden es.«

Spätestens jetzt wurde Sara klar, dass der Mann am Telefon ein Schwein war. Sie mussten unbedingt herausbekommen, wohin er Kaja verschleppt hatte. Sie legte Simone sachte eine Hand auf die Schulter, wollte ihr zeigen, dass sie für sie da war. »Und keine Polizei!«, fuhr der Mann fort. »Sonst lassen wir das Mädchen diesmal nicht überleben.«

»Hören Sie auf damit«, sagte Simone. Ihre Finger zitterten. »Nennen Sie mir Ihre Forderungen.«

Wieder stieß der Mann sein zynisches Lachen aus. »Sie wissen genau, womit Sie Ihre Tochter zurückbekommen: mit der zweiten Münze.«

Simone schnaufte gequält. »Sie wissen, dass ich keine zweite Münze habe. Die einzige, die ich besaß, habe ich Ihnen beim letzten Mal gegeben. Was wollen Sie wirklich?«

»Sie haben die Münze. Wir wissen es. Damit können Sie das Mädchen freikaufen. Und nur damit«, betonte der Mann.

»Dieser Deal ist nicht möglich«, entgegnete Simone. »Ich habe die Münze nicht. Sie erpressen die Falsche.«

»Sie haben die Münze und wir Ihre Tochter. Sie wissen, was zu tun ist.«

Sara hatte genug. »Jetzt hören Sie mal zu, Sie Vollidiot!« Simone blickte sie entgeistert an. »Sie sind falsch informiert. Die Frau, die Sie erpressen wollen, kann keine Münze übergeben, die sie nicht hat. Ist das so schwer zu verstehen? Und nun lassen Sie das Mädchen laufen! Das macht doch alles keinen Sinn.«

Es war ihr egal gewesen, wie der Mann reagieren würde. Als er einfach auflegte, erschrak sie dennoch. War sie zu weit gegangen?

»Das hättest du nicht tun sollen.« Simone ließ sich erschöpft in einen der Sessel fallen. »Sie könnten denken, du wärst von der Polizei.«

»Auf keinen Fall«, sagte Sara. »Keine Polizistin redet mit einem Entführer so wie ich gerade. Sie ahnen bestimmt, wer gerade mit ihnen gesprochen hat. Sie haben uns ausspioniert und wissen, wer sich im Haus aufhält.« Sie setzte sich Simone gegenüber auf das Sofa.

»Was ist, wenn der Typ sich nicht wieder meldet?«, sagte Simone ratlos.

»Natürlich tut er das. Und dann werden wir sehen, ob er weiter auf die Münze besteht.« Sara bemühte sich, überzeugend zu klingen. Sie konnte sich beim besten Willen nicht vorstellen, warum jemand ein Kind entführen würde, um als Lösegeld wertlose römische Münzen zu erpressen. Viel wahrscheinlicher war, dass die Männer das Mädchen zu dem Zweck entführt hatten, es zu vergewaltigen. Und es machte sie an, die Mutter in Angst zu versetzen. Sara wollte sich nicht ausmalen, was Kaja gerade durchmachte. Sie dachte an die grausamen Morde an dem Mann in Karben und der Antiquitätenhändlerin.

Sie beschloss, ihre Gedanken nicht mit Simone zu teilen.

Olaf konnte sein Glück kaum fassen. Ein Foto eines der Entführer. Beinahe sah es so aus, als hätte der rothaarige Mann ein Selfie gemacht. Der Virus musste das Foto in dem Moment geschossen haben, als der Entführer auf den Bildschirm von Kajas Handy geschaut hatte. Vermutlich, um es auszuschalten, denn es war eine halbe Minute später heruntergefahren worden.

Tobias hatte ihn entgeistert angesehen, als Olaf ihn mit den Einkäufen unter einem Vorwand im Supermarkt stehengelassen hatte. Er müsse dringend ein *Paper* fertigstellen, das er zusammen mit Gottfried einreichen werde. Ja, er sei in Rente, aber nein, trotzdem könne er kleinere Aufträge annehmen, wie eben die Erstellung eines *Papers*, und nun habe er erfahren, dass es sehr dringend sei.

Ihm war klargeworden, dass er Tobias über kurz oder lang in seine heimlichen Ermittlungen einweihen musste. Dann würde er sich aber sehr genau überlegen, welche Details er preisgeben und welche er besser für sich behalten sollte.

Das Allerdringlichste aber war, das Mädchen zu retten. Es gab ein Foto von einem der Männer, die sie entführt hatten. Das musste er nutzen. Der Mann auf dem Bild war um die fünfzig Jahre alt und hatte rötliche, auf der Stirn lichte Haare. Er sah durchschnittlich aus, erschien etwas dicklich und hatte einen Stoppelbart, was ihn ungepflegt erscheinen ließ. Er hatte direkt in die Kamera geblickt, als der Virus sie ausgelöst hatte. Mit etwas Glück würde Olaf über die Google-Rückwärtssuche herausfinden, wer der Mann war.

Sofort lud er das Foto hoch. Nach wenigen Minuten aber musste er akzeptieren, dass die Suche keine brauchbaren Ergebnisse lieferte. Verdammt! Sie hatten das vielleicht beste Phantombild aller Zeiten, ein Porträt des Mannes, aber es schien von ihm kein Foto im Internet zu existieren. Olaf brauchte etwas Effektiveres als Google. Er rief Gottfried an.

Der meldete sich nach dem ersten Klingeln.

»Kannst du reden?«

157

»Wir machen gerade einen kurzen *bio break*«, sagte Gottfried. »In zwei Minuten geht es weiter mit dem Meeting.«

»Der Virus hat ein Foto von einem der Entführer geschickt. Der Mann ist darauf sehr detailliert zu erkennen. Ashwini soll alle ihre Data-Analytics-Tools darauf loslassen. Vielleicht kann sie herausfinden, wer der Typ ist.«

»Prima. Ich rufe sie sofort an. Schick mir das Foto.«

Eine Stunde, entschied Olaf für sich, als er die Bilddatei an Gottfried schickte. Nach sechzig Minuten würde er die Polizei einschalten. Der Mann könnte aktenkundig sein, dann würde sie ihn anhand des Fotos erkennen. In diesem Fall aber müsste Olaf der Polizei von seinem Virus erzählen ...

›Smooth Operator‹ riss ihn aus seinen Gedanken. Rasch griff er sich das Handy.

»Hat der Virus etwas Brauchbares geschickt?«, fragte Sara ohne Umschweife.

»Ich habe ein Foto von einem der Männer. Wir sollten versuchen herauszufinden, wer das ist.«

»Das ist ja fantastisch! Wir schicken das Foto sofort der Polizei.«

»Ich müsste dann aber zugeben, dass ich eine Spionagesoftware in Umlauf gebracht habe«, sagte Olaf vorsichtig. »Ashwini findet bestimmt mehr heraus als die Polizei ...«

»Ashwini, eure Data-Science-Expertin? Aber die Polizei hört das Entführerhandy ab und ist sowieso schon involviert«, stellte Sara klar. »Jede Minute, die wir vergeuden, verschlimmert Kajas Situation. Wir schicken der Polizei das Foto und sagen, Kaja sei es gelungen, es heimlich zu schießen und an ihre Mutter zu schicken. Das nimmt uns die Polizei ab.«

»Okay. Ich schicke dir das Bild.« Sie würden also von zwei Seiten versuchen, den Mann auf dem Foto zu identifizieren: die Polizei mit ihren Datenbanken und Ashwini mit ihren Data-Science-Künsten. Und von seinem umtriebigen Virus musste die Polizei nichts erfahren.

Es war allerdings nicht der richtige Zeitpunkt, um in Erleichterung zu verfallen. Diese Leute hatten Kaja in ihrer Gewalt. Es waren dieselben, die bereits zwei Menschen grausam zu Tode gefoltert hatten. Was zum Teufel hatten sie mit dem Mädchen vor?

Und was hatte das alles mit antiken Münzen zu tun?

30

»Ich weiß nicht, warum die Entführer ausgerechnet diese Münze wollen.«

Simones Stimme klang, als hielte sie die Schwerfälligkeit dieses Herrn Kröger von der Polizei nicht mehr lange aus. Sara hörte aber auch einen anderen Unterton heraus: blanke Panik. Obwohl Simone es verstand, sich das kaum anmerken zu lassen.

Sara sah zu, wie Kaffee aus dem Vollautomaten in die Tasse strömte, und versuchte, möglichst viel von dem Telefonat mitzubekommen.

»Die erste Münze war von meinem Vater. Er hatte sie als Kind in der Römerstadt ausgegraben ...«

Sie hielt die Kaffeetasse in der Hand, als sie ins Wohnzimmer kam. Simone hatte sich mit dem Handy am Ohr vor eines der Fenster gestellt. Das heitere Grün des Gartens draußen stand im Widerspruch zu Simones düsterer Stimmung.

»Nein. Ich habe es doch mehrmals gesagt. Es gibt keine zweite Münze. Keine, von der ich wüsste.«

Sara stellte die Tasse auf dem Couchtisch ab und setzte sich auf einen der Sessel. Mit dem abwesenden Blick eines Menschen, der sich auf eine Stimme am Telefon konzentriert, trat Simone an den Tisch, um die Tasse in die Hand zu nehmen. Sie bedankte sich mit einem knappen Lächeln in Saras Richtung.

»Woher soll ich das wissen? Ich habe nicht die leiseste Ahnung, was diese Leute mit den Münzen wollen.«

Simone klang immer genervter. Wie es schien, drehte sich das Gespräch im Kreis. »Das Foto«, soufflierte Sara.

Simone nickte. »Vergessen Sie für einen Moment die Münze«, sagte sie ins Telefon. »Ich habe Ihnen das Foto geschickt, auf dem einer der Männer sehr deutlich zu sehen ist. Der könnte polizeibekannt sein. Sind Sie dabei, den Mann zu identifizieren? ... Die Kollegen machen das ... Es muss aber schnell gehen!« Sie schüttelte genervt den Kopf. »Ich weiß, dass so etwas dauert. Wir haben aber keine Zeit.«

»Keine Polizei«, raunte Sara in Simones Richtung. Die Entführer hatten klargestellt, dass sie Kaja töten würden, sollte die Polizei eingeschaltet werden.

»Und stellen Sie sicher, dass die Entführer nichts von Ihren Aktivitäten mitkriegen«, sagte Simone. Sie nahm den ersten Schluck aus der Tasse, die sie bisher bloß in der Hand gehalten hatte. »Ich weiß. Sie hören alles mit, was auf dem Handy der Entführer passiert ...«

Wie es schien, war Herr Kröger von der Polizei keine große Hilfe, dachte Sara, sie mussten selbst aktiv werden. Nur was sollten sie tun? Sie ging zurück in die Küche. Normalerweise würde sie sich bei einem Stress wie diesem einen Vinho Verde aus dem Kühlschrank holen, oder einen Piccolo. Aber genau das sollte sie jetzt nicht tun. Es war wichtig, dass sie einen kühlen Kopf bewahrte. Ihr wurde klar, dass sie Olaf brauchten, als sie aus dem Wohnzimmer Simones immer verzweifelter werdende Stimme hörte. Sein Virus lief auf Kajas Handy. Der hatte vielleicht noch mehr entdeckt. Etwas, das ihnen weiterhelfen würde, aber von Olaf noch nicht ausgewertet worden war. Oder diese Inderin, die Data-Science-Expertin, könnte etwas Neues herausfinden.

Oder ihr selbst würde der eine, entscheidende Einfall kommen.

Ihre Gedanken drehten sich im Kreis, als Simone in der Tür stand.

»Ich erwarte nichts von der Polizei«, sagte sie bitter. »Ich werde jetzt irgendwo so eine Kack-Münze kaufen und sie als die meines Vaters ausgeben.«

»Endlich eine brauchbare Idee!« Sara wunderte sich, warum ihnen dieser Gedanke nicht früher gekommen war.

»Bestimmt gibt es im Internet Händler, die solche Münzen anbieten«, sagte Simone. Sie begann, in ihr Smartphone zu tippen. »Hier beispielsweise«, sagte sie kurz darauf. »Ein Händler in Braunschweig.«

»Das ist viel zu weit«, wandte Sara ein. »Gibt es keinen in der Nähe? Wir haben keine Zeit.«

Simone wischte auf dem Display ihres Smartphones herum. »Wie es scheint, ist das der Händler, der am nächsten ist.«

Sara überschlug, wie lange die Fahrt dorthin und zurück dauern könnte. Ihr Cabrio strotzte vor PS. Sie fuhr damit nicht selten über zweihundert. Dafür müsste allerdings die Autobahn frei sein. »Bei einer so weiten Fahrt komme ich zwangsläufig in den Berufsverkehr. Das kann viele Stunden dauern. Wir müssen den Entführern sagen, dass wir die Münze auftreiben, dafür aber Zeit brauchen.«

»Aber dann bleibt Kaja noch länger in den Händen dieser Verbrecher«, sagte Simone ratlos. »Allerdings haben wir keine andere Wahl. Ich rufe jetzt diesen Laden in Braunschweig an.«

»Wir lassen uns die Münze per Kurier bringen«, schlug Sara vor. »Das geht am schnellsten.« Sie blickte irritiert zu ihrem Handy, das mit einem Klingelton einen Anruf ankündigte. Es war Olaf.

»Ich habe zwei Neuigkeiten vom Virus. Erstens: Kajas Handy war in der Rosa-Luxemburg-Straße in Frankfurt, als es ausgeschaltet wurde.«

»Kaja war in der Rosa-Luxemburg-Straße«, sagte Sara zu Simone. Die stellte sich sofort neben sie, um mitzuhören. Sara schaltete den Lautsprecher ein.

»Wo? Welche Hausnummer?«, sagte sie.

»Das ist eine Schnellstraße, da gibt es keine Hausnummern«, kam von Olaf zurück. »Es war kurz vor der Abfahrt Nordwestzentrum. Das Fahrzeug stoppte dort nicht. Es ist bloß der Ort, an dem das Handy ausgeschaltet oder in den Flugmodus versetzt worden ist. Von deinem Haus aus ist das Fahrzeug direkt auf die A66 und an der Abfahrt Miquelallee auf die Rosa-Luxemburg-Straße gefahren.«

»Das ist in Richtung Römerstadt!«, rief Simone entgeistert. »Irgendwie hängt alles mit der Römerstadt zusammen.«

»Sie könnten dorthin gefahren sein«, sagte Olaf, »aber genauso gut in die Nordweststadt, nach Heddernheim oder Niederursel. Kajas Handy wurde ausgeschaltet, und wir können nur raten, wohin sie letztendlich wollten.«

Sara musste Olaf recht geben. Es gab zu wenige handfeste Informationen, um sagen zu können, wohin Kaja gebracht worden war. »Olaf, du hast von zwei Nachrichten gesprochen. Was war die andere?«

»Eine Audiodatei.«

»Hört man jemanden sprechen?«

»Das leider nicht«, sagte Olaf. »Keine Gespräche, keine Stimmen. Aber Fahrgeräusche, und die sehr deutlich. Das Fahrzeug ist eindeutig ein Diesel. Und es klingt nach einem größeren Fahrzeug, kein PKW, aber auch kein LKW, es sind keine Druckluftbremsen zu hören. Ich tippe auf einen Transporter. Kaja wurde in einem Transporter mit Dieselmotor entführt.«

»Schon wieder ein Transporter«, entfuhr es Sara. »Wir fahren da hin«, setzte sie entschlossen hinterher. Sie blickte Simone an, die mit vor Aufregung gerötetem Gesicht das Gespräch verfolgte.

»Jetzt sofort«, sagte Simone.

»Aber wohin denn?«, kam von Olaf zurück. »Ihr wisst doch gar nicht, wo ihr suchen müsst.«

»Simone und ich fahren in die Römerstadt und halten nach Transportern Ausschau.«

Der Verkehr war wieder einmal apokalyptisch. Der Taxifahrer versprach, dass sie zum Flughafen dennoch nicht mehr als fünfzig Minuten bräuchten.

Gut, dass Gottfried großzügig geplant hatte. Ursprünglich hatte er sich mit Phil ein Taxi teilen wollen. Dessen Maschine nach San Francisco ging dreißig Minuten nach dem Frankfurt-Flieger. Es war die richtige Entscheidung gewesen, ohne Phil und vor allem früher loszufahren. Andernfalls hätte ihn das Verkehrschaos um ihn herum verrückt gemacht.

Er hatte Ashwinis Material auf dem Laptop. Die lange Taxifahrt war wie geschaffen, ihre Rechercheergebnisse in Ruhe durchzusehen. Diesmal im Original und ohne kuriose Übersetzungsfehler. Die meisten Texte stammten aus drei Telegram-Kanälen, einige aus einer Facebook-Gruppe, und es gab Auszüge aus dem Buch von Norbert Wirtz, diesem Esoteriker, über den Olaf ihm bereits seine Einschätzung geschickt hatte. Zusätzlich zu dem Material vom Vortag gab es neue Dokumente. Ashwini hatte diese Informationen noch nicht gesichtet, weil sie sich auf ihren neuen Auftrag konzentriert hatte, die Identifizierung des Mannes auf Olafs Foto.

Gottfried wusste nicht, ob er darin irgendetwas finden würde, mit dem er Kaja retten konnte. Er hoffte es. In den Texten ging es um esoterische Verrücktheiten, so viel war bereits beim Anlesen der ersten Zeilen klar. Es war zu erwarten, dass der ausgetickteste Nonsens in den Telegram-Kanälen zu finden war. Dort gab es praktisch keine Moderation, und jeder konnte beliebigen Unsinn posten, ohne dass irgendeine Instanz es ahnden oder gar löschen würde.

Er warf einen kurzen Blick aus dem Fenster auf das Knäuel aus Fahrzeugen um ihn herum und versuchte, das ständige Hupen der Straße aus dem Kopf auszublenden.

Bereits nach wenigen Minuten lesen wusste er: Es gab Menschen, die die Münzen für unschätzbar wertvoll hielten, Münzen, die vor fünfzig Jahren in der Frankfurter Römerstadt ausgegraben und gestohlen worden seien, hieß es in dem Text.

Diese Leute würden vor nichts zurückschrecken, um sie in ihren Besitz zu bringen.

Das musste Olaf unbedingt erfahren.

31

Was Gottfried ihm gerade erzählt hatte, klang hanebüchen. Irritiert legte Olaf das Handy auf den Tisch. Eine Weile saß er nur da und starrte die Wand an. Erst das Pling einer eingehenden Nachricht riss ihn aus seiner Starre: Gottfrieds angekündigte Nachricht mit dem Link zu Ashwinis Ergebnissen. Olaf klickte sich sofort zu dem bereitgestellten Material.

Auf dem Monitor breitete sich die erste Seite eines Dokuments aus. »Die Dreifaltigkeit von Nida«, lautete die Überschrift. Das Kapitel aus Norbert Wirtz' Buch, das Olaf noch nicht gelesen hatte. Eilig überflog er den ersten Abschnitt, erfuhr, dass es um drei antike Münzen ging, heilige Münzen, die die sogenannte Dreifaltigkeit darstellten. Gottfried hatte ihn gedrängt, er solle sich unbedingt die drei letzten Abschnitte des Kapitels durchlesen. Er navigierte ans Ende des Dokuments und blätterte dann nach oben, bis er den Anfang des drittletzten Abschnitts fand.

»Die mongolischen Barbaren glaubten, alle Germanen seien Zauberer«, erfuhr Olaf aus Wirtz' Text, *»Dass sie in der vierten Dimension lebten, verstanden sie nicht. Mit dem Untergang des Germanischen Reichs ist das Wissen um die vierte Dimension, die die Dimensionen Höhe, Breite und Tiefe komplettiert, verloren gegangen. Dabei ist die Wirklichkeit, wie sie die Unwissenden zu kennen glauben, bloß eine Projektion der wahrhaftigen Welt in einen unvollkommenen dreidimensionalen Raum. So wie die Darstellung der gekrümmten Erdoberfläche auf den zweidimensionalen Seiten eines Atlas unzulänglich ist, so beschränkt ist der Blick auf die wirkliche Welt, wenn man nicht vermag, die vierte Dimension zu erkennen.*

Bevor die mongolischen Barbaren das Germanische Reich zerstörten, beschlossen die Hohepriester der heiligen Stadt Nida, das Geheimnis der vierten Dimension für alle Zeiten zu bewahren: Sie übertrugen ihre Lebensenergie als Schwingungen der reinsten Frequenz auf drei Bronzemünzen. Diese Münzen, die ›Dreifaltigkeit von Nida‹, vergruben sie in geheiligter Erde zu Füßen einer Odinstatue.«

Das war eine Menge Stoff für einen Fantasyfilm, dachte Olaf. Dass Kajas Entführer hinter diesen »heiligen« Münzen her waren, konnte er sich aber beim besten Willen nicht vorstellen. Der

Mann am Telefon mit seinen bösartigen Anspielungen machte nicht den Eindruck, als glaube er an einen solchen esoterischen Firlefanz.

»Das Wissen um die vergrabenen Münzen wurde an die Söhne der Hohepriester weitergegeben, die es wiederum an ihre Söhne weitergaben. Später bewahrte der Geheimbund der Tempelritter das Geheimnis. Nach dessen Zerschlagung im vierzehnten Jahrhundert wurde es von der Bruderschaft von Nida gehütet. Neben dem Ort, an dem die Münzen zu finden sind, wird das Geheimnis des Rituals bewahrt, mit dem man mittels der Münzen das Tor in die vierte Dimension aufstößt. Ist das Tor geöffnet, kehrt das große Germanische Reich, das in seiner Dimension nie aufgehört hat zu existieren, in unsere Welt zurück, und die vierte Dimension manifestiert sich für alle Menschen germanischen Blutes.«

Spätestens an dieser Stelle hätte Olaf aufgehört zu lesen. Verdammt, Kaja war entführt worden! Sie mussten alles daransetzen, das Mädchen aufzuspüren. Vielleicht einen Plan überlegen, wie sie die Entführer austricksen konnten. Für ein »ewiges Germanenreich« in der vierten Dimension war keine Zeit. Allerdings hatte Gottfried ihm von diesen absurden Dingen erzählt ... Olaf zwang sich, weiterzulesen.

Es kamen salbungsreiche Beschreibungen über die Erhabenheit der Germanen in ihrer höchsteigenen vierten Dimension, danach eine Passage mit Details, wie ihr Reich zurückzugewinnen sei.

»Wenn die Planetenenergien Harmonie erreichen und Saturn mit der Eigenfrequenz der Galaxis schwingt, ist es an der Zeit, das Portal zu öffnen. Dann gilt es, die Münzen der Dreifaltigkeit von Nida auszugraben. In dem Moment, in dem das Spektrum des Polarsterns die Münzen berührt, eröffnet sich der Blick in die vierte Dimension für Germanen und alle ihre Nachkommen.«

Bloß ein bisschen Eigenfrequenz der Galaxis und fertig ist der Lack, dachte Olaf. Manche Leute sind einfach zu schlicht für diese dreidimensionale Welt.

Sein Handy begann, ›Smooth Operator‹ zu spielen. Die Verlockungen, die er stets damit verbunden hatte, erschienen ihm wie eine verblassende Erinnerung. Heute war er bloß voller Sorge um Sara.

»Wir fahren planlos in der Römerstadt herum und sehen uns Transporter an«, sagte sie.

»Ich habe dir doch gesagt, das bringt nichts. Lass uns besser überlegen, wie wir mit den Entführern umgehen.«

»Hast du etwas herausgefunden, das uns weiterhilft?«

»Es ist denkbar, dass die Entführer einer esoterischen Theorie rund um die Münzen folgen und es ihnen tatsächlich nur darum geht.« Er fasste kurz zusammen, was er bisher gelesen hatte.

»Die haben nicht mehr alle Latten am Zaun«, war ihr Kommentar. »Und überhaupt: Wie soll eine so archaische Geschichte zu dem ganzen Hightech passen, das die Entführer auffahren? Eine Drohne, mit der sie Simones Münze abgeholt haben. Dann Rohypnol zur Betäubung des Mädchens.«

»Du meinst, Brieftaube und Fliegenpilz hätten besser gepasst?«, entgegnete Olaf. »Wer Hightech nutzt, kann trotzdem von der flachen Erde überzeugt sein. Heutzutage haben wir Smartphones mit Leistungsstärken, wie sie vor Kurzem nur Hochleistungscomputer hatten. Und dann gibt es Leute, die auf dem nanobeschichteten Glas ihrer Handydisplays tippen, man könne der Wissenschaft nicht glauben. Das ist irre, aber Realität.«

Sara schnaubte unbeeindruckt. »Was sollen wir jetzt machen? Warten?«

»Ashwini ist dabei, etwas über den Mann auf dem Foto herauszubekommen. Und ich lese weiter, was sie über die Münzen recherchiert hat. So erfahren wir hoffentlich, wie die Entführer ticken und was sie wirklich vorhaben.«

Nach dem Telefonat mit Sara wollte er sich wieder Norbert Wirtz' Buch zuwenden, aber erneut klingelte das Handy.

»Ich bin jetzt im Terminal«, sagte Gottfried, »aber ich kann mich nicht weiter um Ashwinis Zeug kümmern. Wir haben eine *Outage*. Ich stecke mitten in einem *Emergency Call*.«

»Hat sie herausbekommen, wer der Typ auf dem Foto ist?«

»Es ist etwas Neues von ihr gekommen. Ich weiß aber nicht, was es ist. Ich schreibe ihr, sie soll alle Ergebnisse direkt an dich schicken. Und gleich bekommst du einen Link zu den Dokumenten, die ich bereits von ihr habe. Ich konnte noch nicht alles sichten. Entschuldige, ich habe keine Zeit. Ich muss zurück in den Call.«

Gottfried legte auf. Sekunden danach traf seine Nachricht ein, die Olaf sofort öffnete. Er navigierte zu Ashwinis neuestem Dokument. Sein Herzschlag beschleunigte sich: Es waren die Ergebnisse zu dem Mann auf dem Foto.

Sie hatte eine Art Ranking erstellt.

Auf Platz eins, mit einem *Confidence Level* von vierundneunzig war ein Mann aus Christchurch in Neuseeland, dicht gefolgt von einer Person aus Frankfurt mit einem *Confidence Level* von immerhin dreiundneunzig.

Olaf klatschte begeistert in die Hände. Das war ihr Mann. Alle anderen in Ashwinis Liste wiesen einen deutlich niedrigeren Score auf. Zudem lebten sie in Ländern, die selbst ein Norbert Wirtz nicht zum Germanischen Reich gezählt hätte.

Jochen Krempke, so hieß der Mann, war in der Mithrasstraße gemeldet. Schnell sah Olaf in Google Maps nach: Das war in der Römerstadt. Und ihr Mann war Eigentümer einer Firma für Haustechnik. Dann besaß er gewiss auch einen Transporter. Es passte beinahe zu gut zusammen.

Er rief Sara an. »Ashwini hat den Mann identifiziert. Er heißt Jochen Krempke und wohnt in der Mithrasstraße.«

»Da sind wir vor wenigen Minuten durchgefahren«, sagte Sara. »Welche Hausnummer?«

»Macht keine Dummheiten!«, rief Olaf. »Du weißt, wie gefährlich diese Leute sind.«

»Ich will bloß die Hausnummer. Du hast sie doch?«

»Lass uns erst überlegen, was wir da überhaupt machen, bevor wir hinfahren.« Olaf missfiel der Gedanke, Sara und Simone könnten völlig unvorbereitet bei den Entführern aufkreuzen. »Erst brauchen wir einen Plan, wie wir Kaja befreien.«

»Hast du es eingegeben?« Er merkte, dass die Frage nicht an ihn gerichtet war. Was sie mit Simone redete, konnte er nicht verstehen. »Alles klar«, sagte sie schließlich. »Simone hat die vollständige Adresse gegoogelt. Wir fahren da jetzt hin.«

»Warte!«, rief Olaf, aber sie hatte bereits aufgelegt.

Hoffentlich machen die nichts Unüberlegtes. Wieder wählte Olaf Saras Nummer. Zum wievielten Mal? Sie ging absichtlich nicht dran. Die beiden Frauen schienen zu allem entschlossen, aber hatten sie einen Plan? Er wusste, dass *er* keinen hatte. Eine *Methode* hatte er, und die war, möglichst viel über die Entführer herauszubekommen. Und einer von ihnen hieß Jochen Krempke, der Mann auf dem Foto von Kajas Handy.

Olaf googelte nach dem Namen und der Firma des Mannes. Bald hatte er Krempkes Facebook-Profil gefunden.

»Wer Zeitung liest, erfährt nur, was in der Zeitung steht«. »Finde selbst die Wahrheit«. »Selbst denken!«

Das waren die ersten *Memes*, auf die er in dem Profil stieß. Olaf seufzte. Wie oft war er auf derartige Facebook-Profile gestoßen! Alles in ihm sträubte sich, weiterzulesen, aber er wollte sich ja ein Bild von Krempke machen.

Seine erste Einschätzung wurde bestätigt, als er weiterblätterte: ein bunter Strauß aus Chemtrails, Impf-Lüge, Hass gegen Politiker und Ausländer. Krempke musste zu der Sorte Mensch gehören, die den Medien nichts glaubte, dafür aber weit offen war für jede Desinformation. Und so hatte er offenbar wahllos Verschwörungstheorien geteilt.

Was allerdings fehlte, war ein Hinweis auf Römer, insbesondere auf solche, die eigentlich gar keine waren, sondern Germanen. Auch gab es nicht den kleinsten Anhaltspunkt, dass Krempke sich für antike Münzen interessieren könnte.

Olaf lehnte sich in seinem Stuhl zurück. Sofort schoss ihm Sara in den Kopf. Er sollte nochmal versuchen, sie anzurufen.

Nein. Er würde etwas anderes probieren.

Er rief den Viruskonfigurator auf. Es war eine Weile her, dass er ihn für Simones Handy geöffnet hatte. Dort waren einige Dienste des Virus ausgeschaltet, um nicht grundlos in ihrer Privatsphäre herumzuschnüffeln. Die aktuelle Situation war aber alles andere als privat. Er wollte unbedingt wissen, was die beiden gerade taten.

Es dauerte einen Moment, bis er sich auf das Smartphone aufgeschaltet und Kamera und Mikrofon aktiviert hatte. Dann blickte er direkt in Simones Gesicht. Es war offensichtlich, dass sie etwas auf ihrem Handy betrachtete.

Als nächstes hörte er Saras Stimme. »Wir probieren jetzt einfach aus, ob sich die Heckklappe öffnen lässt.«

Die Konturen auf dem Bildschirm verwackelten. Schließlich war nur Schwarz zu erkennen.

Dann sprach Simone: »Okay. Lass uns meine Tochter holen!«

32

Es gab kein Internet auf dem Flieger. Ausgerechnet jetzt. Gottfried gefiel der Gedanke nicht, für Stunden vom Rest der Welt abgeschnitten zu sein. Für den weiteren Verlauf des *Emergency Calls* hatte er vorgesorgt: Carsten, einer seiner Teamleiter, vertrat ihn. Aber er würde nicht mitbekommen, was sich in Frankfurt tat und was mit dem Mädchen passierte.

Er legte die Fernbedienung für das Entertainment-Programm zur Seite. Sein Entertainment lag auf der Festplatte seines Laptops.

»Die germanischen Hohepriester hinterließen Anweisungen.« Als Erstes las er einen der Telegram-Posts, die Ashwini gesichert hatte. *»Als Wesen der vierten Dimension sagten sie voraus, dass die Münzen ausgegraben und geraubt würden. Was mit den Dieben zu geschehen habe, beschrieben sie in Versen des Lukas-Evangeliums. Später fügte Nostradamus Angaben zum Ort hinzu, an dem dies geschehen solle.«*

Merkwürdig, dachte Gottfried. Vorher war von Tempelrittern und einem Geheimbund die Rede. Wie es schien, gab es mehrere Versionen der Story. Achselzuckend widmete er sich wieder dem Text auf seinem Bildschirm, Verse mit geheimnisvollen Anspielungen, die alles Mögliche oder nichts bedeuten konnten. Gottfried war gespannt auf die Interpretation des Autors.

»Die Diebe werden gejagt und gerichtet. Die Strafe ist ein langsamer, qualvoller Tod. Jedem Dieb wird ein Finger abgeschnitten. Die Finger werden zusammen mit den Münzen vergraben.«

Es traf Gottfried wie ein Schlag. Kühnemuth war ein Finger abgetrennt worden. Diese Geschichte wurde beunruhigend real.

»Münzen und Finger sind an dem Ort zu vergraben, an dem die Odinstatue von Nida stand, bevor auch sie geraubt wurde.«

Gottfried strich sich nachdenklich über den Bart. Eine Odinstatue wurde auch in Wirtz' Buch erwähnt. War das ein Hinweis darauf, wohin Kajas Entführer die Münzen bringen wollten? Aber wo sollte einmal eine Odinstatue gestanden haben?

»Die germanischen Hohepriester wussten, dass einer der Diebe bereits ge-
storben sein wird und nicht zur Rechenschaft gezogen werden kann. Des-
halb muss sein Kind den Frevel an seiner Statt sühnen.«

Gottfrieds Atem beschleunigte sich. Das wäre ja Simone
Lokotsch. Er musste sofort mit Olaf reden. Er winkte nach der
Flugbegleiterin.

Nein, das Internet an Bord funktioniere nicht, bekam er zur
Antwort. Ja, sie frage nochmal bei der Purserette nach, aber sie
glaube nicht, dass man da während des Flugs etwas reparieren
könne. Es war die verbindlich lächelnde Umschreibung für *Ver-*
giss es, Alter.

Gottfried seufzte. Er las weiter.

»Nach sechzig Herzschlägen ist es Zeit, die Münzen aus dem geheiligten
Boden zu graben. Sobald das vierdimensionale Licht des Polarsterns auf die
Münzen trifft, öffnet sich das Portal zur vierten Dimension. Nur Germa-
nen und ihre Nachkommen können die vierte Dimension sehen und in ihr
leben. Allen anderen ist die Sklaverei vorherbestimmt.«

Das war bodenloser Unsinn, aber es schien, als würden Kajas
Entführer nach dem hier beschriebenen Plan vorgehen.

Er musste unbedingt Olaf warnen, aber das war unmöglich. Er
konnte nur hoffen, dass Olaf dieses Zeug auch las.

Gottfried zwang sich, weiterzulesen: ein weiterer Post derselben Telegram-Gruppe.

»Zwei Tage bis zur Eröffnung des Portals. Haltet euch bereit!«

Gottfried klickte auf den beigefügten Link, und es öffnete sich
eine Webseite. Gut, dass Ashwini sie zum offline Lesen heruntergeladen hatte.

»Countdown zur Eröffnung des Portals«, stand dort in riesigen Let-
tern. Darunter war in Rot *»Zwei Tage«* zu lesen.

»Die Herrschaft des Germanischen Reichs wird wiederhergestellt. Alle
Verräter werden hingerichtet!«, ließ der Autor seine Leser wissen.

In zwei Tagen sollte also etwas passieren, was diese Spinner als
Öffnung des Portals bezeichneten, dachte Gottfried. Ashwini
hatte das Material am Tag zuvor heruntergeladen. Was immer
passieren sollte, es würde morgen stattfinden.

Der Rest der Webseite schien aus einer endlosen Liste von
Videos zu bestehen. Neben jedem war eine kurze Beschreibung
zu finden. Auf dem Vorschaubild einer der Videodateien war

eine prominente, betrübt dreinschauende Politikerin zu erkennen. »*Was geschieht mit den Grünen?*«, stand in der Kurzbeschreibung. »*Da die Bundesrepublik Deutschland seit 2018 nicht mehr existiert, wird die Partei Die Grünen aufgelöst. Alle ihre Mitglieder werden wegen Kinderprostitution und Hochverrats am deutschen Volk abgeurteilt.*«

Gottfried setzte das Headset auf. Als er das Video startete, bekam er eine schnarrende Stimme zu hören, die zu dramatischer Musik ungeheuerliche Vergehen aufzählte, für die Grünen-Politiker zu büßen hätten. Dabei wurden Bilder von gefangenen Kindern in Käfigen und im Krieg zerbombten Städten gezeigt.

Er blickte irritiert hinter sich. Was würde jemand denken, der zufällig auf seinen Bildschirm sah? Er kramte in seiner Laptoptasche nach der Blickschutzfolie. Eigentlich nutzte er sie nur, wenn er im Flieger vertrauliche Dokumente las. Die Folie stellte sicher, dass man nur dann etwas auf dem Bildschirm erkennen konnte, wenn man direkt davorsaß. Dennoch blieb das Unbehagen, als er die Folie am Bildschirm angebracht hatte.

Als nächstes widmete er sich der Laufschrift, die oben auf der Webseite im Stile eines Newstickers über den Bildschirm lief.

»*Vatikan: Papst Franziskus und alle Kardinäle erschossen*«. »*New York: US-Präsident Trump lässt Joe Biden hinrichten*«, war die nächste sogenannte Nachricht.

Irritiert schüttelte er den Kopf. Das alles war viel mehr als Verschwörungstheorie. Stammte die Webseite vielleicht von einem Menschen mit einer schweren psychischen Krankheit?

Er klickte ein Video an, das im Vorschaubild den Planeten Saturn mit seinen Ringen zeigte. Ihn erwarteten geheimnisvolle Sphärenklänge und dieselbe schnarrende Stimme von vorher.

»*Saturn erreicht die Eigenfrequenz der Galaxis. In wenigen Tagen schwingt das Sonnensystem in kosmischer Harmonie. Der Ozean unter dem Eispanzer des Mondes Enceladus erwacht zum Leben. Haltet euch bereit!*«

Würde dieser Unsinn ewig so weitergehen? Widerwillig klickte Gottfried auf ein weiteres Video: das neueste ganz oben auf der Liste.

»*Die Wiederherstellung der Dreifaltigkeit ist Realität.*« Wieder die bekannte Stimme, diesmal zu dem Bild einer trutzigen Burg und untermalt mit wuchtiger Orgelmusik. »*U hat zu uns gesprochen. Die dritte Münze manifestiert sich, sobald der Enkelin das Herz entrissen*

wird. Alle Diebe werden hingerichtet. Alle Verräter werden hingerichtet.
Die Diener des Germanischen Reichs werden zu Herrschern …« Nun
wurde eine Europakarte eingeblendet. Deutschland erschien
darauf merkwürdig groß, man schien auf der Karte Frankreich
und Polen vergessen zu haben. »*… der Ostprovinzen und der West-*
provinzen. Die Brut des Diebes wird gefangengenommen. Das herausge-
schnittene Herz der Enkelin ist der Dünger der Dreifaltigkeit.«

Nun wurde eine junge Frau gezeigt, eher ein junges Mädchen,
das eine Straße entlanglief. Das Mädchen trug Shorts und Flip-
flops und schien sich in keiner Weise bewusst, dass es gefilmt
wurde. Gottfried brauchte einige Sekunden, bis sein Bewusstsein
zuließ, was sein Hirn ihm eindringlich zu sagen versuchte.

Entsetzt klappte er das Notebook zu.

Das Mädchen in dem Video war Kaja Lokotsch!

33

Die spinnen doch alle!

Olaf hielt es nicht mehr am Schreibtisch. Er stürzte in den Flur und riss den Autoschlüssel vom Haken. Ashwinis Infos mussten warten. Was er bisher gelesen hatte, war bizarr, geradezu ausgetickt. Dabei hatte er sich noch gar nicht die Telegram-Postings angesehen. Da stand gewiss noch viel Verrückteres drin.

Für ihn war klar: Sie hatten es mit Leuten zu tun, die davon überzeugt waren, die Münzen hätten eine Art Zauberkraft. Sie glaubten, mit ihnen ein Portal in eine andere Welt öffnen zu können. Um an die Münzen zu gelangen, würden sie nicht vor Gewalt zurückschrecken, das hatten sie durch die Morde an Kühnemuth und Eckert unter Beweis gestellt. Und nun dachten Sara und Simone, sie könnten bei diesen Leuten einfach vorbeispazieren und Kaja befreien. Dabei hatten sie keinen Plan. Das musste schiefgehen.

Polternd rannte er die Treppen hinunter, lief zügig die Straße entlang zu seinem Auto. Von nun an zählte jede Sekunde. Dennoch nahm er sich die Zeit, den Viruskonfigurator auf seinem Handy aufzurufen, bevor er den Motor anließ. Unverändert. Der Virus auf Simones Smartphone gab keinen Mucks von sich. Es musste heruntergefahren sein. Olaf wollte kein plausibler Grund einfallen, weshalb sie das selbst getan haben sollte. Jemand anderes hatte dafür gesorgt.

Er musste eine Weile rangieren, bis er aus der engen Parklücke kam. Dann raste er viel zu schnell die schmale Straße entlang in Richtung Alleenring.

Es gab einen unsanften Ruck, als das Bugrad des tonnenschweren Flugzeugs auf die Landebahn traf. Für Gottfried fühlte es sich an wie eine Erlösung. Natürlich war es noch nicht erlaubt, dennoch schaltete er den Flugmodus auf seinem Handy aus.

Es dauerte nur wenige Sekunden, bis die ersten Benachrichtigungen eingingen. Die neuesten waren geschäftliche, seine Frau

Martina hatte eine Signal-Nachricht geschickt … Und Olaf hatte geschrieben. Begierig öffnete er die drei Nachrichten. Die Identität des Mannes auf dem Foto war geklärt. Olaf hatte sogar eine Anschrift mitgeschickt. Simone Lokotsch und Sara waren dorthin gefahren – offenbar aus einem Impuls heraus und völlig ohne Plan. Und Olaf war ihnen hinterhergefahren. Seine letzte Nachricht war bereits einige Stunden alt. Seitdem hatte er sich nicht mehr gemeldet. Das war ein schlechtes Zeichen.

Er wählte Olafs Nummer. Wie befürchtet, meldete sich nur der Anrufbeantworter. Er legte auf und versuchte es erneut. Wieder ging Olaf nicht dran. Dann wenigstens eine Nachricht. Rasch tippte er in den Messenger, was er herausgefunden hatte: Die Verschwörungserzählung, der die Entführer als Blaupause folgten, das Video, das Kaja als das ausgewählte Opfer zeigte, und dass beide, auch Simone, bei einem grausamen Ritual getötet werden sollten.

Seine Finger zitterten, als er die Nachricht abschickte. Ihm war schwindelig, wahrscheinlich war es der Schlafmangel. Gewöhnlich schlief er im Flieger, diesmal war er zu aufgewühlt gewesen. Er blickte durchs Fenster auf das Vorfeld und das noch entfernte Terminal 1 des Frankfurter Flughafens. Die geparkten Flugzeuge warfen lange Schatten. Bald würde die Dämmerung einsetzen.

Als das Dröhnen der Triebwerke verstummte, schossen die ersten Ungeduldigen aus ihren Sitzen, um die Gepäckfächer zu öffnen. Die Stewardess brachte ihm sein Jackett.

Er versuchte, seine Gedanken zu ordnen. Für die Umsetzung ihres Plans mussten diese Leute auch Simone entführen. Dann hätten sie beide, Mutter und Tochter, in ihrer Gewalt. Für ihren sadistischen Hokuspokus. Wenn er wenigstens wüsste, *wo* sich das abspielen sollte. An dem Ort, an dem einst eine Odinstatue gestanden habe, hieß es in diesen irren Texten. Wo um Himmels willen könnte das sein?

Er warf einen letzten Blick auf sein Handy. Dann war ihm klar, was er zu tun hatte.

»Heute Nacht zwischen eins und zwei ...«

Olaf war durcheinander. Wer sprach da?

»Die Info stammt direkt von U ...«

Und wo war er überhaupt?

»Eine sehr strikte Vorgabe. Was, wenn wir das verpassen?«

Eine andere Stimme. Träumte er noch? Etwas hatte ihn aus dem Tiefschlaf geweckt. Er lag nicht in seinem Bett. Aber wieso? Er wollte sich auf die andere Seite drehen. Es war nicht möglich. Etwas hinderte ihn daran. Es durchfuhr ihn wie ein Blitz, als er begriff: Er war gefesselt!

»Wir können das gar nicht verpassen«, sagte die erste Stimme. »U lebt zugleich in der Gegenwart und in der Zukunft. Er weiß, was passieren wird und dass wir die Mission erfüllen werden.«

»Stimmt«, sagte der andere, »Er lebt ja in der vierten Dimension.«

Olaf kannte die Stimme des zweiten Mannes. Aber wer war er? Es wollte ihm nicht einfallen. Genauso wenig, wie er überhaupt hierher gelangt und warum er gefesselt war. Zwar war er hellwach, aber sein Hirn schien wie blockiert.

»Sollten wir heute nicht fertig werden, haben wir noch weitere Versuche«, hörte er die erste Stimme sagen. Sie wirkte angenehm und volltönend wie von einem Schauspieler. »Die Planetenkonstellation ist neunzehn Tage gültig. Immer nach eins. Nur verschieben sich die Uhrzeiten für jeden weiteren Tag um zwei Minuten nach hinten. Daran müssen wir denken. Sollte heute bei dem Ritual irgendetwas schiefgehen, haben wir achtzehn weitere Gelegenheiten.«

Olaf versuchte, sich in der Finsternis zu orientieren. Von irgendwoher kam ein vages Licht. Rechts von ihm auf halber Höhe erkannte er ein Viereck, vielleicht einen Schlitz, durch den wie von weiter Ferne ein winziges bisschen Licht in den Raum einsickerte. Mit den Händen ertastete er hinter sich etwas Metallenes, Rundes, gewiss ein Ring, an den man ihn gefesselt hatte. Die Wand war glatt und fühlte sich an, als sei sie aus Holz. Nur wenige Schritte vor ihm glaubte er eine weitere Wand zu erkennen. Der Raum, in dem er lag, musste sehr klein sein. Die Stimmen der beiden Männer kamen von rechts aus der Richtung des Schlitzes. Sie klangen gedämpft, als befände sich dazwischen etwas, das den Schall zu verschlucken versuchte. Der Untergrund, auf dem Olaf lag, war rau. Es roch nach Sperrholz.

»Wer hätte geahnt, dass die Mutter frei Haus in unser Netz spaziert kommt. So können wir schon diese Nacht loslegen.« Die Stimme klang so bekannt. Aber er kam nicht darauf, zu wem sie gehörte. Seine Gedanken waren gedämpft wie die Stimmen der beiden Männer. »Das hat uns eine Menge Arbeit mit einer fingierten Übergabe erspart. Ich frage mich bloß, wie sie uns gefunden hat.«

»Da steckt bestimmt das andere Weibsbild dahinter«, sagte der Mann, der wie ein Schauspieler klang. »Die hat die beiden ja bei sich aufgenommen. Ohne den Tracking-Virus hätten wir die nie aufgespürt.«

»Und wenn die Mutter das Handy nicht eingeschaltet hätte. Frauen sind halt neugierig.«

Sein Herzschlag setzte für einen Moment aus, als Olaf klarwurde, wer da sprach: Es war die Stimme des zynischen Anrufers auf dem Entführerhandy! Mit einem Schlag erinnerte er sich: die Entführung, römische Münzen, die Morde. Nun verstand er die Situation, in der er sich befand. Und die Gefahr. Eine wilde Angst wollte sich in ihm breitmachen. Er bemerkte, dass er stoßweise und heftig atmete. Es dauerte Sekunden, bis er sich wieder gefangen hatte.

»Was machen wir mit dem Typen? Wer ist das überhaupt?«, hörte er die Stimme sagen, die er vom Entführerhandy kannte.

»Keine Ahnung. U hat nichts über die Frau und auch nichts über diesen Verräter gesagt.«

»Dann töten wir auch den oder was?«

»Wir warten, bis das Portal geöffnet ist.«

»Richtig. Dann können wir Sklaven nehmen. Wir schneiden ihm die Eier ab und lassen ihn für uns arbeiten.« Der zweite Mann lachte polternd.

Olaf presste instinktiv die Knie zusammen. Diese Männer waren Kajas Entführer. Sie sagten, sie hätten auch Simone in ihrer Gewalt. Bestimmt hatten sie auch Sara. Und ihn mussten sie ebenfalls überwältigt haben. Aber wieso konnte er sich daran nicht erinnern?

Vorsichtig testete er aus, welchen Spielraum seine Fesseln zuließen. Seine Füße waren am Boden fixiert. Sie hatten eine Bewegungsfreiheit von vielleicht einem halben Meter. Als er sich vom Boden abdrückte, um näher an die Wand zu rutschen, wurde ihm schwindelig. Waren das Nachwirkungen von Rohypnol? Die Entführer könnten ihm die Droge verabreicht haben. Das würde erklären, weshalb er nicht die geringste Ahnung hatte, wie er in diese Situation geraten war. Er wusste sicher, dass er in die Römerstadt gefahren und in der Nähe von Krempkes Haus aus dem Auto gestiegen war. Was er danach erlebt hatte, schien aus seinem Hirn gelöscht worden zu sein.

Er ignorierte das Brausen in seinem Kopf und schaffte es schließlich, seine Schulter an die Wand zu pressen und den Kopf anzuheben. Diese Position erlaubte ihm einen besseren Blick über die düstere Umgebung.

»Dass wir jetzt auch noch das Mädchen opfern sollen, gefällt mir gar nicht«, sagte die zweite Stimme. »Die hätte ich zu gerne als Sklavin mitgenommen.« Der schmierige Unterton ließ keinen Zweifel daran, dass hier der Entführer sprach, der mit Simone telefoniert hatte.

»Wenn das hier vorbei ist, kannst du dir so viele nehmen, wie du willst«, sagte die erste Stimme. »U sagt, wir müssen das Mädchen töten, weil uns die dritte Münze fehlt. Und das Ritual sieht vor, dass wir dasselbe mit ihr tun, wie mit der Mutter. Es soll ein langsamer, qualvoller Tod sein, heißt es.«

»Dann wird sie dabei wenigstens nackt sein«, rief der andere feixend.

»Mach ruhig. U wird es egal sein. Und am Schluss müssen wir ihr Herz ... Du weißt schon. Wir müssen es zusammen mit den Münzen vergraben.«

»Das wird eine ganz schöne Sauerei geben, wenn wir das Ding aus ihr rausschneiden.«

Olafs Gedanken begannen umherzuspringen. Er war in einem Albtraum gelandet. Wie konnte er sich befreien? Sich und die anderen? Fast wünschte er sich in die Bewusstlosigkeit zurück, in der er noch vor wenigen Minuten gewesen war. Angespannt versuchte er, in der Dunkelheit Einzelheiten auszumachen. Es dauerte nicht lange, bis er erkannte, was gegenüber und links von ihm auf dem Boden lag: Es waren reglose Gestalten. Ob sie tot waren oder betäubt, war nicht zu erkennen. Wahrscheinlich standen sie unter Drogen, so wie er selbst vor wenigen Minuten. Sein Herz schnürte sich zusammen, als ihm klarwurde, dass es drei Personen waren: Das konnten nur Kaja, Simone und Sara sein.

»Für die germanische Gesellschaft war Sklavenhaltung eine Selbstverständlichkeit«, sagte die Schauspielerstimme. Es gab keinen Zweifel, dass der Mann bei den beiden den Ton angab. »Das gehörte zum Leben dazu wie bei uns heute das Betriebsverfassungsgesetz.« Er lachte über seinen eigenen Witz. »Ohne den Einsatz von Sklaven hätte die Landwirtschaft überhaupt nicht funktioniert. Es wären Hungersnöte ausgebrochen. Die Kräftigen konnten für die wirklich harte Arbeit eingesetzt werden, auch im Bergbau. Und in jedem Haus kümmerten sich Sklaven um die Hausarbeit.«

»In meinem Haus gerne auch Sklav*innen*«, warf der andere mit schmierigem Zynismus ein.

»In meinem auch«, sagte der Mann mit seiner wohltönenden Stimme. Er lachte wieder. »Bei den Germanen war der Umgang mit Frauen nicht so verklemmt wie bei uns heute. Die Ehefrau war der Fixpunkt der Familie. Sie organisierte den Haushalt, zog die Kinder groß. Die Arbeit erledigten Haussklaven. Sex mit Sklavinnen war eine Selbstverständlichkeit. Germanische Männer konnten mit ihnen ausleben, was ihre Ehefrauen niemals zugelassen hätten. Sie waren ausgeglichener als heutige Männer. Im Germanischen Reich wurde nie eine Frau vergewaltigt.«

»Sobald das Portal geöffnet ist, wird das alles wieder eingeführt«, sagte der andere.

»Wir müssen gar nichts einführen. In der vierten Dimension sind die Dinge noch genauso wie damals. Das Germanische Reich ist Vergangenheit, Gegenwart und Zukunft. Dort gibt es keine Verzwergung des Mannes durch den Feminismus.«

»Ich kann es kaum erwarten. Dann ist Schluss mit Frauen, die sich reindrängen, wo sie nicht hingehören. Und wir müssen uns nicht mehr diesem verdrehten Männerbild unterwerfen, nur um unsere Chance auf ein bisschen Blümchensex zu erhöhen.«

»Mit der Öffnung des Portals ist es auch *damit* vorbei.«

»Und dann nehmen wir uns die Frauen, die *uns* gefallen. Als Sklavinnen«, rief der andere triumphierend.

Die Männer hatten eindeutig einen an der Waffel, dachte Olaf. Aber sie hatten ihn in seiner Gewalt. Ihn und die drei Frauen. Irgendwie musste er es schaffen, sich von den Fesseln zu befreien. Für den Moment schienen die Entführer mit sich selbst beschäftigt. Diese Zeit musste er nutzen.

Er prüfte, womit genau man ihn gefesselt hatte. Etliche Lagen Klebeband, stellte er bald fest. Davon würde er sich niemals befreien können. Nicht ohne ein Werkzeug. Er suchte mit den Augen den Boden nach irgendetwas ab, das er erreichen und benutzen könnte, es war aber in dem düsteren Raum nichts zu finden.

Sein Haustürschlüssel! Er spürte ihn in der Hosentasche. Mit ihm könnte er das Klebeband zerschneiden. Der Schlüssel rieb gegen den Oberschenkel, wenn Olaf das Bein bewegte. Es war aber unmöglich, mit den Händen auch nur in die Nähe der Hosentasche zu gelangen.

»Hast du das gehört?«

Olaf stoppte mitten in der Bewegung, als er die Schauspielerstimme vernahm. Plötzlich erschienen ihm die Geräusche, die er gemacht hatte, laut wie Donnerhall.

»Einer von denen könnte aufgewacht sein. Sieh mal nach.«

Olaf streckte sich vorsichtig aus und schloss die Augen, als er hörte, wie eine Autotür geöffnet wurde.

Nun war er sicher: Er befand sich in einem Transporter.

34

Gottfried hielt es nicht zu Hause aus. Ständig spielte er im Kopf durch, was passiert sein könnte. Von Olaf hatte es noch immer kein Lebenszeichen gegeben. Er musste das Schlimmste annehmen, aber er weigerte sich, es zu tun. Von der Polizei hatte er seit dem Telefonat im Terminal genauso wenig gehört wie von Olaf. Für den Polizeibeamten musste seine Geschichte so abenteuerlich geklungen haben, dass er sie vermutlich nicht ernst nahm. Das Haus war still und verwaist. Martina war mit Freundinnen unterwegs. Erfahrungsgemäß würde sie nicht vor zwei zurückkommen. Statt allein im Haus herumzusitzen, könnte er etwas Hilfreiches tun.

So spät am Abend brauchte er weniger als zwanzig Minuten bis zur Römerstadt. Sein Navi führte ihn in eine schmale, von parkenden Autos gesäumte Einbahnstraße. Flache Häuser, durch halbhohe, nackte Betonwände vom Bürgersteig abgetrennt, ließen keinen Zweifel, dass er sich in einer Ernst-May-Siedlung befand. Knapp fünfzig Meter vor dem Reihenhaus, in dem dieser Krempke wohnte, entdeckte er eine Parklücke, die groß genug für seinen BMW war.

Einen Moment starrte er die Straße entlang in die Richtung, in der Krempkes Haus lag. Er war unschlüssig, was er tun konnte. Auf keinen Fall würde er einfach an der Tür klingeln. Einen besseren Plan hatte er aber nicht. Noch nicht.

Im Licht einer Straßenlaterne sah er Leute, die sich lebhaft zu unterhalten schienen – zu solch später Stunde in einer Wohngegend ungewöhnlich. Es wirkte, als ob sie sich über etwas aufregten. Nun bemerkte er, dass sie immer wieder auf das Haus auf der anderen Straßenseite zeigten.

Die Polizei könnte in Krempkes Haus gewesen sein, wurde ihm plötzlich klar. Und nun standen seine Nachbarn auf der Straße und kommentierten die Geschehnisse. Gespannt stieg er aus dem Auto und lief auf das Haus und die Gruppe Menschen zu. Er musste unbedingt erfahren, was passiert war.

Wie er auf Leute wirkte, seit er vom Krebs gezeichnet war, wusste er. So verwunderte es ihn nicht, dass die Gespräche plötzlich abbrachen. Alle starrten ihn an. Fast glaubte er, sie erwarteten von ihm eine Erklärung für das, was sie so aufwühlte.

»Wo kommen *Sie* auf einmal her?«, fragte ein bärtiger Mann um die vierzig. Er wirkte noch aufgeregter als die anderen. Die Aggression war unüberhörbar.

Gottfried ließ sich nicht aus der Ruhe bringen. »Ich möchte nur wissen, was hier passiert ist.«

»Ein Überfallkommando hat Jochens Haus aufgebrochen«, ereiferte sich der Mann. »Dabei war er gar nicht zu Hause!«

Nun waren Krempke und seine Komplizen gewarnt. Hoffentlich würde sich das nicht als verheerend erweisen. Gottfried hatte der Polizei gesagt, dass das bizarre Ritual an dem Ort stattfinden sollte, an dem eine Odinstatue gestanden hatte. Die Polizeibeamten konnten mit dieser Information gewiss nichts anfangen und hatten sie ignoriert. Vielleicht hatte die Polizei in Krempkes Haus wenigstens etwas gefunden, womit man den Entführten helfen konnte.

»Ist Ihr Nachbar denn in etwas Kriminelles verwickelt?«

»Auf keinen Fall!«, antwortete der Bärtige aufgebracht. Die Umstehenden, ein weiterer Mann und drei Frauen, gaben ihm aufgeregt recht. »Und wie kommt es, dass Sie ausgerechnet jetzt hier aufkreuzen?« Er blickte Gottfried noch misstrauischer an als zuvor.

»Sie stehen hier auf der Straße, als wäre gerade ein Haus abgebrannt. Da frage ich natürlich, was passiert ist.«

Alle fünf betrachteten ihn argwöhnisch. Wie es schien, konnten sie sich keinen Reim darauf machen, weshalb gerade dann ein Mann, abgemagert wie ein Skelett, aus dem Nichts vor Krempkes Haus auftauchte, nachdem es von einer Sondereinheit der Polizei gestürmt worden war.

»Weiß man denn den Anlass für den Polizeieinsatz?«, fuhr er ungerührt fort. »Wurde etwas gefunden?«

»Die Polizei hat Jochens Haustür demoliert und einen Riesenkrach gemacht«, sagte eine der Frauen. »Mehr wissen wir nicht.«

»Und mehr geht Sie auch nichts an«, fiel ihr der Bärtige ins Wort.

Gottfried sollte zurück zu seinem Auto gehen. Hier würde er sowieso nichts Bedeutsames erfahren. »Nur eine Frage noch.« Ihm war plötzlich eine Idee gekommen. »Weiß jemand von Ihnen etwas über eine antike Odinstatue, die hier in der Nähe gefunden wurde?«

Der Mann, mit dem er bislang gesprochen hatte, schien zu einer schroffen Antwort anzusetzen, aber eine der Frauen, eine Dunkelhaarige um die fünfzig, kam ihm zuvor.

»Diese Häuser stehen auf einer alten römischen Garnisonsstadt. Hier wurde schon alles Mögliche ausgegraben.«

»Aber doch nicht eine *Odin*statue!«, wandte eine der anderen Frauen ein. »Das war doch kein römischer Gott.«

»Stimmt. Der Odin passt nicht hierher«, sagte die Erste. »Das war ja der Hauptgott der Germanen. Eine Jupiterstatue könnten Sie hier eher finden, das war ja der Chef der römischen Götter.«

»Hat man aber nicht«, sagte die andere. »Jedenfalls nicht in der Römerstadt.«

»Einen Bronzeadler hat man gefunden.« Der Bärtige schien von dem Thema so mitgerissen, dass er sein Misstrauen gegenüber Gottfried vergaß. »Vor vielleicht sechs Jahren wurde der ausgegraben. Das ist ein Adler mit einem Blitz, ein Symbol für den Gott Jupiter. An dem Fundort soll ein Jupitertempel gestanden haben.«

»Jupiter ist aber nicht Odin«, sagte die Dunkelhaarige. »Der Mann hat ja nach einer Odinstatue gefragt.«

»Aber es wurde in der Römerstadt eine Jupiterstatue ausgegraben«, insistierte der Mann. »Gewissermaßen.«

Gottfried verspürte unerwartetes Adrenalin in seinem Körper aufsteigen. Ein kleines Fünkchen Hoffnung?

»Können Sie mir vielleicht erklären, wie ich da hinkomme?«

Es erinnerte an Windrauschen, als die hauchdünne Folie, vom Luftwiderstand gebläht, langsam zu Boden sank. Olaf kannte das Geräusch vom Streichen, wenn man den Fußboden zum Schutz vor Farbklecksen mit Plastikfolie abdeckte. Er kämpfte gegen den aufkommenden Horror an, als ihm klar wurde, wogegen der Mann mit dem Bierbauch den Boden abdeckte.

»Das wird gleich eine große Sauerei geben.«

Olaf erkannte in dem rothaarigen Mann, der in der vorderen Hälfte des Laderaums eine Folie ausbreitete, Jochen Krempke. Als er in die Hocke ging, um an den Seiten Klebestreifen zur Befestigung anzubringen, schaute sein halber Hintern aus der Jeans heraus. Wäre Olaf nicht in dieser hoffnungslosen Lage gewesen, hätte er über Krempkes obszönes Maurerdekolletee lachen können.

Im trüben Licht der Innenbeleuchtung blickte er sich in dem Laderaum um. Er war größer, als er es sonst von Transportern kannte. Der viereckige Schlitz, den er in der Dunkelheit gesehen hatte, erwies sich als das Sichtfenster zum Fahrerraum. Das durch ihn eingefallene Licht, in dem er sich zuvor orientiert hatte, stammte von der Straßenbeleuchtung. Es war ein beinahe zuversichtlich stimmender Gedanke, dass das Fahrzeug also keineswegs in einer unbewohnten Gegend stand.

Gegenüber von ihm erkannte er Sara. Simone und Kaja befanden sich im hinteren Ende des Laderaums. Alle drei waren wie er an Händen und Füßen gefesselt. Die beiden Lokotschs lagen auf den Seiten, sichtlich um erträgliche Positionen bemüht. Sara war es wie ihm gelungen, die Schulter an die Wand zu stützen und den Kopf aufzurichten. Sie blickte alarmiert zu ihm herüber. Und ratlos.

Olaf sah nach rechts, als er das Geräusch einer Schiebetür vernahm. Der zweite Entführer hievte sich mühsam in den Laderaum. Sein kariertes Hemd war nicht in die Hose gesteckt und wies etliche Schweißflecke auf. Der Bauch des ungewöhnlich korpulenten Mannes schaute heraus, als er sich am Türrahmen festhielt. Olaf schätzte, dass der etwa 60-Jährige mit dem aufgedunsenen Gesicht um die drei Zentner wog.

»Wir fangen an.«

Olaf erkannte die wohlklingende Stimme, die er zuvor gehört hatte.

»Anfangen?«, rief Olaf. »Womit fangen Sie an?« Einen Moment zuvor hätte er dem Dicken ein Bein stellen können. Der war nahe genug an ihm vorbeigegangen, dass er ihn trotz der gefesselten Füße erreicht hätte. Und es wäre ihm sicher gelungen, den massigen Mann, den die ersten Schritte in dem Laderaum sichtlich anstrengten, zu Fall zu bringen. Nur hätte es ihnen in ihrer Situation bestimmt mehr geschadet als genutzt.

Der Mann blickte auf ihn herunter. »Wir beginnen das Ritual, mit dem wir das Portal öffnen. Aber das sagt Ihnen vermutlich nichts.«

»Dann machen Sie das meinetwegen«, sagte Olaf, »aber ohne uns. Wir haben mit Ihrem Ritual und Ihrem Portal nichts zu tun. Wieso halten Sie uns gefangen?«

»Ihre Rolle wird Ihnen gleich klarwerden«, sagte der Mann. »Wir müssen die beiden Lokotsch-Frauen opfern.«

»Opfert euch doch selbst, ihr Vollidioten!«, rief Sara entgeistert.

Der Mann blickte kurz zu ihr herüber, dann wieder zu Olaf. »Heute Nacht lassen wir das Germanische Reich wiederauferstehen«, sagte der Mann in einem Tonfall, als erzähle er von seinem nächsten Urlaub, »ein Reich, das nie wirklich untergegangen ist. Es lebt für immer weiter in der vierten Dimension. Und wir beide, Jochen Krempke und ich, Sigfried Gabriel, werden gleich das Portal in die vierte Dimension aufstoßen.«

»Sie meinen das nicht ernst«, sagte Olaf. »Sie können einen solchen Quatsch unmöglich glauben!«

»Das hat mit Glauben nichts zu tun.« Gabriel schmunzelte überlegen. »Wir *wissen* es.«

Olaf blickte zu Sara. Der Ausdruck ihres Gesichts verriet ihre Verwirrung. Anders als Olaf hatte sie die Unterhaltung zwischen den beiden Entführern nicht mitgehört, wusste nichts über deren Pläne, nichts von einem Ritual, von Folter, einem Herz, das herausgeschnitten würde. Sein Bauch krampfte sich zusammen, als er darüber nachdachte. Und sie wusste genauso wenig wie er, wie sie aus dieser Situation herauskommen könnten. Wie auch? Sie waren gefesselt und den Verrücktheiten der beiden Männer ausgeliefert. Mit Reden konnten sie das Ganze verzögern. Nur wozu? Für Optionen und Chancen, die sich sowieso nicht bieten würden? Für einen Moment bereute Olaf, dass er Gabriel zuvor kein Bein gestellt hatte.

»Hier kann man sich ja kaum rühren!« Krempke mühte sich mit der Plane ab. Gabriel stand ihm dabei im Weg. »Ich habe mit zwei Gefangenen gerechnet, nicht mit vier.«

»Du und deine Pläne!« Gabriel sah ihn tadelnd an, dann ging er einige Schritte weiter in den hinteren Teil des Laderaums. Er nahm Simone und Kaja in Augenschein.

»Was habt ihr mit ihnen vor?«, rief Sara.

»Klaus Lokotschs Tochter«, Gabriel nickte zu Simone, »wird Buße tun für die Schuld ihres Vaters. Ihr Vater ist der Dieb der Dreifaltigkeit …«

»Was reden Sie da?«, rief Sara aufgebracht. »Buße, Dreifaltigkeit. Was soll das?«

»Klaus Lokotsch hat die Münzen der Dreifaltigkeit gestohlen«, fuhr Gabriel in ruhigem, erklärendem Tonfall fort. »Da er gestorben ist, muss sich die Tochter dafür verantworten: Simone Lokotsch. Sie wird heute Nacht hingerichtet.«

»Ihr wollt mich umbringen wegen einer Münze?«, rief Simone entsetzt.

»So sieht es das Ritual vor«, sagte Gabriel, als bestätigte er so etwas Banales wie, welcher Wochentag heute war. Dann zeigte er auf Kaja. »Und von dem Mädchen brauchen wir das Herz, damit sich die dritte Münze manifestiert.«

»Was reden Sie für ein irres Zeug?«, rief Sara entsetzt. »Ist das hier versteckte Kamera oder so was? Kein vernünftiger Mensch kann einen solchen Quatsch glauben!«

Gabriel machte eine ungeduldige Geste. »Nur der innerste Zirkel ist eingeweiht. Das Volk weiß nichts von der bevorstehenden Transformation.«

»Ihr seid ja völlig irre!«, schrie Simone heftig. »Das habt ihr euch doch bloß ausgedacht. Haltet wenigstens meine Tochter da raus!«

»Die brauchen wir«, sagte Gabriel mit seiner ruhigen, wohlklingenden Stimme. »Wir brauchen Sie beide für das Ritual, und das sieht Folter und einen qualvollen Tod vor.«

Kaja stieß einen heiseren Schrei aus. Bislang war sie in einer Art Schockstarre gewesen. Das Mädchen musste völlig verängstigt sein. Olaf kämpfte gegen den Horror an, der ihn zu überwältigen drohte. »Und wieso in Gottes Namen gehört Folter dazu?«, sagte er mit der ruhigsten Stimme, zu der er fähig war.

»Wir haben uns an das Ritual zu halten«, erwiderte Gabriel. »Simone Lokotsch büßt für den Diebstahl der Münzen, ihre

187

Tochter wird für die Manifestation der dritten Münze geopfert.«
Er stand wieder vor Olaf. »Das alles mag für Sie grausam klingen«, fuhr er fort, »aber es ist für ein höheres Ziel. Da muss man
sich überwinden und hart zu sich selbst sein. Wir tun, was getan
werden muss.«

»Mir kommen die Tränen.« Olaf konnte den Sarkasmus nicht
zurückhalten. »Sie müssen sich überwinden, die Frauen zu quälen und umzubringen?« Er dachte an Krempkes zynisches Be-
dauern darüber, dass er Kaja nicht als Sklavin mitnehmen könne. »Ihr Kompagnon kann es doch kaum erwarten, das Mädchen zu vergewaltigen.«

Krempke schien etwas Grobes erwidern zu wollen, aber Gabriel kam ihm zuvor. »Es ist nicht unsere Entscheidung. Wir
müssen das Ritual umsetzen, ganz gleich, woraus es besteht«,
sagte er ungerührt. »Und es entspricht der elementaren Natur
eines Mannes, dass es ihn erregt, wenn ihm zwei Frauen ausgeliefert sind. Vor allem wenn er sie auf diese Weise exekutiert.«
Er hielt eine etliche Zentimeter lange Nadel in die Höhe.

Die Frauen schrien entsetzt auf. Olaf schluckte seinen Schrei
herunter. Wie war er bloß in diesen Albtraum geraten? Diese
Spinner schienen zu allem entschlossen. Vor seinen Augen erschien der Anblick von Sybille Eckerts Leiche. Wie oft hatte er
sich gefragt, welche Pein die arme Frau erlitten hatte? Sollte er
nun hilflos mit ansehen, wie diese Vollidioten dasselbe mit Simone und Kaja tun würden?

»Wie wollt ihr das überhaupt anstellen?« Er versuchte, überzeugend zu klingen. »Hier in diesem Fahrzeug würde man doch
Schreie hören. Das würden Leute mitbekommen, und ihr würdet auffliegen.«

»Der Laderaum ist natürlich schallisoliert«, gab Gabriel wie
beiläufig zurück. »Nur an der Tür und zum Fahrerraum hin
müssen wir noch Matten anbringen, dann dringt nichts nach
draußen.« Er bückte sich schwerfällig, um etwas, das wie eine
Turnmatte aussah, vor die Schiebetür zu positionieren und mit
Klettverschlüssen zu fixieren. Krempke tat das Gleiche an der
Stirnseite des Laderaums.

»Und ihr glaubt allen Ernstes, die vierte Dimension tut sich mit Engelsgesang auf, wenn ihr die beiden umbringt?«, sagte Olaf.

»Das ist Teil des Rituals«, entgegnete Gabriel.

»Nein. Das ist Nonsens!«, rief Olaf. »Ihr seid bloß zwei Frauenmörder, mehr nicht!«

Gabriel schnaubte verärgert. »Für Sie mag es brutal und menschenverachtend wirken. Aber es geht um die Öffnung des Portals. Was wir tun, das tun wir für die gesamte Menschheit. Wie viel wiegen dagegen Ihre Skrupel? Es gilt, sie zu überwinden, wir müssen hart gegenüber uns ...«

»Ja. Das hatten wir bereits«, fiel Olaf ihm ins Wort. »Sie zeigen ihre starke Persönlichkeit, indem Sie Menschen mit Nadeln quälen ...« Durch Reden mehr Zeit gewinnen? Olaf wusste nicht mehr wofür. Er konnte diese Männer nicht aufhalten. »Sie brauchen Simone und Kaja also für Ihr Ritual, wie Sie sagen ... Um das Tor in diese Geisterwelt aufzustoßen ...«

»In die vierte Dimension«, korrigierte Gabriel ihn mit ruhiger Stimme.

»Aber das ist doch blanker Unsinn!« Olaf bemerkte selbst den flehenden Ton in seiner Stimme, aber es war ihm nun egal. »Die vierte Dimension ist die Zeit. Die kann man mit einer Uhr messen. Es gibt kein Portal in die vierte Dimension.«

»Sie haben nicht die leiseste Ahnung von der Macht der vierten Dimension«, sagte Gabriel. »In nicht viel mehr als einer Stunde werden wir durch das Portal schreiten. Wir haben die Frauen, wir haben die Münzen und wir kennen das Ritual.« Er wandte sich an Krempke. »Jochen, zeig ihnen die Münzen.«

Krempke zog ein Portemonnaie aus der Hosentasche und entnahm ihm zwei alte, beschädigte Münzen. Mit triumphalem Grinsen präsentierte er sie in seiner ausgestreckten Hand. »Schade, dass ich dich nicht mitnehmen kann«, sagte er gehässig zu Kaja. Er beugte sich zu ihr herunter und hielt die glanzlosen Münzen direkt vor ihr Gesicht.

Für das, was dann passierte, brauchte Olaf eine Sekunde, um es zu begreifen. Es musste wegen Kajas plötzlicher Bewegung gewesen sein, weshalb beide Münzen mit einem dumpfen Laut auf dem Boden des Laderaums aufschlugen. Wie es schien, hatte sie Krempkes Hand einen heftigen Kopfstoß versetzt. Als er die Situation erfasste, begann Olaf sofort, mit den Füßen nach den Münzen zu angeln. Ihm gegenüber nahm er Saras heftige Bewegungen wahr, die ebenfalls die Münzen zu erreichen versuchte. Er schrie auf vor Schmerz, als Krempke ihm einen Tritt verpasste. Dann verlor Olaf die Münzen aus den Augen. Als nächstes sah er Krempke über Sara knien. Mit vor Wut verzerrtem Gesicht drückte er ihr die Wangen zusammen.

»Los, spuck aus!« Er versuchte, mit der Hand in ihren Mund zu fassen, während sie mit wilden Bewegungen den Kopf hin und her warf. Olaf wollte nach Krempke treten, spürte aber bloß den Widerstand der Fesseln, der seinen Tritt in einem ungünstigen Winkel abrupt stoppte. Die ganze Wucht fuhr in seine Hüfte. Er schrie auf vor Schmerzen. Hilflos sah er, wie Krempke sein Knie fester auf Saras Brustkorb drückte. Ihre Bewegungen gingen in verzweifeltes Zucken über. Sie gab ein Röcheln von sich, als Krempke grinsend die Münze aus ihrem Mund fischte.

Sie japste noch nach Luft, als Gabriel neben sie trat. »Es hätte sowieso nichts geändert. Wir hätten dich aufgeschnitten und die Münze aus dir herausgeholt.« Er hielt die andere Münze in der Hand. »Lass uns mit dem Ritual beginnen!«

35

Gottfried raste wie ein Irrer durch die engen Straßen der Ernst-May-Siedlung. Als er nach wenigen Minuten auf die Straße »In der Römerstadt« einbog, sah er auf der rechten Seite den Bauzaun des Ausgrabungsgeländes. Auf dieser Seite begann die Nordweststadt mit ihren Hochhäusern und Flachdachbauten aus den 60er-Jahren. Auf der linken Seite schlossen die Wohnblocks der alten Römerstadt die Straße wie eine Mauer ab.

Die Straßenränder sowie alle Zufahrten zu den Häusern waren mit Autos zugeparkt. Gottfried hielt sich nicht mit Suchen auf und stoppte seinen BMW in der Parkbucht einer Bushaltestelle. Er sah hinüber zur anderen Straßenseite. Der Bauzaun trennte den Gehweg von dem Ausgrabungsgelände und verlief mehrere hundert Meter die Straße entlang. Fußweg und Straße wurden von Laternen ausgeleuchtet. Das Ausgrabungsgelände selbst lag im Dunkeln.

Längst hatte er den blauen Transporter entdeckt. Verglichen mit den anderen Fahrzeugen, die die Straßen säumten, wirkte er groß wie ein LKW. Er war am Straßenrand direkt vor der abgesperrten Zufahrt zum Gelände geparkt. Nun war auch die Aufschrift auf der Seite des Wagens zu erkennen: »Haustechnik Krempke«.

Er spürte sein Herz pochen. Vor Aufregung? Oder war es die Krankheit? Er sollte warten. Und er hätte Olafs Sohn viel früher anrufen sollen. Tobias war mit Freunden unterwegs gewesen. Es könne länger als vierzig Minuten dauern, bis er in der Römerstadt sei, hatte er am Telefon gesagt. Ob er wirklich, wie ausgemacht, das 14. Polizeirevier verständigt hatte? Gottfried hatte Zweifel daran, dass Tobias bei seinen Kollegen eine Geschichte über grausame Menschenopfer erzählen würde.

Er schnallte den Sicherheitsgurt ab. Bis Tobias vor Ort wäre, konnte wer weiß was geschehen. Er wollte die Zeit nicht untätig verstreichen lassen. Wieder blickte er zu Krempkes Fahrzeug hinüber. Es stand keine fünfzig Meter von ihm entfernt auf der anderen Straßenseite. Wenn ihm sein Verstand keinen Streich spielte, bewegte sich der Transporter: Er schaukelte kaum merklich. In seinem Inneren waren Leute. Dort geschah etwas. Er versuchte, zu erkennen, ob jemand im Fahrerraum saß. Von seinem Standort aus konnte er es nicht mit Sicherheit ausschließen. Sein Instinkt sagte ihm jedoch, dass die Entführer sich in dem fensterlosen Laderaum befanden. Dort, wo er die Gefangenen vermutete. Er wusste, was sie für die Lokotschs vorsahen. Und er konnte sich denken, was sie für Olaf planten, der ebenfalls in diesem Auto sein musste.

Entschlossen öffnete er die Fahrertür und schwang sich aus seinem BMW. Ihm wurde sofort schwindelig von der plötzlichen Bewegung, und er hielt sich einen Moment an der Tür fest. Er keuchte, bis sich die Schwärze vor seinen Augen zurückzog. Wieder wurde ihm bewusst, wie tatterig er durch die Krankheit geworden war. Taugte er zum Retter? Er blickte zu dem Fahrzeug auf der anderen Straßenseite. Vor wenigen Wochen erst hatte er Olaf das Leben gerettet. Auch damals hatte der Krebs an seinen Kräften genagt. Wieso sollte es nicht ein zweites Mal klappen?

Schwerfällig ging er zum Heck seines BMW und öffnete den Kofferraum. Der Wagenheber war nicht zu schwer. Dafür war er sehr hart.

Und er lag gut in der Hand.

Die Plane begann zu reißen, als Krempke Kaja in den vorderen Teil der Ladefläche zerrte. Das Strampeln ihrer nackten Beine gaben der Plane den Rest und sie zerriss großflächig an mehreren Stellen.

Für einen Moment schien Krempke abgelenkt wegen der Zerstörung seiner peniblen Abdeckung des Richtplatzes, aber nicht lange genug, dass Kajas Versuche, sich von ihm loszureißen, erfolgreich gewesen wären. Sie schrie laut auf, als Krempke sie an den Haaren mit sich zog. Schließlich beförderte er sie vor der Wand brutal auf den Boden.

»Hör auf damit! Das ist doch Wahnsinn!«, rief Olaf, dabei wusste er, dass er den Mann mit Worten nicht aufhalten konnte.

Unbeeindruckt fixierte Krempke Kajas gefesselte Hände an einem Metallring an der Wand, danach die Füße an einem weiteren, der im Boden eingelassen war.

»Lass meine Tochter in Frieden!«, schrie Simone außer sich.

Olaf suchte fieberhaft nach einem Ausweg. Wie sollten sie sich aus diesem Horror befreien? Mit den Männern zu sprechen, war sinnlos. Sie waren in ihrem Irrglauben unerschütterlich. Ihm fiel wieder sein Schlüssel ein. In der Hosentasche. Damit könnte er die Fesseln aufritzen. Das könnte funktionieren. Wenn er denn an den Schlüssel herankäme.

Krempke musterte verärgert die Plane. »Das versaut mir den ganzen Transporter.«

»Du mit deiner nutzlosen Plane«, rief Gabriel vorwurfsvoll. »Morgen bist du der Statthalter der Ostprovinzen. Glaubst du, dann interessieren dich noch Gas, Wasser, Scheiße und dieser Transporter?«

Krempke schien etwas erwidern zu wollen. Dann nahm sein Gesicht ein schmieriges Grinsen an. »Scheiß auf die Plane.« Er kniete sich neben Kaja, die hilflos auf dem Boden ausgestreckt lag. Mit einem plötzlichen Ruck riss er ihr Top nach oben bis über ihr Gesicht, danach ihren BH. Gierig stierte er auf ihre Brüste. »Ich die Tochter, und du die Mutter? Oder wollen wir zwischendrin tauschen?«

»Mir ist das gleich.« Gabriel hielt die Nadel in der Hand, die er zuvor zur Schau gestellt hatte. Simone begann heftig gegen ihre Fesseln anzukämpfen, als er neben sie trat.

»Seid ihr wahnsinnig?«, rief Sara. »Ihr wollt das doch nicht wirklich durchziehen!«

Gabriel musterte sie einen Moment lang wie abwesend. Dann wandte er sich an Krempke. »Hast du den Rucksack nicht mit reingebracht? Ich kann ihn nirgends sehen.«

»Der ist vorne im Fahrerraum«, entgegnete Krempke. »Auf dem Fahrersitz.«

»Wir brauchen ihn gleich. Da ist das Werkzeug drin – du weißt schon: für das Herz.«

»Es reicht doch, wenn ich den Rucksack später hole.«

Kaja stieß einen gellenden Schrei aus, als Krempke seine Nadel in ihren Oberarm bohrte.

»Lass das Mädchen für den Moment.« Gabriel war neben Krempke getreten. »Wir können nicht die Tür aufmachen, wenn die beiden wie am Spieß kreischen. Nicht hier, mitten in einem Wohngebiet. Wir könnten auffliegen.«

»Was juckt uns das, wenn wir in der vierten Dimension sind?«, entgegnete Krempke.

»Das Portal öffnet sich erst, wenn wir das Ritual bis zum Ende durchgezogen haben. Da darf uns niemand in die Quere kommen.«

In Olafs vor Verzweiflung pulsierendem Verstand mischte sich Hoffnung. Würden die Männer nun einen Fehler begehen? Den Fehler, der die Rettung bedeutete? Die Entführer waren zum Äußersten entschlossen. Krempke aber schien unbesonnen und nicht gerade scharfsinnig zu sein.

Olaf blickte zu Sara. Ihre verschwitzten Haare hingen ihr in Strähnen ins Gesicht, das feucht glänzte wie von Tränen. Aus ihren Augen war das Entsetzen der letzten Minuten gewichen. Sie sah ihn eindringlich an. Als sie sich seiner Aufmerksamkeit sicher war, öffnete sie den Mund und mimte einen tonlosen Schrei. Olaf nickte vorsichtig. Sie hatte denselben Gedanken wie er. Der Laderaum des Transporters war schallisoliert. Mit offener Tür würde es damit vorbei sein. Sobald Krempke die Schiebetür geöffnet hätte, würden sie schreien, sie würden sich die Seele aus dem Leib brüllen. Der Wagen befand sich in einer Wohngegend, und wenn es auch mitten in der Nacht war, könnte ihr Geschrei die Aufmerksamkeit erregen, die sie alle retten würde.

Als Krempke die ersten Klettverschlüsse der Isoliermatte löste, drückte Olaf seine Schultern fester gegen die Wand und begann sachte, seinen Oberkörper weiter aufzurichten. Um den nötigen Lärm zu machen, benötigte er viel Luft in den Lungen.

»Warte!« Gabriel kniete neben Simone. Er schnitt mit einer Schere einen Streifen Klebeband von der Rolle. »Wir müssen zuerst alle knebeln.« Er klebte das Band über Simones Mund. »Die warten doch bloß auf eine Gelegenheit, sich bemerkbar zu machen.«

»Nein!« Olaf schrie. Nicht so laut wie beabsichtigt. Verzweifelt. Sie konnten diese Irren nicht aufhalten. Die beiden würden

Kaja und Simone zu Tode quälen, dann ihr verrücktes Ritual abhalten. Und danach würden sie Sara und ihn umbringen.

Er konnte nichts dagegen tun.

36

Gottfried presste ein Ohr an die Heckklappe. Von innen war etwas zu hören. Es war aber völlig aussichtslos, sich einen Reim darauf machen zu wollen.

Gewiss sah es seltsam aus, dass ein spindeldürrer, weißbärtiger Mann sich mitten in der Nacht um einen abgestellten Transporter herumdrückte. Ganz in der Nähe, in dem Wohnblock am linken Ende der Ausgrabungsstätte, brannten in einigen Fenstern Lichter. Auch in dem Häuserblock der alten Römerstadt auf der anderen Straßenseite gab es erhellte Fenster. Nicht alle Bewohner waren im Bett. Es bräuchte nur jemand zufällig aus dem Fenster zu schauen, und er würde Gottfried im Licht der Straßenlaternen neben dem Transporter stehen sehen. Vielleicht sollte er zu den Wohnblöcken gehen und auf alle Klingelknöpfe drücken, um Hilfe zu holen?

Vorsichtig schlich er auf die Beifahrerseite. Sein Blick fiel auf den Bauzaun. Dahinter erkannte er einen kleinen Bagger im Halbdunkel, rechts davon standen Dixi-Klos. Hier irgendwo wollten die Entführer ihr Ritual abhalten. Er zögerte kurz, ob er sich wirklich ans Seitenfenster stellen sollte, um in den Fahrerraum zu schauen. Was, wenn tatsächlich jemand drinnen wäre? Er besann sich auf die Waffe in seiner Hand, den Wagenheber, und wagte den Blick durchs Fenster. Wie er erwartet hatte, war dort niemand. Behutsam versuchte er, die Beifahrertür zu öffnen. Sie war verschlossen. Die Entführer mussten sich im Laderaum des Fahrzeugs befinden. Dort war gewiss auch Olaf, zusammen mit Simone und Kaja. Vermutlich hatten sie Sara ebenfalls in ihrer Gewalt. Und was immer sich gerade dort abspielte, drang nicht nach draußen. Der Laderaum war schallisoliert. Immer wieder schwankte das Fahrzeug kaum merklich, als würden sich darin Menschen bewegen. Die Geräusche aber blieben knapp an der Wahrnehmungsgrenze.

Wenn er auf Tobias oder die Polizei wartete, könnte es zu spät sein. Er würde nicht einfach tatenlos neben dem Transporter stehen, während darin vielleicht jemand ermordet wurde. Er hatte auf Telegram gelesen, was für ein grässliches Ritual die Entführer vorhatten. Dem Mädchen wollten sie sogar das Herz herausschneiden.

Er betrachtete den Wagenheber, schlug ihn prüfend in die Handfläche. Er hatte ihn mitgenommen, um sich verteidigen zu können. Und natürlich, um die Entführer unschädlich zu machen, bekäme er die Gelegenheit dazu. Er könnte ihn aber für etwas ganz anderes verwenden. Er könnte mit dem Wagenheber den Transporter demolieren: Glas zerschlagen, Beulen in die Karosserie hauen und Aufmerksamkeit erregen. Leute würden aus den Fenstern der Häuser schauen und die Polizei rufen, die dann gewiss auch käme. Das Wichtigste aber war: Die Entführer müssten auf das Spektakel reagieren, würden beenden, was immer sie gerade taten, es zumindest unterbrechen.

Gottfried hatte sich gerade dazu entschieden, auf das Fahrzeug mit dem größtmöglichen Aufsehen einzuschlagen, als er ein mechanisches Klicken vernahm. Dann hörte er das unverkennbare Geräusch einer Seitentür, die aufgeschoben wurde. Er duckte sich hinter das Heck und spähte vorsichtig auf die rechte Fahrzeugseite.

Ein Mann stieg aus dem Transporter. Im Schatten des Fahrzeugs war kaum mehr als seine Silhouette zu erkennen. Er war etwas größer als Gottfried. Der Mann zog sein verrutschtes T-Shirt über den hervorstehenden Bauch. Dann schloss er leise die Tür und bewegte sich auf die Beifahrertür zu.

Gottfried überlegte. Er taxierte die Distanz zu dem Mann, betrachtete den Wagenheber in seiner Hand. Es gab nichts nachzudenken. Mit wenigen Schritten holte er den Mann ein, den Wagenheber schwang er über dem Kopf und schlug mit voller Kraft zu.

Der Mann fiel stumm vornüber wie ein gefällter Baum.

Von der plötzlichen Energieleistung überwältigt, ließ sich Gottfried auf den Gehweg sinken. Schnaufend saß er neben dem Mann, der reglos mit dem Gesicht auf dem Boden lag. An der Stelle, an der ihn der Wagenheber getroffen hatte, war Blut zu erkennen. Gottfried nickte befriedigt: Er war ein schwacher Tattergreis, aber gerade hatte er den ersten Entführer unschädlich gemacht. Er musste schnell wieder zu Kräften kommen.

Der Mann atmete. Gottfried wusste nicht, ob ihn das froh stimmte. In diesem Zustand stellte er jedenfalls keine Gefahr dar.

Noch immer gab es keinen Anhaltspunkt, was drinnen im Transporter geschah. Es war aber nur eine Frage der Zeit, bis sich die anderen Entführer Gedanken über den Verbleib des Mannes machen würden. Nach wie vor war unklar, wie viele sich in dem Wagen befanden. Er musste darauf gefasst sein, dass einer von ihnen, vielleicht auch zwei oder noch mehr aussteigen könnten, um nachzusehen, was vor sich ging. Auf so etwas war er in keiner Weise vorbereitet. Er musste wenigstens wieder zu Kräften kommen. Wer immer als nächstes aussteigen würde, er wäre nicht so arglos wie der Mann eben. Er würde auf der Hut sein. Und gefährlich.

Gottfried saß neben dem Ohnmächtigen, sich seiner Wehrlosigkeit bewusst und um einen stabilen Atem ringend. Nur langsam spürte er seine Lebensgeister zurückkehren. Er keuchte noch, als er entschlossen über den Wagenheber in seiner Hand strich. Er hatte keine Zeit. Er würde es auch so mit weiteren Entführern aufnehmen.

Er kippte den leblosen Mann auf die Seite, wollte sein Gesicht sehen. Es gab keinen Zweifel, dass er die Person auf dem Foto war, das der Virus geschickt hatte: Jochen Krempke. Noch immer war er ohne Bewusstsein, atmete aber. Der Wagenheber hatte ihn ausgeknockt, nicht umgebracht. Gerade wollte Gottfried den Mann zurück auf den Bauch drehen, als in seinem Kopf eine Idee aufblitzte.

Es war nicht einfach, mit der einen Hand den reglosen Körper gekippt zu halten und die andere in die Hosentasche zu bekommen. Krempke war untersetzt und die Jeans viel zu eng. Trotzdem konnte Gottfried ertasten, wonach er suchte. Es gab ein dumpfes Geräusch, als der Mann zurück auf den Bauch rollte.

Gottfried hielt einen Autoschlüssel in der Hand. Rasch lief er zur Fahrerseite des Transporters. Er benutzte nicht den Knopf für die Zentralverriegelung. Stattdessen steckte er den Schlüssel ins Schloss. Erleichtert stellte er fest, dass sich die Fahrertür entriegeln ließ. Er öffnete die Tür und hievte sich auf den Fahrersitz. Sofort startete er den Motor. Er hörte das Nageln eines Dieselmotors. Dann erst schloss er die Tür. Er löste die Handbremse und legte den Gang ein. Die Kupplung kam sehr spät.

Wenn die Polizei nicht zum Tatort kommt, muss der Tatort zur Polizei kommen.

37

Frische Luft strömte herein, als die Schiebetür geöffnet wurde.

»Nehmen Sie die Hände hoch!«, rief eine energische Stimme.

Gabriel stieß beim Versuch, der Aufforderung nachzukommen, ein Wimmern aus. »Nicht schießen!« Er hob nur den linken Arm und ließ den anderen mit schmerzverzerrtem Gesicht auf seinem Bauch ruhen.

Der Kopf eines Mannes erschien in der Tür, der das Innere des Transporters in Augenschein nahm. »Da liegen Leute gefesselt«, konstatierte er. Dann betrat der Polizist den Laderaum. Gabriel jammerte, als er ihm die Handschellen anlegte. »Vorsichtig! Die Schulter«, rief er mehrmals gepresst.

Natürlich waren alle völlig überrascht gewesen, als der Motor plötzlich gestartet war und der Transporter sich in Bewegung gesetzt hatte. Gabriel hatte fassungslos nach Krempke gerufen. Schon in der ersten Kurve, die das Fahrzeug mit hoher Geschwindigkeit genommen hatte, war er gestürzt. Im weiteren Verlauf der wilden Fahrt voller heftiger Bremsmanöver und unvorhersehbarer Richtungsänderungen war er immer wieder gegen die Wand geworfen worden und schließlich auf dem Boden gelandet. Dabei hatte er sich etliche Blessuren zugezogen. Eine Prellung an der rechten Schulter schien ihm besonders große Schmerzen zu bereiten. Erst gegen Ende der Fahrt hatte er auf der hinteren Seite des Laderaums eine Ecke gefunden, wo er sich auf dem Bauch liegend an einem Ring festgeklammert hatte. Es war einer der Ringe, die zum Fesseln seiner Opfer eingelassen worden waren.

Weitere Polizisten stiegen in den Laderaum. Einer trat auf Olaf zu und riss ihm energisch den Klebestreifen vom Mund. Es schmerzte entsetzlich, und Olaf stieß ein gequältes Stöhnen aus.

»Sind Sie verletzt?«

Die Hüfte und andere Gelenke schmerzten. Sonst fühlte er sich einigermaßen in Ordnung. »Das Mädchen zuerst«, sagte er matt und wies mit dem Kopf in Kajas Richtung.

Noch immer lag sie ausgestreckt auf dem Boden. Sie hatte ihr Top herunterziehen können, wodurch sie nicht mehr nackt und ausgeliefert wirkte wie vorher.

»Hiervon hat U nichts erwähnt …« Gabriel klang bekümmert. Ob wegen der Schmerzen in der Schulter oder weil sein Plan missglückt war, vermochte Olaf nicht zu sagen. Die zuvor so angenehme Stimme hatte jede Festigkeit verloren.

»Wer ist U?«, fragte der Polizist ungerührt, der ihn am Arm gepackt hatte.

»U sieht Vergangenheit, Gegenwart und Zukunft. Er weiß, was geschehen wird.«

»*Ei, da hat er ja 'ne ganz anner Ahnung!*«, rief der Polizist neben Olaf in übertriebenem Frankfurter Dialekt.

»U ist der wichtigste germanische Hohepriester«, sagte Gabriel rechthaberisch. »Von ihm persönlich haben wir die Anleitung erhalten, wie das Portal in die vierte Dimension geöffnet wird.«

»Hat wohl nicht geklappt«, gab der Polizist zurück, während er Olaf die Fesseln mit einem Messer aufschnitt.

Olaf war zittrig in den Knien, als er sich vorsichtig aufrichtete. Simone hielt ihre weinende Tochter im Arm. Sara stand bei ihnen und hatte eine Hand auf ihre Schulter gelegt. Ein Mann mit einer rotgelben Notarztweste tauchte auf und ließ sich die Stelle an Kajas Arm zeigen, an der Krempke sie mit seiner Nadel gestochen hatte.

Sara kam mit unsicheren Schritten auf Olaf zu. Sie schien genauso zittrig zu sein wie er selbst. »Das wäre beinahe schiefgegangen.« Sie ergriff seine Hand und blickte ihn unschlüssig an. Olaf war zu erschöpft, um seine Empfindungen zu deuten. Eigentlich war er nur erleichtert. Dieses Gefühl überwog alle Emotionen, die sonst durch seinen Körper rauschen mochten.

»Alles gut bei euch?« Gottfried stand plötzlich vor ihnen. Er zeigte sein breitestes Totenkopfgrinsen.

»Warst etwa *du* der Fahrer?« Als der Transporter sich in Bewegung gesetzt hatte, war Olaf sofort klar gewesen, dass nur Gottfried dahinterstecken konnte.

»Wenn man die Gelegenheit bekommt, mal einen so großen Transporter zu fahren, muss man zuschlagen.«

»Du bist gerast wie ein Irrer«, gab Olaf zurück. »Ich hoffe, mit deinem BMW fährst du nicht so.«

»Ich konnte ja nicht wissen, was da hinten passiert. Und bevor die Leute auf dumme Gedanken kommen, habe ich sie ein bisschen durcheinandergeschüttelt.«

Olaf rieb sich die Handgelenke. Das Klebeband hatte sich in die Haut gefressen und rote Abdrücke hinterlassen. Gerade noch hatte er geglaubt, sein Leben wäre zu Ende. Einmal mehr erwies sich Gottfried als sein Schutzengel. »Ich bin froh, dass du fahren kannst wie eine Wildsau.« Er drückte die klapprige Gestalt an sich und klopfte auf den knorrigen Rücken.

»Ihr wisst ja gar nicht, wen ihr vor euch habt!« Es gab ein kurzes Gerangel, als zwei Polizisten versuchten, Gabriel aus dem Transporter zu geleiten. Schließlich nahmen sie ihm die Handschellen ab und erlaubten ihm, rückwärts auf allen vieren die Höhendifferenz zur Straße zu meistern. »Wenn das Portal geöffnet ist, bin ich der Statthalter der Westprovinzen«, murrte er, während er in der Türöffnung kauerte und unsicher mit den Füßen nach dem Boden unter ihm tastete.

»Ja, ja. Statthalter der Westprovinzen«, sagte einer der Polizisten und gab ihm einen Schubs, der ihn nach draußen beförderte.

»Vergesst nicht den zweiten Entführer!«, sagte Gottfried zu dem Polizisten, der im Fahrzeug geblieben war. »Der liegt mit einer Beule in der Römerstadt.«

Olaf grinste erschöpft. »Der glaubt, er wäre der Statthalter der Ostprovinzen.«

Olaf fand sich im Nordwest-Krankenhaus in einem 4-Bett-zimmer wieder. Obwohl ihn die Geschehnisse der letzten Stunden nicht loslassen wollten, fiel er bald in einen traumlosen Schlaf. Erst die viel zu frühe, lärmende Betriebsamkeit des Krankenhausalltags ließ ihn hochschrecken. Das Gefühl der grausigen Gefahr schnellte zurück, aber auch die Erleichterung darüber, dass sie alle in Sicherheit waren – dank Gottfried.

Auf dem Handy fand er eine neue Nachricht von ihm: Er wolle ihn gegen elf Uhr anrufen. Bis halb elf hatte Olaf allerdings eine Reihe von Untersuchungen hinter sich zu bringen. Dabei sehnte er sich nach Schlaf. Die Verabredung mit Gottfried verschlief er.

Als er am Mittag wieder zu sich kam, stand eine Frau vor seinem Bett. Er brauchte einen Moment, bis er den Bubikopf erkannte und begriff, dass es Rita war.

»Ich wollte Sara besuchen«, sagte sie, »aber sie schläft. Deshalb schaue ich erst einmal bei dir vorbei.«

Olaf blickte sich im Zimmer um. Einer der anderen Patienten hatte einen Kopfhörer auf und schien Musik zu hören. Die anderen beiden sahen neugierig zu ihnen herüber, offensichtlich dankbar für die Abwechslung, die ein Besuch bot. Olaf mühte sich aus dem Bett. »Lass uns draußen reden«, sagte er.

Er zog sich den Morgenmantel über, den Tobias ihm von zu Hause gebracht hatte, und ging mit ihr in einen Aufenthaltsraum. Außer ihnen war niemand im Zimmer und sie konnten frei reden.

»Weißt du, wie es Sara geht?«, wollte er als Erstes wissen.

»Besser, sagen die Ärzte. Allerdings braucht sie viel Schlaf, wie ihr alle. Die Lokotschs sind übrigens auch im Nordwest-Krankenhaus. Jetzt will ich aber wissen, in was für eine Sache ihr da hineingeraten seid.«

»Hast du vor, einen Artikel darüber zu schreiben?«

»Natürlich. Ich bin Journalistin.«

Olaf grinste hilflos. Sollte er wirklich der Presse erzählen, was er herausgefunden hatte? Würde Rita ihm diese aberwitzige Geschichte überhaupt abkaufen?

»Was ist mit deinem Artikel zu dem Cybergrooming?«, fragte er, auch um das Thema zu wechseln.

Rita lächelte. »Der wird nächste Woche veröffentlicht.«

»Hast du noch etwas über den Mann in Erfahrung bringen können?«

»Der hat ein unauffälliges Leben geführt, ist einem bürgerlichen Job nachgegangen und hat sich nie etwas zu Schulden kommen lassen. Oder besser, er hat sich nicht erwischen lassen, bis wir auf den Plan getreten sind.«

»Weißt du, was aus den Mädchen geworden ist, die er erpresst hat?«

»Erpressung ist der falsche Begriff. Das war Psychoterror und die Zerstörung von Existenzen«, stellte Rita klar. »Eines der Mädchen hat sich mit Schlaftabletten umgebracht, ein anderes ist seit einem halben Jahr in der geschlossenen Psychiatrie. Nur eines der Mädchen hat ein noch halbwegs normales Leben, macht eine Therapie, konnte aber die Schule nicht weitermachen und wird wohl zu einer Hauptschule wechseln.«

»Wir haben Kaja also zweimal vor etwas Üblem gerettet«, sagte Olaf.

»Nun aber zurück zu heute Nacht. Was ist da überhaupt passiert?«

Olaf schüttelte unwillig den Kopf. »Du wirst mir die Story nicht glauben.« Sie sah ihn skeptisch mit hochgezogener Augenbraue an. »Ich kann dir aber Quellen im Internet schicken, damit du dir selbst ein Bild von der Sache machst.«

»Du willst mir nicht erzählen, was passiert ist«, sagte sie verblüfft, »sondern ich soll es recherchieren?«

»Richtig. Nur wenn du selbst das Material sichtest, wirst du die Geschichte verstehen. Würde ich sie bloß erzählen, müsstest du denken, ich wäre bekloppt.«

»Ich halte dich nicht für bekloppt«, sagte Rita mit Nachdruck.

»Die Geschichte ist es aber. Deshalb schicke ich dir lieber die Links. Danach können wir uns unterhalten. Hast du Informationen von der Polizei bekommen? Als Journalistin konntest du bestimmt mit den Polizisten sprechen.«

»Die beiden Männer, die euch entführt haben, heißen Jochen Krempke und Sigfried Gabriel. Sie haben gestanden, zwei Menschen grausam ermordet zu haben: einen Mann in Karben und eine Frau in Frankfurt. Krempke hat eine Firma für Haustechnik. Der andere, Gabriel, arbeitet als Verkäufer in einem Elektronikladen. Vorbestraft ist keiner von ihnen, auch sonst nicht bei der Polizei bekannt. Beide sind unauffällige Bürger. Allerdings hatten sie vor, euch alle umzubringen.«

»Nicht nur das«, warf Olaf ein. »Sie wollten Kajas Herz herausschneiden und es zusammen mit römischen Münzen vergraben. Dadurch sollte das Tor in die vierte Dimension aufgestoßen werden und das Germanische Reich wiederauferstehen.«

Es entstand eine peinliche Pause. Rita sah ihn verwirrt an. Hätte Olaf nicht gewusst, wie verrückt es sich anhörte, was er gesagt hatte, wäre es ihm nun klargeworden.

Schließlich begann Rita zu lächeln. Nachsichtig. »Es scheint nicht der richtige Zeitpunkt zu sein. Ich frage dich ein anderes Mal.«

Kurz nachdem sie sich betont rücksichtsvoll von ihm verabschiedet hatte, rief Gottfried an.

»Olaf, geht es dir besser?«

»Abgesehen davon, dass Rita mich für einen Irren hält, geht's mir gar nicht so schlecht«, sagte Olaf.

Gottfried lachte. »Ich wette, du hast ihr von dem Portal in die vierte Dimension erzählt. Jetzt weißt du, warum die Polizei sich heute Nacht geziert hat, zu kommen. Ich habe mit dir schon eine Menge erlebt, aber dieser Fall war eindeutig der Verrückteste.«

»Ich hoffe, er ist wirklich abgeschlossen. Gabriel und Krempke waren nur Befehlsempfänger eines gewissen U, wer immer das ist. Was, wenn andere sich von den vermeintlichen Wahrheiten dieses U beeindrucken lassen? Dann versuchen die nächsten Verrückten das Germanische Reich auferstehen zu lassen.«

»Das kann niemand ausschließen«, sagte Gottfried. »Aber man kann dem entgegenwirken.«

»Richtig. Die Seite von Norbert Wirtz und die ganzen Social Media Gruppen drumherum müssen vom Netz.«

»Vergiss Norbert Wirtz. Seine Website ist ein Kindergeburtstag verglichen mit der, die ich danach gesehen habe. Du hast Ashwinis Material offenbar noch nicht vollständig gesichtet und scheinst auch meine Nachrichten nicht gelesen zu haben. Auf dieser Website gibt es ein Video, in dem Kaja Lokotsch zu sehen ist. Sie sei das ausgewählte Opfer, das nun festgenommen werde, damit sie für die Menschheit büßen würde. Diese Website muss unbedingt vom Netz.«

»So weit ist das bereits fortgeschritten?«, sagte Olaf bestürzt. »Wir müssen sofort was dagegen tun.«

»Ich habe bereits mit Ashwini gesprochen«, sagte Gottfried gelassen. »Das Administrator-Passwort war leicht zu knacken, jedenfalls für sie. Wenn man jetzt die Adresse aufruft, bekommt man ein Video zu sehen, in dem ein *Chicken Tikka Masala* zubereitet wird.«

Olaf musste lachen. Wenn nur jedes Problem so einfach zu lösen wäre. Auch wenn die Lösung nicht von Dauer wäre. Die Macher der Website könnten ihr Material einfach an anderer Stelle hochladen. Vielleicht würde es dann nicht die Lokotschs treffen, sondern jemand anderen. Auch könnte es dann um ein ewiges *Keltisches* Reich gehen, das dann vielleicht in der *fünften* Dimension auf die »Auserwählten« warten würde. »Mir ist noch immer völlig unklar, woher Gabriel und Krempke wissen konnten, bei wem sie nach den Münzen zu suchen hatten.«

»Die beiden wussten nichts«, sagte Gottfried. »Jemand hat sie instruiert. U – der große Unbekannte: irgendjemand im Internet.«

»Gabriel hat von U gesprochen. Aber ganz gleich, wer es ist, eine einzelne Person oder vielleicht eine Gruppe von Leuten: Woher konnte U wissen, dass Simone diese Münze besaß? Wieso wusste er von Kühnemuth? Und wieso waren Gabriel und Krempke bei Sybille Eckert?«

»Ich habe nicht die leiseste Ahnung«, bekannte Gottfried. »U muss das irgendwie recherchiert haben.«

»Aber es ist mir schleierhaft, wie er das anstellen sollte«, insistierte Olaf. »Woher kann dieser U solch exakte Informationen haben, dass er Gabriel und Krempke zu den richtigen Leuten schickt?«

»Vielleicht war er eines der Kinder, die damals die Münzen ausgegraben haben?«, schlug Gottfried vor. »Dieser Mensch wüsste, wer beteiligt gewesen ist und eine Münze mit nach Hause genommen hat.«

»Das heißt, wir sollten weiter recherchieren, mit wem Simones Vater in der Römerstadt gegraben hat«, sagte Olaf. Ihm fiel ein, dass er noch nicht mit Manfred Hanstein telefoniert hatte, einem der Kinder von damals, die mit Simones Vater befreundet gewesen waren.

»Oder«, fuhr Gottfried fort, »es könnte auch ganz anders sein: U verfügt über eine Vielzahl von Informationsquellen und ist quasi allwissend. Er könnte beispielsweise Menschen ausspähen.

Aus den Daten und Informationen, die er erhält, könnte er leicht Zusammenhänge herausfinden, wie etwa, wer Münzen aus der Römerstadt besitzt.«

Olaf lachte bitter. »Das könnte man mit einem Virus wie meinem tun.«

»Absolut. Ich will dir nicht zu nahe treten, aber wenn *du* so ein Ding zum Fliegen kriegst, können andere das auch.«

Olaf wusste, dass man mit seinem Virus beliebig Menschen bis auf die Knochen ausspionieren konnte. Er hatte ihn immer nur für die Auflösung seiner Fälle verwendet. Mit ausreichend krimineller Energie aber wäre er eine heimtückische Waffe. Und die Tatsache, dass sich in dem WLAN des Weimarer Hotels unentwegt Geräte mit dem Virus infizierten, machte deutlich, wie schnell eine solche Spähsoftware praktisch alle Smartphones weltweit befallen könnte. Würde Olaf den Virus nicht ständig von allen Geräten löschen, gäbe es bereits Zigtausende davon. Nutzte dieser U, ob es nun eine Einzelperson war oder eine verschworene Gruppe, einen Virus wie seinen und spionierte Menschen aus?

»Gottfried«, sagte er schließlich, »erzähl mir bitte keine neuen Verschwörungstheorien!«

38

»Olaf, wo bist du die ganze Zeit gewesen?« Günther begrüßte ihn mit gespielter Entrüstung.

»Auf geheimer Mission. Wie immer«, gab Olaf zurück. Spätestens jetzt wurde ihm klar, dass es ihm guttun würde, im ›Krummen Hund‹ zu sein. Das Dummgeschwätz mit Günther würde ihn aus seiner düsteren Stimmung herausholen. Alles war besser, als zu Hause zu sitzen und über die Geschehnisse der vorletzten Nacht zu grübeln. Auch wenn der Arzt im Krankenhaus gesagt hatte, er solle sich ausruhen.

»Karin, mach dem jungen Mann mal ein *Mispelchen*!«, rief Günter.

Olaf setzte sich zu ihm auf einen Barhocker am Tresen. Sein Handy legte er auf die Theke. Ihm kam der Gedanke, den Viruskonfigurator zu öffnen, doch dann fiel ihm ein, dass er den Virus überall gelöscht hatte: auf dem Entführerhandy, aber auch auf Kajas und Simones Smartphones. Nun konnte der Virus sich nach menschlichem Ermessen nicht mehr verbreiten, auch wenn es dafür keine hundertprozentige Sicherheit gab.

Rita hatte ihm am Telefon erzählt, dass Krempke eine geheime Tracking-Software auf das Entführerhandy installiert hatte. Das erklärte, weshalb sie die Lokotschs in Kronberg hatten aufspüren können. Und Olaf nahm an, dass sein Virus und der der Entführer sich nicht vertrugen. Gewiss waren deshalb alle Nachrichten mit einem großen zeitlichen Verzug gekommen. Und vermutlich war es deshalb nicht möglich gewesen, sich auf das Handy aufzuschalten.

Karin stellte ein *Mispelchen* auf den Tresen: ein Glas Calvados mit einer eingelegten Mispel.

»Prost. Auf die Eintracht!«, sagte Günther.

Olaf stieß mit seinem Schnaps an, Günther mit seinem Äppler. »Spielen die heute Abend?«

»Wusstest du das nicht? Ich habe eine Karte. In ein paar Minuten muss ich los.«

Olaf nahm einen Schluck von dem Calvados und aß die Mispel.

»Da kommt Gottfried«, sagte Günther. »Jetzt mal im Ernst«, fuhr er leise mit besorgter Miene fort. »Der ist doch krank, oder?«

Gottfried stand vor ihnen: mager und bleich wie Gevatter Tod. Und mit einem strahlenden Grinsen auf dem Gesicht. »Olaf! Wie schön, dich wohlauf zu sehen.«

Günther schien es befremdlich zu finden, dass ein offensichtlich Kranker so etwas zu einem Gesunden sagte, denn er schüttelte irritiert den Kopf.

»Komm, wir setzen uns an einen Tisch«, schlug Olaf vor. Gottfrieds gute Laune wirkte ansteckend. »Tschüss. Grüß mir die Eintracht«, sagte er zu Günther, der bei Karin gerade seinen Deckel bezahlte.

»Wie geht es den drei Frauen?«, fragte Gottfried, als sie am Tisch Platz genommen hatten.

»Sara geht es wieder gut. Heute Morgen ist sie nach Mallorca geflogen. Auf unbestimmte Zeit, mindestens für vier Wochen. Sie braucht eine Auszeit, sagt sie.«

»Um Sara mache ich mir die geringsten Sorgen. Wie haben Simone und Kaja das Ganze verkraftet? Ich schätze, sie brauchen psychologischen Beistand, vor allem das Mädchen. Kaja kann unmöglich allein verarbeiten, was die beiden Möchtegern-Statthalter ihr angetan haben.«

»Ich habe am Mittag mit Andreas telefoniert, meinem Schwager. Er ist Psychotherapeut und wird Kaja ab sofort unter seine Fittiche nehmen. Auf einen Therapieplatz zu warten, könnte Wochen dauern.«

»Das ist gut zu wissen«, sagte Gottfried. »Und jetzt zu dir: Wie bist du drauf?«

»Tja.« Olaf war sich seiner Gefühle nicht im Klaren. Eigentlich ging es ihm besser, er war positiv und optimistisch. Dann aber drohten ihn die Erinnerungen an die vorletzte Nacht immer wieder in ein dunkles Loch zu ziehen. »Ich brauche auch einen Seelenklempner«, sagte er. »Tobias hat mir einen Experten empfohlen, zu dem ich gehen kann. Ich denke, ich werde das tun.«

»Auf jeden Fall«, sagte Gottfried. »Du sollst von der Nacht nichts zurückbehalten.«

»Nur, wenn auch du deine Therapie weitermachst«, erwiderte Olaf.

»Ich bin mittendrin in der Therapie. Die nächste *Session* ist am Donnerstag. An dem Tag solltest du dich möglichst nicht entführen lassen, da habe ich keine Zeit, dich zu retten.«

Olaf lachte. »Ich habe nicht vor, so etwas zu wiederholen.«

»Du wirst doch nicht etwa aufhören, Mordfälle zu lösen.«

»Natürlich will ich weitermachen. Ich überlege sogar, eine Firma zu gründen. Ich bin diese Heimlichkeiten satt, mit denen ich Verbrecher jagen muss.«

»Hast du Tobias gesagt, was du hinter seinem Rücken veranstaltet hast?«

»Ich habe ihm eine halbwegs glaubwürdige Geschichte erzählt«, sagte Olaf grinsend. »Von einem Virus weiß er nichts, auch nichts von den Fällen, die ich zuvor mit dir gelöst habe.«

»Hallo Olaf! Kann ich mich zu euch setzen?«

Thorsten! Auf den hatte Olaf nicht die geringste Lust. Ohne auf eine Antwort zu warten, hatte sich sein Nachbar bereits auf dem Stuhl neben ihm niedergelassen.

»Ich will eigentlich ein paar Dinge mit Gottfried besprechen«, sagte Olaf abweisend.

»Es dauert nicht lange.« Thorsten sah flüchtig zu Gottfried herüber. Dann drehte er seinen Stuhl in Olafs Richtung. »Hast du die Links angesehen, die ich dir geschickt habe? Die zu den angeblichen Römern.« Er fixierte Olaf mit wichtiger Miene.

Olaf schnaufte genervt. Gottfried setzte ein arrogantes Grinsen auf.

»Mit fällt kein Grund ein, weshalb ich mir diesen Schwachsinn ansehen sollte«, erwiderte Olaf hart. »Das sind Verschwörungserzählungen ohne Sinn und Verstand, und vor allem ohne Beweise.«

Thorsten schüttelte irritiert den Kopf und machte wieder diese Handbewegung, als verscheuche er ein imaginäres Insekt. Früher hatte er eine solche Geste nicht in seinem Repertoire gehabt, wurde Olaf bewusst. Er musste sie sich in den letzten Wochen angewöhnt haben.

»Ich kapiere das nicht«, sagte Thorsten verständnislos. »Du bekommst die Wahrheit auf einem silbernen Tablett serviert, aber du willst sie nicht hören.«

»Weil das keine Wahrheit ist, sondern reine Erfindung.« Olaf spürte, dass ihm gleich die Hutschnur hochgehen würde.

»Dass ausgerechnet du dich der Wahrheit verweigerst! Das hätte ich nicht von dir gedacht. Du bist studiert. Ich habe gemeint, du hättest was auf dem Kasten. Ich bin wirklich enttäuscht von dir.«

»Du wirst mit dieser Enttäuschung leben müssen«, sagte Olaf trocken.

Thorsten schien etwas erwidern zu wollen, als Gottfried sich in das Gespräch einschaltete. »Habe ich richtig verstanden, dass es um die Theorie geht, wonach das Römische Reich in Wirklichkeit ein germanisches war?«

»Es ist mehr als eine Theorie. Es gibt Beweise«, warf Thorsten ein.

»Und dass dieses Germanische Reich seinen Ursprung in Mainz hatte?«, fuhr Gottfried fort.

»Genau.« Thorsten sah Olaf triumphierend an.

»Ich habe dazu ein sehr aufschlussreiches Video von John Doe gesehen«, sagte Gottfried.

»John Doe? Den kenne ich nicht«, sagte Thorsten skeptisch.

»Du solltest dir den Namen merken. Von dem stammt nämlich eine brillante Analyse darüber, was uns in den Medien über Mainz vorenthalten wird. Und …« Gottfried beugte sich über den Tisch und setzte sein Totenkopfgrinsen auf. »… welche geheimen Botschaften dazu im Fernsehen verbreitet wurden, ohne dass die Machthaber auch nur die geringste Ahnung davon hatten. Und zwar …« Olaf war gespannt, was nach dieser Kunstpause kommen würde. Auch Thorsten schien geradezu an Gottfrieds Lippen zu hängen. »Und zwar über die Mainzelmännchen.«

Gottfried verzog keine Miene. Olaf wollte ihm nicht die Show stehlen und hielt sein Lachen zurück.

»Die Mainzelmännchen!«, rief Thorsten entgeistert.

»Genau die«, sagte Gottfried trocken. »Die *alten* Mainzelmännchen, bevor man sie vor einigen Jahren mit dieser neuen

Variante ersetzt hat, die komplett von der Regierung kontrolliert wird. Die ursprünglichen Mainzelmännchen verbreiteten verschlüsselte Botschaften an das Fernsehvolk, die nur Eingeweihte verstanden. Als die Machthaber das mitbekommen haben, hat man sie systematisch aus dem Fernsehen verbannt und durch das billige Plagiat ersetzt, das heute im ZDF läuft. Sogar im Internet sind die ursprünglichen Mainzelmännchen nicht mehr zu finden. Die Regierung hat dafür gesorgt, dass alle ihre Botschaften systematisch eliminiert wurden.«

Thorsten sah Gottfried irritiert an, offensichtlich hin und hergerissen zwischen der Sorge, gerade verscheißert zu werden, und der Neugier auf eine noch nicht gehörte, ungeheuerliche Verschwörungstheorie. »Und was für Botschaften waren das?«, fragte er schließlich.

Gottfried straffte den Rücken und atmete sichtbar tief ein. Dann rief er laut: »Guudnn Aaaabnd!!«

Er traf dabei Stimmlage und Tonfall eines Mainzelmännchens dermaßen gut, dass Olaf sich nicht mehr halten konnte. Er brach in ein unkontrollierbares Lachen aus.

Thorsten fuhr empört von seinem Stuhl auf. »Ihr wollt mich wohl verarschen!«

»Ganz und gar nicht«, beteuerte Gottfried. Olaf war es ein Rätsel, wie er dabei so ernst bleiben konnte. »Vielleicht habe ich den Unterton nicht richtig hinbekommen. Es ist nicht einfach. Aber der Unterton ist die eigentliche Botschaft. Ich versuche es nochmal.«

Und wieder stieß er ein kreischendes »Guudnn Aaaabnd!!« aus.

Olafs Sicht wurde verschwommen von den Tränen, die er lachte.

»Ich finde das überhaupt nicht lustig«, sagte Thorsten feindselig. »Und dass du, Olaf, bei so was mitmachst, das ist einfach ekelhaft.« Olaf versuchte, gegen den Lachreflex anzukämpfen, brachte es aber nicht fertig. »Dabei wollte ich dir gerade erzählen, dass in den nächsten Tagen etwas Großes passieren wird. Ein Portal wird sich für uns öffnen. Ich bin bereit dafür. Du und dein blöder Freund aber nicht.«

Olafs Lachen blieb abrupt kurz unterhalb seines Halses stecken. Hatte er richtig gehört? Er sah Thorsten fassungslos an. »Ein Portal öffnet sich?«

»Wenn es dich überhaupt noch interessiert«, sagte Thorsten aufgebracht. »Wir haben die günstigste Planetenkonstellation seit dem Altertum. Wir müssen uns bereithalten. Das Germanische Reich wird wiederkehren.«

Olaf wurde plötzlich sehr klar. Er erhob sich von seinem Stuhl. Auch Gottfried war aufgestanden.

»Thorsten, tu uns allen einen Gefallen und verpiss dich von hier«, sagte Olaf ruhig.

»Wenn du nicht weiterweißt, wirst du obszön!« Thorsten stieß ein höhnisches Lachen aus.

»Obszön und womöglich gewalttätig«, zische Olaf. Er spielte in Gedanken durch, wie er Thorsten mit einem Boxhieb zu Boden schicken würde.

»Hey, hey, hey!«, rief Karin vom Tresen aus. »Wenn ihr euch prügeln wollt, dann tut das gefälligst draußen!«

»Thorsten, du gehst jetzt besser«, sagte Gottfried kühl. »Ich würde nämlich Olaf helfen, dich zu verprügeln.«

»Du Klappergestell willst dich mit mir schlagen?«, schrie Thorsten aufgebracht.

Olaf packte ihn am Kragen. Ein Hemdknopf riss ab, als er ihn zu sich zog. Sein Gesicht war genau vor seinem. »Wir wollen dein Geschwurbel hier nicht haben«, sagte er eindringlich. »Dein Scheißdreck tötet Menschen.« Dann stieß er Thorsten von sich. »Und jetzt hau endlich ab!«

Für einen Moment sah es so aus, als wollte Thorsten sich auf ihn stürzen. Dann stand Karin zwischen ihnen.

»Es reicht! Wir sind hier nicht auf dem Schulhof. Alle, die sich prügeln wollen, gehen raus!« Sie war einen Kopf kleiner als die meisten in ihrer Kneipe, legte aber eine beeindruckende Autorität an den Tag.

Thorsten blickte unschlüssig. »In wenigen Tagen werden die Karten neu gemischt«, sagte er. »Dann wird es Gewinner und Verlierer geben. Ich stehe auf der Seite der Gewinner.«

Mit durchgestrecktem Rücken ging er auf den Ausgang zu.

»In ›wenigen Tagen‹?«, rief ihm Olaf hinterher. »Ich werde dich in ›wenigen Tagen‹ daran erinnern!«

Er ließ sich schwer in den Stuhl fallen. Seine Finger zitterten.

»Was war das denn jetzt?«, sagte Karin. »Seit wann plusterst du dich auf wie ein Gockel und gibst den John Wayne?«

Olaf zuckte mit den Achseln. »Das muss mit meinem exzessiven Internetkonsum zusammenhängen«, sagte er ironisch.

»Dann trink lieber ’nen Äppler.« Karin stemmte resolut die Hände in die Hüfte. »Und unterhalt’ dich mit Leuten in der echten Welt.«

»Das mache ich«, sagte Olaf beschwichtigend. Dann wandte er sich an Gottfried. »Aus dem Internet kriecht halt immer mehr Mist in die echte Welt.«